中文成語和英文一起背，
效果加倍！

「一口氣背中文成語學英文」從構想到付諸實現，失敗了很多次，我們再接再勵，終於成功發明這個學英文的新方法。所謂「一口氣」，就是要背得快，而不忘記。我們利用中文成語的連貫性編排，一次同時解決你中英文作文、翻譯的問題。這也是一本修身養性的書，和朋友一起，中英文出口成章，將會令人敬佩。

有些成語，像「金蟬脫殼」，「殼」有二種發音，即ㄎㄜ和ㄑㄠ，書中都有說明；又如「毛手毛腳」，有二種意思，在書中都有註明。英文翻譯精挑細選，說出來的英文，一定要讓外國人聽得懂。

有些成語平常少用，但大陸人常用，也一併收錄。如「鳥槍換砲」，在連續劇中常出現。有些中文成語看起來是形容詞，如「八面玲瓏」，英文說成 a smooth operator，用名詞翻譯較恰當，這種情況很普遍。如果你看到一個人很用功，你可對他說：You are a good student.（你很用功。）你看到一個人很會管理，可說：You are a good manager.（你很會管理。）有些成語像「杯弓蛇影」，也可以說成「蛇影杯弓」，為了配合記憶，我們選擇「蛇影杯弓」，在書中都有明確的交待。

如何背「中文成語英譯」

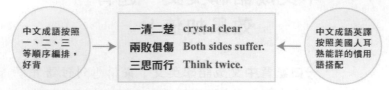

中文成語按照一、二、三等順序編排，好背

一清二楚	crystal clear
兩敗俱傷	Both sides suffer.
三思而行	Think twice.

中文成語英譯按照美國人耳熟能詳的慣用語搭配

　　書中對中文成語和英文翻譯有詳盡的解釋，如中文成語「一清二楚」不懂，可查閱「背景説明」，如果不懂英文爲什麼要用 crystal clear，書中會告訴你，它是慣用語，固定用法，也告訴你其他同義成語。

　　本書初稿完成後，先由潘虹熹老師試背、試教，效果非常良好，學生越教越多。背「一口氣背中文成語學英文」的同學，越背越有興趣；教「一口氣背中文成語學英文」的老師，受益更大，能同時提升中英文程度；小孩子背了這本書，將會是他一生最快樂的記憶。很多國小同學，學了英語會話和英語演講，中文的語言表達反而受到影響，往往結結巴巴，辭不達意，一上台就不知道説什麼。中文和英文一起背，中英文俱佳，將來就能夠成爲世界級的領導人物。

　　本書由初勁松老師負責編排中文成語，Christian 老師負責所有英文部份，廖吟倫老師和李冠勳老師負責初稿，蔡琇瑩老師和謝靜芳老師負責校訂。編者非常幸運，有這麼強的團隊，協助實現我的理想。「一口氣英語」系列是學習英文唯一的方法，因爲學了不會忘記，才能累積。

劉　毅

CONTENTS

UNIT **1** 數字篇

一見鍾情
love at first sight

※這個單元54個中文成語，全部與「數字」
有關，環環相扣，可以一個接一個背。

Unit 1 數字篇

📖 中英文一起背，背至 2 分鐘以內，終生不忘記。

1.	一清二楚	crystal clear
2.	兩敗俱傷	Both sides suffer.
3.	三思而行	Think twice.
4.	四面八方	from every side
5.	五光十色	bright with many colors
6.	六親不認	turn *one's* back on *one's* flesh and blood
7.	七嘴八舌	all talking at once
8.	八面玲瓏	a smooth operator
9.	九霄雲外	cast to the winds

10.	一見鍾情	love at first sight
11.	一拍即合	hit it off right away
12.	一心一意	wholeheartedly
13.	一諾千金	A promise is a promise.
14.	一馬當先	take the lead
15.	一鳴驚人	set the world on fire
16.	一毛不拔	very stingy
17.	一貧如洗	as poor as a church mouse
18.	一刀兩斷	make a clean break

19.	兩小無猜	innocent playmates
20.	兩相情願	Both parties are willing.
21.	兩全其美	satisfy both sides
22.	三番五次	again and again
23.	三令五申	repeated orders and instructions
24.	三五成群	in threes and fours
25.	四平八穩	as steady as a rock
26.	四通八達	be accessible from all directions
27.	四海爲家	feel at home wherever *one* goes

28.	五花八門	all kinds of
29.	五湖四海	all corners of the land
30.	五體投地	be lost in admiration
31.	六神無主	out of *one's* wits
32.	六親無靠	have nobody to turn to
33.	六根清淨	free from human desires and passions
34.	七零八落	at sixes and sevens
35.	七手八腳	too many cooks
36.	七上八下	be agitated

37.	一舉兩得	Kill two birds with one stone.
38.	接二連三	one after another
39.	張三李四	Tom, Dick and Harry
40.	四分五裂	fall apart
41.	五顏六色	all the colors of the rainbow
42.	七拼八湊	scrape together
43.	九牛一毛	a drop in the bucket
44.	十拿九穩	in the bag
45.	十全十美	be all roses

46.	百折不撓	Never say die.
47.	百讀不厭	be worth reading many times
48.	百年不遇	once-in-a-century
49.	千言萬語	a thousand words
50.	千山萬水	a thousand miles
51.	千變萬化	ever-changing
52.	萬籟俱寂	The air is very still.
53.	萬人空巷	The whole town turns out.
54.	萬象更新	Everything is fresh again.

1. 「一～九」開頭的中文成語英譯

下面成語是用數字排列，每三句話又有關連，
很好背。九個中文和英文成語一起背，背至 20 秒，
終生不忘記。

一清二楚	crystal clear
兩敗俱傷	Both sides suffer.
三思而行	Think twice.

四面八方	from every side
五光十色	bright with many colors
六親不認	turn *one's* back on *one's* flesh and blood

七嘴八舌	all talking at once
八面玲瓏	a smooth operator
九霄雲外	cast to the winds

【背景説明】

1. 一清二楚

　　表示「很清楚、很明白」(＝ *perfectly clear*)。相當於英文成語是：*crystal clear*，成語中的 crystal 〔′krıstl̩〕是「水晶」，為什麼用名詞修飾形容詞呢？因為它是慣用語，固定用法，字面意思是「像水晶一樣清楚」，也就是「很清楚」。例如：The answer is *crystal clear*. (這答案一清二楚。)

　　　　crystal clear
　　　　{
　　　　= as clear as day
　　　　= as clear as noon
　　　　= as plain as day
　　　　}
　　　　{
　　　　= as plain as the nose on your face
　　　　= beyond the shadow of a doubt
　　　　= perfectly clear
　　　　}

　　　　字典上寫 *as clear as daylight*，但美國人不習慣用 daylight。網路上的字典寫 as plain as the nose *in your face*，美國人則習慣用 on your face。

2. 兩敗俱傷

　　表示「兩方都受苦」。例如：***Both sides suffered*** in the war. (那場戰爭，兩敗俱傷。)

　　　　{
　　　　***Both sides suffer*.**
　　　　= Both sides lose. （兩敗俱傷。)
　　　　}
　　　　{
　　　　a lose-lose situation
　　　　= a no-win situation
　　　　}
　　　　（兩敗俱傷的局面）

　　相反的是 a win-win situation (雙贏的局面)。

3. 三ㄙㄢ思ㄙ而ㄦ行ㄒㄧㄥ

也可說成「三思而後行」，相當於英文諺語：***Think twice***. 美國人也常說：Look before you leap. 字面意思是「要跳以前先看一看。」也就是「三思而行。」，等於 ***Think twice***. 例如：When it comes to starting your own business, it is wise to ***think twice***.（說到自己創業，**三思而行**是明智的。）

4. 四ㄙ面ㄇㄧㄢ八ㄅㄚ方ㄈㄤ

表示「各個方向；到處」，也就是：***from every side***。例如：He was being attacked ***from every side***.（他遭受**四面八方**的攻擊。）

> ***from every side***
> = in every corner
> = in all directions

> = far and near
> = far and wide
> = all over

5. 五ㄨ光ㄍㄨㄤ十ㄕ色ㄙㄜ

表示「色彩眾多；色彩繽紛」，英文說成：***bright with many colors***。例如：The rainbow is ***bright with many colors***.（彩虹**五光十色**。）

> ***bright with many colors***
> = colorful
> = multicolored

6. 六_{ㄌㄧㄡ}親_{ㄑㄧㄣ}不_{ㄅㄨ}認_{ㄖㄣ}

字面意思是「所有親戚都不認」，指「毫不留情；不講情義」，英文解釋：*turn one's back on one's flesh and blood*，而 turn *one's* back on 字面意思是「轉身背向」，引申為「背棄；不理會」，*one's* flesh and blood 字面意思是「某人的肉和血」，引申為「血親；親戚」。例如：Despite being angry with his father, he couldn't *turn his back on his flesh and blood*.（儘管他對他父親不滿，他也無法六親不認。）

> *one's flesh and blood* 親戚
> = *one's* relatives
> = *one's* family

7. 七_{ㄑㄧ}嘴_{ㄗㄨㄟ}八_{ㄅㄚ}舌_{ㄕㄜ}

表示「人多口雜；議論紛紛」，英文為：*all talking at once*，at once 的主要意思是「立刻」，在此作「同時」解，等於 at the same time。例如：The children got excited and began *all talking at once*.（小孩子很興奮，開始七嘴八舌。）

> *all talking at once*
> = all talking on top of one another
> = all talking together

> on top of one another 字面意思是「在彼此的上面」，引申為「一起」。

8. 八面玲瓏

形容人「處世圓滑，面面俱到」，要做個「八面玲瓏的人」，英文說成：***a smooth operator***。【smooth〔smuð〕*adj.* 圓滑的　operator〔ˈɑpəˌretɚ〕*n.* 精明幹練的人】例如：Joining the after-school social club taught Jane to be ***a smooth operator***.

（加入課後社交社團使珍學會**八面玲瓏**。）

> ***be a smooth operator***
> = be a good mixer
> = be all things to all men

mixer〔ˈmɪksɚ〕*n.* 善於交際的人

be all things to all men 在什麼樣的人當中，就像什麼樣的人；投人所好，八面玲瓏

9. 九霄雲外

形容「又高又遠的地方」，中文常說「把～抛到九霄雲外」，英文成語就是 ***cast～to the winds***【cast〔kæst〕*v.* 扔】也可寫成 fling～to the winds 或 throw～to the winds。【fling〔flɪŋ〕*v.* 扔；投擲】例如：Let's ***cast*** caution ***to the winds*** and have a good time tonight.（我們把告誡抛到**九霄雲外**，今晚好好玩一玩吧。）winds 是「風」，可用單數或複數，在此 ***cast to the winds*** 是慣用語，固定用法。

2. 「一」開頭的中文成語英譯

　　下面九個成語開頭皆爲「一」，每三句話又有關連，如「一見鍾情」、「一拍即合」、「一心一意」，都表示喜歡。九個中文和英文成語一起背，背至 20 秒，終生不忘記。

一見鍾情	love at first sight
一拍即合	hit it off right away
一心一意	wholeheartedly

一諾千金	A promise is a promise.
一馬當先	take the lead
一鳴驚人	set the world on fire

一毛不拔	very stingy
一貧如洗	as poor as a church mouse
一刀兩斷	make a clean break

【背景説明】

1. 一見鍾情

    表示「第一眼便愛上對方」，英文説成：*love at first sight*，如：It's *love at first sight*. (這是**一見鍾情**。) 【sight〔saɪt〕*n.* 看　*at first sight* 第一眼】也可説成：fall in love with *sb*. at first sight。例如：Romeo fell in love with Juliet at first sight. (羅密歐和茱莉葉**一見鍾情**。)

2. 一拍即合

    一打拍子就合乎曲調節奏，比喻「一下子就能夠吻合」，英文説成：*hit it off right away*，表示「立刻合得來」，也就是「一拍即合」。【*hit it off* 合得來；相處融洽 *right away* 立刻；馬上】例如：Both of them *hit it off right away*. (他們兩個**一拍即合**。)

> **hit it off right away**
> = chime in readily
> chime〔tʃaɪm〕*v.* 鳴響；一致　*chime in* 符合；一致
> readily〔'rɛdɪlɪ〕*adv.* 迅速地

3. 一心一意

    也可説成「全心全意」，相當於英文解釋：*wholeheartedly*〔'hol'hartɪdlɪ〕*adv.* 全心全意地 (= *in a wholehearted way*)。例如：We *wholeheartedly* support you. (我們**一心一意**支持你。)

4. 一一諾千金

表示「信守承諾，說話算話。」英文說成：*A promise is a promise*. 例如：*A promise is a promise.* You should keep your word. (**一諾千金**。你應該信守承諾。)

同義的說法如下：

句子
- ***A promise is a promise.***
- = Promise is debt.
- = Promises don't come easy.

動詞片語
- make a solemn promise
- = be as good as *one's* word
- = be true to *one's* word

solemn〔'sɑləm〕*adj.* 嚴肅的；莊重的

5. 一一馬當先

表示「趕在眾人之前，領先前進」，英文說成：*take the lead*，也可說成：lead the way。例如：We're hoping Tina will *take the lead* and show everyone how it's done.

(我們希望蒂娜可以**一馬當先**，示範給大家看要如何做。)

6. 一一鳴驚人

意思是「平時默默無聞，而後卻突然有驚人的表現」，英文說成：*set the world on fire*，字面意思是「使世界著火」，引申為「非常成功；大出風頭；做驚人之舉以揚名」。例如：Many Korean girl groups *set the world on fire* in Japan.

(很多韓國女子團體在日本表現**一鳴驚人**。)

set the world on fire
= rocket to fame
rocket〔'rɑkɪt〕*v.* 猛衝；很快速達到
fame〔fem〕*n.* 名聲

7. 一毛不拔

表示「自私自利，不肯貢獻出些微的力量」，英文為：*very stingy* (ˈstɪndʒɪ) *adj.* 吝嗇的。例如：A *very stingy* old woman lives there. (那邊住著一個**一毛不拔**的老太太。)

> *very stingy*
> = miserly
> = very sparing in spending money

miserly (ˈmaɪzəlɪ) *adj.* 吝嗇的
sparing (ˈspɛrɪŋ) *adj.* 節省的

8. 一貧如洗

形容人「非常貧窮，一無所有」，英文說成：*as poor as a church mouse*，字面的意思是「像教堂的老鼠一樣窮」，表示「非常貧窮」。因為教堂常常缺錢，裡面老鼠更沒東西吃。例如：He died *as poor as a church mouse*. (他死去的時候**一貧如洗**。)

> *as poor as a church mouse*
> = penniless
> = poverty-stricken

penniless (ˈpɛnɪlɪs) *adj.* 身無分文的
poverty-stricken (ˈpavətɪˌstrɪkən) *adj.* 非常貧窮的

9. 一刀兩斷

形容「處理事情堅決果斷，乾脆俐落」，英文成語就是 *make a clean break*，表示「很乾淨俐落的斷絕」。例如：He moved to California in order to *make a clean break* with his past.(他搬到加州，要和他的過去**一刀兩斷**。)

> *make a clean break*
> = break off all relations
> = wash *one's* hands

3. 「二～四」開頭的中文成語英譯

　　我們已經背了「一～九」，還有 9 個「一」，現在再背 3 個「兩」開頭的，3 個「三」開頭的，和 3 個「四」開頭的，你會越背越想背，你平時說話，開始有深度了。

兩小無猜	innocent playmates
兩相情願	Both parties are willing.
兩全其美	satisfy both sides

三番五次	again and again
三令五申	repeated orders and instructions
三五成群	in threes and fours

四平八穩	as steady as a rock
四通八達	be accessible from all directions
四海爲家	feel at home wherever *one* goes

【背景説明】

1. 兩ㄌㄧㄤˇ小ㄒㄧㄠˇ無ㄨˊ猜ㄘㄞ

此成語意思爲:「稚齡男女,彼此天眞無邪,毫無避嫌與猜疑」,最好的英文翻譯是:***innocent playmates***,意思爲「天眞無邪的玩伴」。【innocent〔ˈɪnəsn̩t〕 *adj.* 天眞無邪的 playmate〔ˈpleˌmet〕 *n.* 玩伴】例如:They are only ***innocent playmates***. (他們只是**兩小無猜**。)

2. 兩ㄌㄧㄤˇ相ㄒㄧㄤ情ㄑㄧㄥˊ願ㄩㄢˋ

表示「雙方同意,心甘情願」。英文是:***Both parties are willing***. 【party〔ˈpɑrtɪ〕 *n.* 一方　　willing〔ˈwɪlɪŋ〕 *adj.* 願意的】例如:***Both parties are willing*** to start a family. (他們**兩相情願**組一個家庭。) 表示「雙方都願意」,有下列説法:

句子 { ***Both parties are willing***.
　　　= Both sides agree.

片語 { by mutual agreement
　　　= by mutual consent

mutual〔ˈmjutʃʊəl〕 *adj.* 互相的
agreement〔əˈgrimənt〕 *n.* 同意
consent〔kənˈsɛnt〕 *n.* 同意

3. 兩ㄌㄧㄤˇ全ㄑㄩㄢˊ其ㄑㄧˊ美ㄇㄟˇ

意思就是:「做事顧全雙方,使兩方面都得到好處」,相當於英文:***satisfy both sides***,表示「使雙方都滿意」。

例如：You should have found out a way to *satisfy both sides*. （你當時應該找出可以**兩全其美**的方法。）

> *satisfy both sides*
> = make the best of both worlds
> = serve a twofold purpose

serve〔sɝv〕*v.* 合乎（目的）
twofold〔'tu,fold〕*adj.* 雙重的
purpose〔'pɝpəs〕*n.* 目的

4. 三番五次

表示「多次；屢次」，也就是 *again and again*。例如：No matter what he said, the girl kept coming back *again and again*. （不管他說什麼，那女孩還是**三番五次**回來找他。）

> *again and again*　多次；屢次
> = time and again
> = over and over again

> = time and time again
> = for a thousand times
> = repeatedly

5. 三令五申

表示「再三命令告誡」，英文說成：*repeated orders and instructions*，字面的意思是「不斷的命令和指示」。
【repeated〔rɪ'pitɪd〕*adj.* 重複的；不斷的　　order〔'ɔrdɚ〕*n.* 命令　　instruction〔ɪn'strʌkʃən〕*n.* 指示】

例如：The crew grew tired of the captain's ***repeated orders and instructions***. (全體船員變得受不了船長**三令五申**的訓斥。) 搭配的動詞可用 give。

> ***give repeated orders and instructions*** 三令五申
> = have repeatedly issued orders
> issue〔ˈɪʃjʊ〕 *v.* 發佈

6. 三ㄙㄢ 五ㄨˇ 成ㄔㄥˊ 群ㄑㄩㄣˊ

字面意思是「三個五個」，指「零散結集的樣子」，相當的英文成語是 ***in threes and fours***，字面意思是「三個四個成一群」，和中文成語意義相同，儘管數字用得不完全一樣。例如：The students walked into the auditorium in ***threes and fours***. (學生們**三五成群**走進禮堂。)

【auditorium〔ˌɔdəˈtorɪəm〕 *n.* 禮堂】

7. 四ㄙˋ 平ㄆㄧㄥˊ 八ㄅㄚ 穩ㄨㄣˇ

表示「言語、行事穩當可靠」，英文成語爲：***as steady as a rock***，意思是「堅如磐石；可靠的」。【steady〔ˈstɛdɪ〕 *adj.* 穩定的】例如：He is ***as steady as a rock***; we can depend on him. (他是個**四平八穩**的人；我們可以依靠他。)

【***depend on*** 依靠】

> ***as steady as a rock***
> = as solid as a rock
> = as firm as a rock
>
> solid〔ˈsɑlɪd〕 *adj.* 穩固的；可靠的
> firm〔fɝm〕 *adj.* 穩固的

Unit 1 數字篇

8. 四通八達

四方相通的道路，形容「交通便利」，英文說成：*be accessible from all directions*，字面意思是「從全部方向都可進出」。【accessible〔æk'sɛsəbḷ〕*adj.* 容易到達的；易接近的】例如：The new shopping mall *is accessible from all directions.*（新的購物中心**四通八達**。）

> *be accessible from all directions*
> = lead in all directions
> = extend in all directions

9. 四海為家

四海比喻「四方」，泛指「全國各處」。中文以「四海為家」形容「志向遠大」或比喻「人漂泊不定，居無定所」，翻譯成英文就是 *feel at home wherever one goes*，字面的意思是「無論到何處都覺得自在」，也就是「可以四處為家」。例如：He *feels at home wherever he goes.*（他**四海為家**。）

> *feel at home wherever one goes*
> = make *one's* home everywhere
> = be a citizen of the world
> citizen〔'sɪtəzṇ〕*n.* 市民；居民

4.「五～七」開頭的中文成語英譯

　　背完了開頭「兩」、「三」、「四」的成語，
接下來的挑戰是「五」、「六」、「七」開頭的成
語。三組依序背下來，馬上就記得了。

五花八門	all kinds of
五湖四海	all corners of the land
五體投地	be lost in admiration

六神無主	out of *one's* wits
六親無靠	have nobody to turn to
六根清淨	free from human desires and passions

七零八落	at sixes and sevens
七手八腳	too many cooks
七上八下	be agitated

【背景説明】

1. **五花八門**

   原指五行陣和八門陣。這是古代兩種變化很多的陣勢。
   比喻「花樣繁多，變化多端」，也就是「各式各樣」，英
   文説成：***all kinds of***。例如：We had ***all kinds of***
   problems with the network. (我們的網路有**五花八門**
   的問題。)【network〔ˈnɛtˌwɝk〕*n.* 網路】

   > ***all kinds of***
   > = all sorts of
   > = a wide variety of
   > variety〔vəˈraɪətɪ〕*n.* 多樣性

2. **五湖四海**

   泛稱「各地」，可指「全國各地」或「世界各地」，英文
   説成：***all corners of the land*** (國家的所有角落) 或
   all corners of the world (世界的所有角落)，也就是
   「五湖四海」。【corner〔ˈkɔrnɚ〕*n.* 角落】例如：My
   friends come from ***all corners of the land***. (我的
   朋友來自於**五湖四海**。)

   > ***all corners of the land***
   > = all corners of the country
   > = everywhere

3. **五體投地**

   「五體」兩手、兩膝和頭。比喻「非常欽佩對方」，英文説
   成：***be lost in admiration***，字面意思指「忘我地欽佩」。
   例如：We ***are lost in admiration*** of his charisma. (我們
   對他的領袖特質佩服得**五體投地**。)【***be lost in*** 全神貫注；
   沉浸於　admiration〔ˌædməˈreʃən〕*n.* 欽佩
   charisma〔kəˈrɪzmə〕*n.* 領袖特質】

> ***be lost in admiration***
> = admire *sb.* from the bottom of *one's* heart
> = kneel at the feet of *sb.*

> = be on all fours before *sb.*
> = worship *sb.*

from the bottom of *one's* ***heart*** 眞誠地
kneel〔nil〕*v.* 屈膝
on all fours 匍伏著；趴著
worship〔'wɜʃɪp〕*v.* 崇拜

4. 六神無主

「六神」道家認爲人的心、肺、肝、腎、脾、膽各有神明主宰，稱爲六神。表示「心慌意亂，拿不定主意」，英文成語是：***out of*** *one's* ***wits***，字面意思是「沒了理智」，就是「六神無主」的意思。【wit〔wɪt〕*n.* 理智】例如：He was scared ***out of his wits***. (他被嚇得**六神無主**。)

5. 六親無靠

意思是「無任何親屬可以依靠」，英文說成：***have nobody to turn to***，字面意思是「沒有任何人可以求助」，就是「六親無靠」。【***turn to sb.*** 求助於某人】例如：As an orphan, he ***has nobody to turn to***. (身爲孤兒，他**六親無靠**。)【orphan〔'ɔrfən〕*n.* 孤兒】

> ***have nobody to turn to***
> = have no relatives or friends to depend on
> = be helpless

relative〔'rɛlətɪv〕*n.* 親戚　　***depend on*** 依靠
helpless〔'hɛlplɪs〕*adj.* 無助的

6. 六根清淨

「六根」指「眼、耳、鼻、舌、身、意」六種感官，都可以看、聽一切和得到一切愉快的感受，其中的「意」是指「腦神經」。故「六根清淨」意指「斷絕塵世間的一切慾念」，翻譯成英文：*free from human desires and passions*，表示「免於人的慾望和情慾」，便是「六根清淨」。例如：One way to be content with life is to be *free from human desires and passions*. (要知足地過活，有一個方法是**六根清淨**。)

free from 免於　　desire〔dɪ'zaɪr〕*n.* 慾望
passion〔'pæʃən〕*n.* 激情；情慾
be content with 滿足於

7. 七零八落

形容「零散的樣子」，相當於英文成語：*at sixes and sevens*。例如：His toys are *at sixes and sevens*.
(他的玩具散得**七零八落**。) 七零八落，也就是「亂七八糟」，有些字典寫成 *at six and seven*，但美國人較少用。

> *at sixes and sevens*
> = in disorder
> = in a mess

disorder〔dɪs'ɔrdɚ〕*n.* 混亂
mess〔mɛs〕*n.* 混亂

8. 七手八腳

意思是「人多動作紛亂又沒條理」，英文解釋是 *too many cooks*，字面意思是「太多廚師」，源自諺語：*Too many cooks* spoil the broth.（人多手腳亂。）

【spoil〔spɔɪl〕*v.* 破壞　　broth〔brɔθ〕*n.* 湯汁】

另一個常見的說法：There are *too many cooks* in the kitchen. 廚房裡太多廚師，表示大家「七手八腳」，反而成不了事。例如：The project failed because there were *too many cooks* in the kitchen.（那計畫失敗了，因為大家**七手八腳**。）

project〔ˈprɑdʒɛkt〕*n.* 計劃　　fail〔fel〕*v.* 失敗

9. 七上八下

形容人「心情起伏不定、忐忑不安」，英文說成：*be agitated*。例如：He *was agitated* by the news.（他被這消息搞得心情**七上八下**。）

【agitate〔ˈædʒə‚tet〕*v.* 使心煩意亂】

> *be agitated*
> = be upset
> = be irritated

upset〔ʌpˈsɛt〕*adj.* 不高興的；心煩的
irritated〔ˈɪrə‚tetɪd〕*adj.* 煩躁的

5. 「一～九」接龍的中文成語英譯

　　背完了開頭「一～九」的中英文成語，一定很有成就感。現在把數字「一～九」的成語連起來，以接龍的模式來背誦。例如：「一舉兩得」、「接二連三」、「張三李四」，一接二、二接三、三接四，如此背誦，馬上記起來。

一舉兩得	**Kill two birds with one stone.**
接二連三	**one after another**
張三李四	**Tom, Dick and Harry**

四分五裂	**fall apart**
五顏六色	**all the colors of the rainbow**
七拼八湊	**scrape together**

九牛一毛	**a drop in the bucket**
十拿九穩	**in the bag**
十全十美	**be all roses**

【背景説明】

1. 一舉兩得

比喻「做一件事，同時有兩方面的收穫。」相當於英文諺
語：*Kill two birds with one stone.* 字面的意思是「用
一顆石頭殺了兩隻鳥。」也就是中文的「一箭雙雕；一舉
兩得」的意思。也可作動詞片語。例如：He came up
with a good way to *kill two birds with one stone*.
（他想到一個可以**一舉兩得**的方法。）

> *kill two birds with one stone*
> = serve two ends
> = serve a double purpose

serve〔sɜv〕*v.* 滿足；達到
end〔ɛnd〕*n.* 目的
purpose〔'pɜpəs〕*n.* 目的

2. 接二連三

表示「連續不斷」，英文説成：*one after another*，意
指「一個接一個」。例如：The aftershocks came *one
after another*.（餘震**接二連三**出現。）
【aftershock〔'æftɚ,ʃɑk〕*n.* 餘震】

> *one after another*
> = continuously
> = repeatedly

continuously〔kən'tɪnjuəslɪ〕*adv.* 連續地
repeatedly〔rɪ'pitɪdlɪ〕*adv.* 一再；再三；多次

3. 張_{ㄓㄤ}三_{ㄙㄢ}李_{ㄌㄧˇ}四_{ㄙˋ}

假設的姓名,如同説「某某人」,相當於英文: *Tom, Dick and Harry*,這三個名字沒什麼關連,也就是中文的「某人」。如果説 every Tom, Dick and Harry 就是 everybody,而 any Tom, Dick and Harry 就是 anybody。例如: Any *Tom, Dick and Harry* could do your job. (**張三李四**都可以做你的工作。)

> *Tom, Dick and Harry*
> = Mr. so-and-so
> = the average person
> so-and-so〔'soən,so〕*n.* 某某人;某某事
> average〔'ævərɪdʒ〕*adj.* 一般的

4. 四_{ㄙˋ}分_{ㄈㄣ}五_{ㄨˇ}裂_{ㄌㄧㄝˋ}

形容「分散而不完整、不團結」,相當於英文: *fall apart*,意指「變成碎塊;散開」。例如: The roof is crumbling, and the building is ready to *fall apart*. (屋頂碎裂,而且整個建築物要**四分五裂**了。)
crumble〔'krʌmbḷ〕*v.* 碎裂
be ready to 快要 (= *be about to*)

> *fall apart*
> = break into pieces
> = come to pieces
> = be torn apart
> = be split
> torn〔tɔrn〕*v.* 撕裂 (tear 的過去分詞)
> split〔splɪt〕*v.* 使分裂

5. 五ㄨˇ顏ㄧㄢˊ六ㄌㄧㄡˋ色ㄙㄜˋ

表示「色彩繁多；各式各樣」，英文說成：***all the colors of the rainbow***，字面意思是「彩虹的所有顏色」，就是「各式各樣的顏色都有」。例如：Roses *come in all the colors of the rainbow*.（玫瑰**五顏六色**都有。）
【*come in* 以…的型態出現；有】

6. 七ㄑㄧ拼ㄆㄧㄣ八ㄅㄚ湊ㄘㄡˋ

表示「隨便胡亂湊合」，英文為：*scrape together*。
【scrape〔skrep〕*adv.* 刮；勉強湊足】例如：We *scraped together* enough money to buy a bag of rice.（我們**七拼八湊**，湊到了足夠的錢去買一袋米。）

> *scrape together*
> = piece together
> = knock together

7. 九ㄐㄧㄡˇ牛ㄋㄧㄡˊ一一毛ㄇㄠˊ

九頭牛身上的一根毫毛，比喻「極大數量中的一小部分」，英文成語為：*a drop in the bucket*，字面意思是「水桶裡的一滴水」，就是「非常少」的意思。【bucket〔'bʌkɪt〕*n.* 水桶】例如：A million dollars is just *a drop in the bucket* to a rich guy like Steve.（一百萬對史蒂夫這麼富有的人來說，只是**九牛一毛**。）

> *a drop in the bucket*
> = a drop in the ocean
> = a mite on an elephant
> mite〔maɪt〕*n.* 小蟲

8. 十ㄕˊ拿ㄋㄚˊ九ㄐㄧㄡˇ穩ㄨㄣˇ

比喻「很有把握」，英文成語是：*in the bag*，字面意思是「在袋子裡」，代表可視爲己有，就是「十拿九穩」。例如：I think I have the job *in the bag*.（我覺得我十拿九穩，可以得到那份工作。）

> *in the bag*
> = well in hand
> = certain
> = a sure thing

9. 十ㄕˊ全ㄑㄩㄢˊ十ㄕˊ美ㄇㄟˇ

比喻「圓滿美好毫無缺陷的境界」，相當於英文成語：*be all roses*，字面意思是「全都是玫瑰」，因爲玫瑰是美麗的事物，象徵美好，所以都是玫瑰，表示「完美」。例如：Life *is* not *all roses*.（人生並非十全十美。）此成語也可説成：*be a bed of roses*，整床的玫瑰，也是代表「完美、稱心如意」。例如：Marriage *is* not *a bed of roses*.（婚姻生活並不是完美無缺。）

【marriage〔ˈmærɪdʒ〕*n.* 婚姻】

> *be all roses*
> = be a bed of roses
> = be perfect

6.「百、千、萬」開頭的中文成語英譯

　　背完數字「1~9」後，進入到「百」「千」「萬」
開頭的成語。第一組爲「百…不～」的形式，第二
組爲「千…萬～」的形式，第三組則都表示「景象」
的「萬」開頭成語。各有其規則，可以輕易背下這
9個成語。

百折不撓	Never say die.
百讀不厭	be worth reading many times
百年不遇	once-in-a-century

千言萬語	a thousand words
千山萬水	a thousand miles
千變萬化	ever-changing

萬籟俱寂	The air is very still.
萬人空巷	The whole town turns out.
萬象更新	Everything is fresh again.

【背景説明】

1. 百_{ㄅㄞˇ}折_{ㄓㄜˊ}不_{ㄅㄨˋ}撓_{ㄋㄠˊ}

「折」挫折;「撓」彎曲。表示「意志剛強,即使受到很多
挫折,仍不屈服」。類似的英文成語是: ***Never say die.***
(永不放棄。) 例如: Even if it looks like you're
going to lose the game, ***never say die***. (即使看似你要
輸了比賽,你也必須有**百折不撓**的精神。) 反義的成語:
throw in the towel,表示「放棄」(由拳擊賽得來,把毛
巾或紗布等丟入拳擊場則表示某選手放棄比賽)。

> ***Never say die.***
> = Never throw in the towel.
> = Never give up.

2. 百_{ㄅㄞˇ}讀_{ㄉㄨˊ}不_{ㄅㄨˋ}厭_{ㄧㄢˋ}

「厭」厭倦。形容文章寫得好,百看不煩,耐人尋味,
翻譯成英文是: ***be worth reading many times***,就是
「值得讀很多遍」。【***be worth + V-ing*** 值得…】例如:
Literary ***masterpieces are worth reading many
times***. (文學傑作**百讀不厭**。)
literary 〔'lɪtəˌrɛrɪ〕 *adj.* 文學的
masterpiece 〔'mæstəˌpis〕 *n.* 傑作

> ***be worth reading many times***
> = be worth reading a hundred times

3. 百年不遇

比喻「甚為罕見，百年也碰不到」，相當於英文：
once-in-a-century，表示「一世紀才一次」。【century
〔'sɛntʃərɪ〕*n.* 世紀；百年】例如：Japan was hit by a
once-in-a-century earthquake.（日本遭受**百年不遇**的地
震。）也可以寫成副詞片語：*once in a century*，例如：
It only happens *once in a century*.（這事情**百年不遇**。）

4. 千言萬語

表示「要說的話極多」，相當於英文：*a thousand words*，
字面上表示「一千個字」，來自諺語：A picture is worth
a thousand words.（一圖勝過**千言萬語**。）意指「一張圖
片便可說明複雜的內容。」

> *a thousand words*
> = a host of words
> = a great deal of talk
> *a host of*　許多

5. 千山萬水

字面意思是「山川眾多而交錯」，比喻「路途遙遠險阻甚
多」，英文解釋是：*a thousand miles*，字面上是「一千
哩」，引申為「路途遙遠」，也就是「千山萬水」。例如：
I've walked *a thousand miles* and I've never met
anyone like you.（我走遍了**千山萬水**，卻沒遇過像你
這樣的人。）

6. 千_{くみ}變_{うみ}萬_{くみ}化_{くみ}

形容「變化無窮」，英文是 ***ever-changing***。例如：He
felt lost in an ***ever-changing*** world. (在**千變萬化**的
世界中，他感到迷惘。)【lost〔lɔst〕*adj.* 迷失的】ever
可以和接續的詞彙構成形容詞，表示「持續、永遠」，
例如：evergreen〔͵ɛvɚ'grin〕*adj.* 長青的。
ever-changing 也可以寫成 constantly changing。
【constantly〔'kɑnstəntlɪ〕*adv.* 不斷地】

7. 萬_{くみ}籟_{くみ}俱_{くみ}寂_{くみ}

「籟」從孔穴中發出聲音；「寂」靜。萬物無聲，一片寂
靜，英文說成：***The air is very still***. 字面上是「空氣是
靜止的。」也就是「萬籟俱寂。」例如：My favorite
time of day is just before
dawn when ***the air is very
still***. (我一天中最喜歡的時刻
是黎明之前，這時候**萬籟俱寂**。)
【dawn〔dɔn〕*n.* 黎明；拂曉】

> ***The air is very still***.
> = All is quiet.
> = Silence reigns supreme.

silence〔'saɪləns〕*n.* 寂靜
reign〔ren〕*v.* 統治；主宰
supreme〔sə'prim〕*adj.* 至高的
reign supreme 主宰；享有至高無上的權威

8. 萬ㄨㄢˋ人ㄖㄣˊ空ㄎㄨㄥ巷ㄒㄧㄤˋ

「空巷」街道巷弄裡的人全部走空。形容「擁擠、熱鬧的盛
況」。「空巷」的意思是「家家戶戶的人都從巷子裡出來了」,
相當於英文:*The whole town turns out*. 字面上是「整個
城鎮都出動。」引申為「擁擠、熱鬧」的意思。例如:
The whole town turned out to see the Fourth of July
fireworks display. (美國國慶煙火表演,**萬人空巷**。)
turn out 出現 (= *appear*)
the Fourth of July 美國獨立紀念日 (七月四日為美國國慶日)
firework 〔'faɪr,wɝk 〕 *n.* 煙火
display 〔 dɪ'sple 〕 *n.* 陳列;展示
a fireworks display 施放煙火 (= *a display of fireworks*)

9. 萬ㄨㄢˋ象ㄒㄧㄤˋ更ㄍㄥ新ㄒㄧㄣ

「萬象」宇宙間一切景象;「更」變更。大自然界的事物
或景象都改變得煥然一新,英文說成:*Everything is
fresh again*. 字面上是「所有事物又呈現新的一面。」也
就是「萬象更新。」【fresh 〔 frɛʃ 〕 *adj.* 新的;清新的 】例
如:Following a brief spring rainstorm, *everything
is fresh again*. (在短暫的春日暴雨後,一切**萬象更新**。)
【following 〔'falǝwɪŋ 〕 *prep.* 在…之後   brief 〔 brif 〕
adj. 短暫的   rainstorm 〔'ren,stɔrm 〕 *n.* 暴風雨 】

> *Everything is fresh again*.
> = Everything looks fresh and gay.
> = Everything takes on a completely new look.

gay 〔 ge 〕 *adj.* 快樂的   *take on* 呈現
look 〔 luk 〕 *n.* 樣子;外表

Unit 1 成果驗收

一面唸出中文成語，一面說英文。

1. 一清二楚 _____
2. 兩敗俱傷 _____
3. 三思而行 _____
4. 四面八方 _____
5. 五光十色 _____
6. 六親不認 _____
7. 七嘴八舌 _____
8. 八面玲瓏 _____
9. 九霄雲外 _____

10. 一見鍾情 _____
11. 一拍即合 _____
12. 一心一意 _____
13. 一諾千金 _____
14. 一馬當先 _____
15. 一鳴驚人 _____
16. 一毛不拔 _____
17. 一貧如洗 _____
18. 一刀兩斷 _____

19. 兩小無猜 _____
20. 兩相情願 _____
21. 兩全其美 _____
22. 三番五次 _____
23. 三令五申 _____
24. 三五成群 _____
25. 四平八穩 _____
26. 四通八達 _____
27. 四海爲家 _____

28. 五花八門 _____
29. 五湖四海 _____
30. 五體投地 _____
31. 六神無主 _____
32. 六親無靠 _____
33. 六根清淨 _____
34. 七零八落 _____
35. 七手八腳 _____
36. 七上八下 _____

37. 一舉兩得 _____
38. 接二連三 _____
39. 張三李四 _____
40. 四分五裂 _____
41. 五顏六色 _____
42. 七拼八湊 _____
43. 九牛一毛 _____
44. 十拿九穩 _____
45. 十全十美 _____

46. 百折不撓 _____
47. 百讀不厭 _____
48. 百年不遇 _____
49. 千言萬語 _____
50. 千山萬水 _____
51. 千變萬化 _____
52. 萬籟俱寂 _____
53. 萬人空巷 _____
54. 萬象更新 _____

我如何背這本書？

這真是一個了不起的發明！中英文一起背，可讓我一回一回地背下去。大家都說，我怎麼變得越來越漂亮了，隨時隨地出口成章，令周圍的人很羨慕。

潘虹熹 老師

每個人的背誦方法不同，目標是在最短時間內，把九個成語背下來，可用想像力編一個故事：

有一對男女第一次見面就愛上對方。	一見鍾情　love at first sight
個性上非常適合馬上在一起。	一拍即合　hit it off right away
墜入愛河的兩個人，全心全意在一起。	一心一意　wholeheartedly
情侶給了彼此承諾，求婚	一諾千金　a promise is a promise
迅速展開浪漫的婚禮，	一馬當先　take the lead
想要有一場轟轟烈烈的婚禮，	一鳴驚人　set the world on fire
把世界都燒起來了。	
但是把錢都燒光光了，從此非常吝嗇。	一毛不拔　very stingy
窮到像教堂的老鼠一樣到處乞討。	一貧如洗　as poor as a church mouse
結果貧賤夫妻百事哀，最後還是離婚了。	一刀兩斷　make a clean break

當「一口氣背中文成語學英文」的老師，太幸福了！上課可以不用講義，帶著同學唸，當你教其他同學時，你會發現，藉由教學，或背給他人聽，你的腦筋會更清楚。這麼奇特，能夠中英文一起背的教材，應該讓大家都知道。老師是最大的受益者，越教自己程度越高。

如果你想背這本書，歡迎到「台北市重慶南路一段 10 號 7F」（劉毅英文），我教你的時候，我又賺到了。

UNIT 2 顏色篇

平步青雲
quickly move up in the world

※這個單元54個中文成語，全部與「顏色」
有關，環環相扣，可以一個接一個背。

Unit 2 顏色篇

📖 中英文一起背，背至 2 分鐘以內，終生不忘記。

1.	赤子之心	**a child at heart**
2.	赤膽忠心	**utter loyalty**
3.	赤地千里	**a barren land**
4.	赤手空拳	**with bare hands**
5.	赤膊上陣	**do** *sth.* **bare-chested**
6.	赤誠相待	**bare** *one's* **heart to** *sb.*
7.	萬紫千紅	**a riot of color**
8.	滿臉通紅	**blush with** *sth.*
9.	齒白脣紅	**good-looking**

10.	黑燈瞎火	**dark with no light**
11.	黑更半夜	**in the middle of the night**
12.	黑白混淆	**can't tell right from wrong**
13.	昏天黑地	**in pitch darkness**
14.	白紙黑字	**in black and white**
15.	顛倒黑白	**intentionally mislead** *sb.*
16.	一團漆黑	**pitch-black**
17.	說白道黑	**be critical**
18.	起早貪黑	**work twenty-four seven**

19.	白手起家	**start from scratch**
20.	白璧無瑕	**picture perfect**
21.	白頭偕老	**grow old together**
22.	月白風清	**a pleasant evening**
23.	平白無故	**for no reason**
24.	不白之冤	**be wrongly accused**
25.	不明不白	**unclear**
26.	真相大白	**The truth has come out.**
27.	襟懷坦白	**have nothing to hide**

28.	金蘭之交	sworn brothers
29.	金童玉女	Jack and Jill
30.	金石爲開	Faith moves mountains.
31.	金碧輝煌	like a golden palace
32.	金蟬脫殼	get out of trouble
33.	金戈鐵馬	heroic and brave
34.	一刻千金	Time is money.
36.	點石成金	work miracles
36.	眾口鑠金	Public opinion will make a rumor true.

37.	黃道吉日	a lucky day
38.	黃雀伺蟬	Watch your back.
39.	黃粱一夢	a pipe dream
40.	青黃不接	a temporary shortage
41.	面黃肌瘦	look pale and thin
42.	飛黃騰達	make it in the world
43.	明日黃花	out of date
44.	直搗黃龍	hit *sb.* where it hurts
45.	人約黃昏	go on a date

46.	青紅皂白	the facts
47.	青天霹靂	a bolt from the blue
48.	青出於藍	The pupils outdo the master.
49.	綠水青山	beautiful country scenery
50.	平步青雲	quickly move up in the world
51.	名垂青史	go down in history
52.	妙手丹青	a painting master
53.	爐火純青	be at the top of *one's* game
54.	萬古長青	be everlasting

Unit 2　顏色篇

7. 「顏色――赤、紅」的中文成語英譯

下面的成語，每個裡面都含有「赤」或「紅」，
每三個成語為一組。如第一組、第二組皆是「赤」
開頭的、第三組皆是「紅」結尾的結構，很好背。

赤子之心	**a child at heart**
赤膽忠心	**utter loyalty**
赤地千里	**a barren land**

赤手空拳	**with bare hands**
赤膊上陣	**do** *sth.* **bare-chested**
赤誠相待	**bare** *one's* **heart to** *sb.*

萬紫千紅	**a riot of color**
滿臉通紅	**blush with** *sth.*
齒白脣紅	**good-looking**

【背景説明】

1. 赤˘子ˇ之ㄓ心ㄒㄧㄣ

「赤子」即剛出生的嬰兒。形容「人的心地如孩子般善良、純潔」，英文稱作 *a child at heart*，表示「長大後，還保有像孩子一般的熱情與好奇心」。例如：You can tell by the way he plays the game that George is really *a child at heart*.（從喬治玩遊戲的方式來看，他其實有著一顆**赤子之心**。）

> *a child at heart*
> = a heart of a child
> = like a child
> = childlike
> = innocent

childlike〔'tʃaɪld,laɪk〕*adj.* 像孩子一樣的

2. 赤˘膽ㄉㄢˇ忠ㄓㄨㄥ心ㄒㄧㄣ

表示「十分忠誠的」、「全心全意的」，英文説成：*utter loyalty*【utter〔'ʌtɚ〕*adj.* 完全的　loyalty〔'lɔɪəltɪ〕*n.* 忠心】例如：The company demands *utter loyalty* from its employees.（公司需要員工的**赤膽忠心**。）

> *utter loyalty*
> = unwavering loyalty
> = utter devotion

unwavering〔ʌn'wevərɪŋ〕*adj.* 堅定的；不動搖的
devotion〔dɪ'voʃən〕*n.* 奉獻

3. 赤ˋ地ˋ千ㄑ里ˋ

比喻「戰爭、天災過後，大地萬物一片荒涼」，英文說成：
a barren land 【barren〔'bærən〕*adj.* 貧瘠的】。例如：
The drought turned the field
into ***a barren land***. (這場旱災
將田地變成一片**赤地千里**。)
【drought〔draʊt〕*n.* 乾旱】

> ***a barren land***
> = a scene of utter desolation
> = an infertile farm

desolation〔͵dɛsḷ'eʃən〕*n.* 荒蕪
infertile〔ɪn'fɜtḷ〕*adj.* (土壤、田地) 不肥沃的

4. 赤ˋ手ㄕㄡˇ空ㄎㄨㄥ拳ㄑㄩㄢˊ

比喻「手中空無一物」，英文說成：***with bare hands***。
【bare〔bɛr〕*adj.* 裸的；光著的】例如：How can he
win ***with bare hands*** when his enemy has a gun?
(他**赤手空拳**如何能打贏拿槍的敵人呢?) 也可將**赤
手空拳**當作名詞，使用 ***bare hands***，說成：His ***bare
hands*** are no match for his enemy's gun.
【match〔mætʃ〕*n.* 對手】

> ***with bare hands***
> = barehanded
> = unarmed

unarmed〔ʌn'ɑrmd〕*adj.* 不帶武器的；未武裝的

Unit 2 顏色篇

5. 赤膊上陣

原意爲「沒有穿戴盔甲就上戰場」，比喻爲「做事魯莽，沒有策略」。但也有人用字面上的意思，形容「親自上陣，進行活動」，英文說成：*do sth. bare-chested*【chest〔tʃɛst〕*n.* 胸膛；胸腔】例如：The tribe's warriors were known for fighting *bare-chested*.（這個部落的戰士們以**赤膊上陣**打鬥出名。）

tribe〔traɪb〕*n.* 部落

warrior〔ˈwɔrɪɚ〕*n.* 武士；戰士

6. 赤誠相待

表示「以至誠之心待人」，英文的說法爲：*bare one's heart to sb.* 意思就是「對人推心置腹、掏心掏肺」。【bare〔bɛr〕*v.* 裸露】例如：The boss always *bares* his *heart to* his subordinates.（這個老闆一向都對他的部下**赤誠相待**。）【subordinate〔səˈbɔrdṇɪt〕*n.* 屬下；部屬】

> *bare one's heart to sb.*
> = treat *sb.* with openness and sincerity

7. 萬紫千紅

表示「百花齊放，五顏六色之美」，英文說成：*a riot of color*。【riot〔ˈraɪət〕*n.*（色彩）豐富】例如：The field is *a riot of color* in spring, when the flowers begin to bloom.（到了春天花開時，田野間一片**萬紫千紅**。）【bloom〔blum〕*v.* 開花】

> ***a riot of color***
> = a blaze of color
> = colorful

blaze〔blez〕*n.*（色彩）燦爛鮮明

8. 滿ㄇㄢˇ臉ㄌㄧㄢˇ通ㄊㄨㄥ紅ㄏㄨㄥˊ

形容「人受某事影響而臉部發紅」，多半因生氣、害羞。英文的說法是：***blush with*** *sth.*【blush〔blʌʃ〕*v.*（受情緒影響地）臉紅】例如：She ***blushed with*** embarrassment when he called her name.（當他叫她的名字時，她羞窘地**滿臉通紅**。）另外一個表「臉紅」的英文動詞為 flush，例如：Why are you flushing? Are you feeling alright?（你為什麼臉紅？身體沒事吧？）

> ***blush with*** *sth.*
> = go red in the face
> = go as red as a beet

go〔go〕*v.* 變成；轉變為
beet〔bit〕*n.* 甜菜根

9. 齒ㄔˇ白ㄅㄞˊ脣ㄔㄨㄣˊ紅ㄏㄨㄥˊ

形容「人的容貌姣好」，英文以 ***good-looking*** 來形容人長的好看，相反詞為 bad-looking「不好看」。例如：All her boyfriends have been ***good-looking*** and rich.（她所交的男朋友都是長得**齒白脣紅**、口袋滿滿的公子哥。）

> ***good-looking***
> = gorgeous

gorgeous〔ˈgɔrdʒəs〕*adj.* 好看的；非常漂亮的

8. 「顏色—黑」的中文成語英譯

　　下面的成語，每個裡面都含有「黑」，每三個
成語為一組。如第一組皆是「黑」開頭的、第二組
「黑」都在第三個字、第三組皆是「黑」結尾的結
構。背至 20 秒，終生不忘記。

黑燈瞎火	**dark with no light**
黑更半夜	**in the middle of the night**
黑白混淆	**can't tell right from wrong**

昏天黑地	**in pitch darkness**
白紙黑字	**in black and white**
顛倒黑白	**intentionally mislead** *sb.*

一團漆黑	**pitch-black**
說白道黑	**be critical**
起早貪黑	**work twenty-four seven**

【背景説明】

1. 黑ㄏㄟ燈ㄉㄥ瞎ㄒㄚ火ㄏㄨㄛ

形容「一片黑暗不明，沒有一絲光線」，英文説成：
dark with no light。例如：The building is ***dark with no light***.（整棟大樓一片**黑燈瞎火**。）

> ***dark with no light***
> = unlit
> = in darkness
> unlit〔ʌn'lɪt〕*adj.* 沒有燈光的

2. 黑ㄏㄟ更ㄍㄥ半ㄅㄢ夜ㄧㄝ

意思與「三更半夜」相近，形容「黑暗的深夜」。英文
的用法是將夜晚想像成一條時間線，這條線的中央即
是夜最深的時候，所以説成 ***in the middle of the
night***。例如：Jessie came home ***in the middle of
the night***.（潔西**黑更半夜**時才回家。）

> ***in the middle of the night***
> = in the dead of night
> dead〔dɛd〕*n.* 如死般靜悄悄的時候
> ***in the dead of night*** 在深夜；在夜裡人靜的時候

3. 黑ㄏㄟ白ㄅㄞ混ㄏㄨㄣ淆ㄒㄧㄠ

黑的白的傻傻分不清，比喻「一個人無法分辨是非對
錯」，英文説成：***can't tell right from wrong***。例如：
If one ***can't tell right from wrong***, it will be very

difficult to survive in the world today. (若一個人
黑白混淆，將很難在現今的世界裡存活。)

> *can't tell right from wrong*
> = confuse right and wrong
> = mix black with white
>
> *tell A from B*　分辨 A 與 B
> *mix A with B*　將 A 與 B 混在一起

4. 昏ㄏㄨㄣ天ㄊㄧㄢ黑ㄏㄟ地ㄉㄧ

形容「光線昏暗，無法辨別方向」，英文說成：*in pitch
darkness*。【pitch〔 pɪtʃ〕*n.* 瀝青】這裡是將 pitch 的
名詞當形容詞用，字面的意思是「像瀝青一樣黑」。例
如：I spent a long time looking for his house *in
pitch darkness*. (我在**昏天黑地**中花了很久時間在找他
家。) 另外，這句成語也形容「人的感覺昏昏沉沉、迷
迷糊糊的」，如果是喝酒喝到昏天暗地，英文可以說成
dizzy〔'dɪzɪ〕*adj.* 頭暈的；眼花的。隨情境不同，則
有不同的英文說法。

5. 白ㄅㄞ紙ㄓ黑ㄏㄟ字ㄗ

白紙上寫著黑字，比喻「非常清楚」。英文的說法也
一樣：*in black and white*。例如：I won't believe
it until I see it *in black and white*. (除非我看到**白紙
黑字**，不然我不會相信的。)

> *in black and white*
> = very definite
> definite〔'dɛfənɪt〕*adj.* 明確的

6. 顛倒黑白

把黑的說成白的，表示「歪曲事實，故意誤導別人」，英文說法是：*intentionally mislead sb.*。【intentionally〔ɪnˈtɛnʃənḷɪ〕*adv.* 故意地　mislead〔mɪsˈlid〕*v.* 誤導】例如：The politician was accused of trying to *intentionally mislead* investigators. (那位政客被指控顛倒黑白來誤導調查員。)

> *intentionally mislead sb.*
> = call white black
> = swear black is white
> = talk black into white

talk A into B 將 A 說成 B
但 *talk A into V-ing* 則是指「說服 A 去做～」。
例如：The salesman *talked* the customer *into* buying the product. (那個業務員成功地說服了顧客買他的產品。)

7. 一團漆黑

形容「一片黑暗，一絲光線都沒有」，英文說成：*pitch-black*，指「像瀝青一般的黑」，來比喻「非常的黑」。例如：We walked through the *pitch-black* forest. (我們穿過那一團漆黑的森林。)

> *pitch-black*
> = pitch-dark
> = completely dark

8. 說ㄕㄨㄛ白ㄅㄞˊ道ㄉㄠˋ黑ㄏㄟ

比喻「對人、對事任意評論」，英文說成 *be critical*
〔'krɪtɪk!〕【英文片語：be critical of *sth.* 對…吹毛
求疵；愛挑剔…】因爲喜歡說白道黑的人，總是在
嚼舌根、發表個人主觀意見，所以會讓人聽久了感
到反感。也可用 critical 修飾名詞，例如：*Critical*
people are difficult to be around.（喜歡說白道黑
的人很難相處。）

> *be critical*
> = judge at will
>
> judge〔 dʒʌdʒ 〕*v.* 論斷；批評
> *at will* 隨意地；隨心所欲地

9. 起ㄑㄧˇ早ㄗㄠˇ貪ㄊㄢ黑ㄏㄟ

早上很早起，晚上很晚才睡，形容「很辛勤地工作」，英
文爲：*work twenty-four seven*，用「一天 24 小時、一
週 7 天不間斷」的誇張用法來形容其程度。"twenty-four
seven" 亦可寫作 "24/7"，相當於 "non-stop"。最常用
來形容商店全年無休不打烊。例如：The man *worked*
twenty-four seven to provide for his family.（那男
人爲了養家活口，每天**起早貪黑**地工作。）

> *work twenty-four seven*
> = work from dawn to dusk
> = toil from morning till night
>
> dawn〔 dɔn 〕*n.* 黎明　　dusk〔 dʌsk 〕*n.* 黃昏
> toil〔 tɔɪl 〕*v.* 辛苦工作

9. 「顏色--白」的中文成語英譯

　　下面的成語，每個裡面都含有「白」，每三個成語為一組。如第一組皆是「白」開頭、第二組「白」都在第二個字、第三組皆是「白」結尾的結構。九個中文和英文成語一起背，背至 20 秒，終生不忘記。

白手起家	start from scratch
白璧無瑕	picture perfect
白頭偕老	grow old together

月白風清	a pleasant evening
平白無故	for no reason
不白之冤	be wrongly accused

不明不白	unclear
眞相大白	The truth has come out.
襟懷坦白	have nothing to hide

【背景說明】

1. 白手起家

比喻「完全沒有依賴其他人的幫助，靠自己努力得來的成功」，英文說成 *start from scratch*。【scratch〔skrætʃ〕*n.* 零碎；碎片】例如：She *started from scratch* and founded a new company.（她**白手起家**，創立了一間新公司。）

> *start from scratch*【不能說成：*start from the scratch*（誤）】
> = be self-made
> = start empty-handed
> = build up from nothing
>
> self-made〔ˌsɛlfˈmed〕*adj.* 白手起家的
> empty-handed〔ˌɛmptɪˈhændɪd〕*adj.* 空手的

from scratch 是指「從無到有」；好比你烤的麵包是從篩麵粉、揉麵團、發酵等步驟，一步步紮實地做出來的，你就可以驕傲地這麼說：I made the bread *from scratch*.（這麵包是我從原料開始做出來的。）

2. 白璧無瑕

一塊白玉裡，一點瑕疵都沒有，比喻「人或事物完美無缺」。英文中，用 *picture perfect* 來形容「像畫出來一樣的完美」。例如：Children always have *picture perfect* skin.（小孩子總是有著**白璧無瑕**般的肌膚。）

> *picture perfect*
> = impeccable
> = flawless
>
> impeccable〔ɪmˈpɛkəb!〕*adj.* 沒有瑕疵的
> flawless〔ˈflɔlɪs〕*adj.* 沒有瑕疵的

3. 白ㄅㄞˊ頭ㄊㄡˊ偕ㄒㄧㄝˊ老ㄌㄠˇ

指「夫妻相親相愛,一直到老了、頭髮白了,都還在一起」,當英文說 *grow old together*「一起變老」,就是這個意思。例如:Many couples look forward to *growing old together*.(很多夫妻都期待可以白頭偕老。)

4. 月ㄩㄝˋ白ㄅㄞˊ風ㄈㄥ清ㄑㄧㄥ

月亮銀白皎潔,晚風清爽宜人,形容「天氣晴朗的月夜」,指的是 *a pleasant evening*「一個令人心情愉悅的夜晚」。例如:We spent *a pleasant evening* taking a slow walk.(我們在一個月白風清的夜晚漫步。)

5. 平ㄆㄧㄥˊ白ㄅㄞˊ無ㄨˊ故ㄍㄨˋ

指「無來由、無緣無故、沒有原因地」。例如:Tommy hit me *for no reason*.(湯米平白無故地打我。)

$$\begin{cases} \textbf{\textit{for no reason}} \\ = \text{without any reason} \\ = \text{groundlessly} \end{cases}$$

groundlessly〔'graʊndlɪslɪ〕*adv.* 毫無根據地;無緣無故地

6. 不ㄅㄨˋ白ㄅㄞˊ之ㄓ冤ㄩㄢ

指「遭受不明不白的、無中生有的冤枉」,也就是「被污衊」的意思,英文則以 *be wrongly accused* 來表達。【accuse〔ə'kjuz〕*v.* 指控;怪罪】

例如：Tina *was wrongly accused* of the crime.（蒂娜
遭受了**不白之冤**，被指控犯罪。）

> *be wrongly accused*
> = be wronged
> = be treated unjustly

accuse *sb*. of *sth*. 意思「指控某人做了某事」，例如：
Don't *accuse* me *of* something I didn't do.
（不要胡亂指控我沒做的事。）

be wronged 這個成語的用法很特別，因爲是把 wrong
當動詞使用，作「傷害、冤枉」解，並用被動式來表示
「被冤枉、受委屈」。例如：He *was wronged* by his
best friends.（他受到好友的**不白之冤**。）

7. 不ㄅㄨˋ明ㄇㄧㄥˊ不ㄅㄨˋ白ㄅㄞˊ

形容「含糊、不清楚」，英文即是 *unclear*，也可用來形
容「不正當的；來路不明的」。例如：It is *unclear* where
the money came from.（這個錢來得**不明不白**。）

> *unclear*
> = confusing
> = indefinite
> = obscure

indefinite〔ɪn'dɛfənɪt〕*adj.* 不確定的
obscure〔əb'skjʊr〕*adj.* 模糊的

8. 真ㄓㄣ相ㄒㄧㄤ大ㄉㄚ白ㄅㄞ

「真實的情況已經完全明白」，或是「秘密終於被揭曉」；當真相被知道了，英文就說 *The truth has come out*. 例如：The police have spent over a month investigating the case. Finally *the truth has come out*.（警察花了一個多月調查這個案子，最後終於**真相大白**了。）

> *The truth has come out*.
> = The truth has been revealed.
> = Everything is clear now.

reveal〔rɪ'vil〕v. 透露；揭發

9. 襟ㄐㄧㄣ懷ㄏㄨㄞ坦ㄊㄢ白ㄅㄞ

「襟」在此指「胸襟、胸懷」。形容「心地純潔、光明正大」，當一個人内心光明磊落，就表示他沒有隱藏的秘密，英文說成：*have nothing to hide*。例如：Feel free to ask me any question you like. I *have nothing to hide*.（你想問什麼問題，儘管問。我**襟懷坦白**。）

> *have nothing to hide*
> = be openhearted and aboveboard
> = be in all frankness

openhearted〔'opən'hɑrtɪd〕adj. 坦率的；坦白的
aboveboard〔ə'bʌv'bord〕adj. 光明正大的；公開的
frankness〔'fræŋknɪs〕n. 坦白

10.「顏色--金」的中文成語英譯

下面的成語，每個裡面都含有「金」，每三個成語為一組。如第一組、第二組皆是「金」開頭的，第三組皆是「金」結尾的結構，九個中文和英文成語一起背，背至 20 秒，就終生不忘記。

金蘭之交	sworn brothers
金童玉女	Jack and Jill
金石為開	Faith moves mountains.

金碧輝煌	like a golden palace
金蟬脫殼	get out of trouble
金戈鐵馬	heroic and brave

一刻千金	Time is money.
點石成金	work miracles
眾口鑠金	Public opinion will make a rumor true.

【背景說明】

1. 金ㄐㄧㄣ蘭ㄌㄢ之ㄓ交ㄐㄧㄠ

「金」比喻堅固,「蘭」比喻香氣,出自「二人同心,其利斷
金;同心之言,其嗅如蘭」。比喻「情投意合的朋友;真摯的
友誼」,也可說成「義結金蘭」,指的就是盟誓拜把兄弟,英
文稱作:*sworn brothers*。【sworn〔sworn〕*adj.* 盟誓的】
例如:They became *sworn brothers* in combat against
the enemy. (他們因一同抗敵作戰,而結為**金蘭之交**。)
【combat〔'kɑmbæt〕*n.* 戰爭;戰鬥】

> ### *sworn brothers*
> = a close and intimate friendship

swear 的動詞三態變化:swear-swore-sworn。
sworn 在這裡是過去分詞當形容詞用。
sworn enemy 的意思則為「不共戴天的敵人」。

2. 金ㄐㄧㄣ童ㄊㄨㄥ玉ㄩ女ㄋㄩ

這個成語本來指道教侍奉仙人的童男童女,後來用以形容
「天真無邪的男孩女孩」,英文說成:*Jack and Jill*,這個
英文說法來自一首古童謠。例如:The little boy and girl
are running like *Jack and Jill* in the park. (小男孩跟小
女孩在公園裡跑來跑去,好似一對**金童玉女**。)

> *Jack and Jill*
> = a perfect couple
> = a match made in heaven
>
> match〔mætʃ〕*n.* 相配者
> heaven〔'hɛvən〕*n.* 天堂

3. 金ㄐㄧㄣ石ㄕˊ爲ㄨㄟˊ開ㄎㄞ

「金石」金屬和石頭，比喻最堅硬的東西。也就是「誠心誠意能夠打動萬物」，人們常說：「精誠所至，金石爲開。」只要夠誠心誠意，黃金石頭都會打開，英文説成：*Faith moves mountains*.（信念可以移山。）【faith〔feθ〕*n.* 信念】例如：Don't give up hope. *Faith moves mountains*.（不要放棄希望。精誠所至，**金石爲開**。）

> *Faith moves mountains*.
> = The impossible can happen if one has faith.
> = Sincerity can make metal and stone crack.
>
> sincerity〔sɪnˈsɛrətɪ〕*n.* 誠懇
> metal〔ˈmɛtḷ〕*n.* 金屬
> crack〔kræk〕*v.* 裂開
>
> 第一個等號成語裡頭的 The impossible 能夠當主詞，是因爲「the + 形容詞 = 複數名詞」；如 the poor 指的就是「窮人」。

4. 金ㄐㄧㄣ碧ㄅㄧˋ輝ㄏㄨㄟ煌ㄏㄨㄤˊ

形容建築物「裝飾華麗，光彩奪目」，就像一座金光閃閃的宮殿，所以英文説成：*like a golden palace*。例如：The Forbidden City is *like a golden palace*.（紫禁城眞是**金碧輝煌**。）

> *like a golden palace*
> = splendid and magnificent
>
> splendid〔ˈsplɛndɪd〕*adj.* 華麗的；壯觀的
> magnificent〔mægˈnɪfəsṇt〕*adj.* 宏偉的

5. 金_{ㄐㄧㄣ}蟬_{ㄔㄢˊ}脫_{ㄊㄨㄛ}殼_{ㄎㄜˊ}

成語中的「殼」字，在台灣通常唸成ㄎㄜˊ，在中國大陸則唸成ㄑㄧㄠˋ，二個讀音皆正確。這個成語字面意思是，蟬在成蟲時要脫去殼，引申爲「用計謀來讓自己脫身」，英文說成：***get out of trouble***。例如：The quickest way to ***get out of trouble*** is to not get in trouble.（**金蟬脫殼**最高明的方法，是不要讓自己陷入困境。）【句中 not 修飾 get in trouble，以加強語氣，詳見「文法寶典」p.422】

> ***get out of trouble***
> = escape by strategy
> = get away by cunning maneuvering

strategy〔'strætədʒɪ〕*n.* 戰略；策略
cunning〔'kʌnɪŋ〕*adj.* 狡猾的；狡詐的
maneuvering〔mə'nuvərɪŋ〕*n.* 花招；手段；策略

6. 金_{ㄐㄧㄣ}戈_{ㄍㄜ}鐵_{ㄊㄧㄝˇ}馬_{ㄇㄚˇ}

形容「戰士持槍騎馬的雄姿與氣魄」，另外也比喻「戰爭」。英文可引申說成：***heroic and brave***，形容「驍勇善戰」。【heroic〔hɪ'ro‧ɪk〕*adj.* 英勇的；英雄的】例如：You don't have to be a soldier to be ***heroic and brave***.（你並不一定要當士兵，才能有**金戈鐵馬**的豪氣。）

7. 一_ㄧ刻_{ㄎㄜˋ}千_{ㄑㄧㄢ}金_{ㄐㄧㄣ}

中國的習俗中，一刻是 15 分鐘；一刻鐘值黃金千兩，比喻「時間極爲珍貴」。英文說成：***Time is money***.（時間就是金錢。）

例如：Study as hard as you can. ***Time is money***. Don't waste it. (盡你最大的努力唸書。**一刻千金**，別浪費了。)

> ***Time is money***.
> = Every minute is precious.

8. 點ㄉㄧㄢˇ石ㄕˊ成ㄔㄥˊ金ㄐㄧㄣ

字面意思是「將石頭變成黃金」，表示能把原本沒用的東西變成有用的，就像中文常說的「化腐朽爲神奇」。也比喻「把修改的文章變得出色」，英文說成：***work miracles*** 「創造奇蹟」。例如：The teacher ***worked miracles*** with the article by merely revising a few sentences. (老師只改了幾個句子，就使文章生動了，眞是**點石成金**。)
【revise〔rɪˈvaɪz〕*v.* 修正】

> ***work miracles***
> = work wonders
> = turn stone into gold
> wonder〔ˈwʌndɚ〕*n.* 奇蹟

9. 眾ㄓㄨㄥˋ口ㄎㄡˇ鑠ㄕㄨㄛˋ金ㄐㄧㄣ

「鑠」熔化。字面意思是「多數人所說的話，可以將金屬熔化」，形容「輿論力量的可怕」，比喻「眾多流言，足以顛倒是非」，英文爲：***Public opinion will make a rumor true***.
例如：A：Everyone is saying that you did it.
　　　B：Well, ***public opinion will make a rumor true***.
　　(A：大家都在說那件事是你做的。B：嗯，**眾口鑠金**。)

> ***Public opinion will make a rumor true***.
> = Public opinion will melt metals.
> rumor〔ˈrumɚ〕*n.* 謠言　　melt〔mɛlt〕*v.* 使熔化

11. 「顏色――黃」的中文成語英譯

　　下面的成語，每個裡面都含有「黃」，每三個成語為一組。如第一組是「黃」開頭、第二組的「黃」在第二個字、第三組的「黃」在第三個字，很好背。九個中文和英文成語一起背，背至 20 秒，終生不忘記。

黃道吉日	a lucky day
黃雀伺蟬	Watch your back.
黃粱一夢	a pipe dream

青黃不接	a temporary shortage
面黃肌瘦	look pale and thin
飛黃騰達	make it in the world

明日黃花	out of date
直搗黃龍	hit *sb.* where it hurts
人約黃昏	go on a date

Unit 2 顏色篇

【背景說明】

1. 黃ㄏㄨㄤˊ道ㄉㄠˋ吉ㄐㄧˊ日ㄖˋ

古時以觀察天象、星象來推算適合從事活動的日子，後泛指爲「適合辦事的好日子」，英文裡較普遍的説法是：*a lucky day*，字面的意思就是「幸運的一天」。例如：This Sunday will be *a lucky day* for playing the lottery.（這個星期天將是買樂透彩的**黃道吉日**。）【lottery〔ˈlɑtərɪ〕*n.* 樂透彩券】

> *a lucky day*
> = a good day
> = a red-letter day
> = an auspicious day

auspicious〔ɔˈspɪʃəs〕*adj.* 吉祥的；好運的

爲什麼講 a red-letter day 呢？因爲外國人習慣在日曆上，用紅字標出重要的日子，而重要的日子意味著重要的活動。這和中文所説的「黃道吉日」，就很接近了！

2. 黃ㄏㄨㄤˊ雀ㄑㄩㄝˋ伺ㄙˋ蟬ㄔㄢˊ

「伺」守候。源自「螳螂捕蟬，黃雀在後」，縮短爲「黃雀伺蟬」，成語故事是説，螳螂在準備要吃蟬的時候，其實黃雀已在螳螂後面，伺機要吃牠了，比喻「大禍臨頭還不知道」，或是「即將會有的災難」，英文以 *Watch your back*. 來表示「危機總在背後，要小心。」例如：You can't trust those guys. *Watch your back*.（你不可以相信那些人。**黃雀伺蟬**，要小心。）美國人也常説：Trouble is around the corner. 字面的意思是「麻煩快來了。」也就是「黃雀伺蟬」。【*around the corner* 就快到了】

3. 黃ㄏㄨㄤ粱ㄌㄧㄤ一一夢ㄇㄥ

「黃粱」小米，指夢醒來時小米還沒有煮熟。現在用來比喻「虛幻不能實現的夢」，英文說成：*a pipe dream*。【pipe〔paɪp〕*n.* 水管；管狀物】這個英文說法是從十八、十九世紀開始的，當時的人時興抽鴉片，俗稱 smoke the pipes。因為抽鴉片是件不好的事，而在抽鴉片時所產生的幻覺，就被稱為 *a pipe dream*。例如：Free electricity is an environmentalist's *pipe dream*. （環保人士所追求的免費電力，可說是**黃粱一夢**。）【environmentalist〔ɪn͵vaɪrən'mɛntl̩ɪst〕*n.* 環保人士】

> *a pipe dream*
> = an impossible plan

4. 青ㄑㄧㄥ黃ㄏㄨㄤ不ㄅㄨ接ㄐㄧㄝ

青，在這句成語裡，指的是「新種的青苗」；而黃，指的是「成熟採收的穀物」。字面的意思是，「舊的糧食已經吃完，新的卻尚未收成」，所以比喻「一段時間的短缺、匱乏」（ = *food shortage between two harvests*），也比喻「人才或物力前後接不上」。由於是暫時的，英文就說成：*a temporary shortage*。【temporary〔'tɛmpə͵rɛrɪ〕*adj.* 暫時性的　shortage〔'ʃɔrtɪdʒ〕*n.* 短缺；缺少】例如：The company is facing *a temporary shortage* of managerial staff. （這家公司正面臨著經理級人員**青黃不接**的窘境。）【managerial〔͵mænə'dʒɪrɪəl〕*adj.* 經理的　staff〔stæf〕*n.* 工作人員】

5. 面ㄇㄧㄢˋ黃ㄏㄨㄤˊ肌ㄐㄧ瘦ㄕㄡˋ

形容人臉色發黃、身體消瘦，英文說成：***look pale and thin***【pale〔pel〕*adj.* 蒼白的】英文說臉色不好，大部分都以「蒼白」來形容，不像中文，臉會變黑、變紫、變青、變白等。例如：A month later, he emerged from the jungle ***looking pale and thin***. (一個月後，他**面黃肌瘦**地從叢林裡現身。)【emerge〔ɪ'mɝdʒ〕*v.* 出現】

> ***look pale and thin***
> = look lean and haggard
> lean〔lin〕*adj.* 瘦的
> haggard〔'hægɚd〕*adj.* 面容憔悴的

6. 飛ㄈㄟ黃ㄏㄨㄤˊ騰ㄊㄥˊ達ㄉㄚˊ

「飛黃」傳說中神馬的名字；「騰達」上升，引申為「發跡」。比喻人在商場、職場上「很成功」，英文說成：***make it in the world***。而 make it 這個片語的中文意思，就是指「成功做到某件事」，能夠在這世界、這社會成功，那就是「飛黃騰達」。例如：Lisa has what it takes to ***make it in the world***. (麗莎有著能**飛黃騰達**的條件。)

> ***make it in the world***
> = have the world at *one's* feet
> = be successful in *one's* career

7. 明ㄇㄧㄥˊ日ㄖˋ黃ㄏㄨㄤˊ花ㄏㄨㄚ

「黃花」菊花，原指重陽節後逐漸萎謝的菊花。現比喻「過時的事物」，英文表示過時的說法，即為 ***out of date***。

例如：Carrying cash is *out of date* now. Everyone is using credit cards. (帶現金出門已是**明日黃花**，現在大家都用信用卡。)

$$\begin{cases} \textit{out of date} \\ = \text{outdated} \\ = \text{out of fashion} \\ = \text{a thing of the past} \end{cases}$$

outdated〔aut'detɪd〕*adj.* 過時的；落伍的
out of fashion 不流行

8. 直搗黃龍

「黃龍」黃龍府，在吉林省一帶，古代是金人的轄地。原指「直接進擊敵方都城、巢穴」(= *press forward to the enemy's capital*)，引申為「直接命中要害」，英文的說法是 *hit sb. where it hurts*，中文字面意思為「打在會痛的地方」，這樣才最有效率。例如：If they don't want to sign the agreement, we'll *hit them where it hurts*.
(如果他們不想簽協議書，我們就會**直搗黃龍**。)

9. 人約黃昏

原指「男生、女生相約在黃昏之後見面」，後泛指「約會」，英文說成：*go on a date*。例如：She was so excited to be *going on a date* with Paul. (她非常興奮，要與保羅**人約黃昏**。)
date〔det〕*n.* 日期；約會；約會對象
date *sb.* 和某人約會
= go out with *sb.*
= be seeing *sb.*

12. 「顏色--青」的中文成語英譯

下面的成語，每個裡面都含有「青」，每三個成語爲一組。如第一組是「青」字開頭、第二組的「青」在第三個字、第三組是「青」結尾，很好背。九個中文和英文成語一起背，背到變成直覺，就可終生不忘。

青紅皂白	**the facts**
青天霹靂	**a bolt from the blue**
青出於藍	**The pupils outdo the master.**

綠水青山	**beautiful country scenery**
平步青雲	**quickly move up in the world**
名垂青史	**go down in history**

妙手丹青	**a painting master**
爐火純青	**be at the top of** *one's* **game**
萬古長青	**be everlasting**

【背景說明】

1. 青_{く∠}紅_{Γㄨ∠}皂_{Ρ㄀}白_{ㄅㄞ}

   皂，是黑色；青、紅、皂、白表示不同的顏色，指「事
   情的是非對錯」，也就是「事實」，等於 *the facts*。例如：
   My brother broke the vase, but my mother scolded
   me without knowing *the facts*.（弟弟打破了花瓶，可是
   媽媽卻不分青紅皂白地罵我。）【vase〔ves〕*n.* 花瓶
   scold〔skold〕*v.* 責罵】若用 right and wrong，表示
   「是非」，而 not know right and wrong 是指「不能辨
   別是非」（＝ *not tell right from wrong*），和本成語句意
   不同。

   > *the facts*
   > ＝ the truth
   > ＝ the correct information

2. 青_{く∠}天_{ㄊㄢ}霹_{ㄆ一}靂_{ㄌ一}

   也可說成「晴天霹靂」。字面的意思是「晴朗的天空中
   突然打起響雷」，比喻「突然發生的意外、令人震驚的
   事情」，英文相對應的說法為：*a bolt from the blue*。
   【bolt〔bolt〕*n.* 閃電】例如：When we learned that
   he died in an accident, it was *a bolt from the blue*.
   （當我們得知他死於意外的消息，
   就像青天霹靂一樣。）

⎧ ***a bolt from the blue***
⎨ = out of the blue
⎩ = sudden and unexpected

　out of the blue　出乎意料地；突然

3. 青出於藍

「青」是靛青色；「藍」是可做染料的草。字面的意思是：「青色是由藍草裡提煉出來的，但顏色比藍更深」，比喻「學生超過老師」或「後人勝過前人」，英文說成：***The pupils outdo the master.*** 【pupil〔'pjupḷ〕*n.* 弟子 master〔'mæstɚ〕*n.* 老師】例如：The day has come when ***the pupils outdo the master.*** (終於到了**青出於藍**的那一天。)

　The pupils outdo the master.
　= The students surpass the teacher.

　surpass〔sɚ'pæs〕*v.* 超越

4. 綠水青山

青綠色的山脈、河流，常用來形容「風景秀麗」，英文說成：***beautiful country scenery***。例如：Looking at the ***beautiful country scenery*** makes people forget about all their troubles. (看著一片**綠水青山**，讓人忘卻所有的煩惱。)【trouble〔'trʌbḷ〕*n.* 煩惱】

5. 平_{ㄆ一ㄥ}步_{ㄅㄨ}青_{ㄑ一ㄥ}雲_{ㄩㄣ}

「平」平穩;「步」行走;「青雲」高空。指「人一下子升到很高的地位」,英文說成:*quickly move up in the world*。例如:As an apprentice, Peter was fortunate to *quickly move up in the world* and make a name for himself.

(身爲見習生,彼得很幸運地能夠**平步青雲**,贏得名聲。)

apprentice〔ə'prɛntɪs〕*n.* 學徒;見習生

make a name for oneself 贏得名聲;成名

> *move up in the world*
> = make a smashing hit
> = have a meteoric rise

smashing〔'smæʃɪŋ〕*adj.* 極好的;傑出的
hit〔hɪt〕*n.* (偶然的) 成功
meteoric〔͵mitɪ'ɔrɪk〕*adj.* 流星的;迅速的
rise〔raɪz〕*n.* 發跡;出人頭地

6. 名_{ㄇ一ㄥ}垂_{ㄔㄨㄟ}青_{ㄑ一ㄥ}史_ㄕ

「青史」歷史。由於古代將歷史刻在用青竹做的竹簡上,故稱「青史」。整句成語的意思是「名字、事蹟流傳於後世」,英文說成:*go down in history*。例如:This will *go down in history* as the best decision ever made by a U.S. president. (這件事將會**名垂青史**,成爲歷屆美國總統中,所做過的最佳決定。)

> *go down in history*
> = make a name in history
> = enter the Hall of Fame
> *the Hall of Fame* 名人館

7. 妙ㄇㄧㄠˋ手ㄕㄡˇ丹ㄉㄢ青ㄑㄧㄥ

「妙手」技能高超的人；「丹青」繪畫的顏料。比喻「優秀的畫家」。英文裡稱一個人專精於某事，叫作 master，所以很會畫畫的人，就叫作 *a painting master*。例如：He is *a painting master* of international fame. (他是享譽國際的**妙手丹青**。)【fame〔fem〕*n.* 名聲】

8. 爐ㄌㄨˊ火ㄏㄨㄛˇ純ㄔㄨㄣˊ青ㄑㄧㄥ

比喻學問、技術、功夫等「到達精純完美的境界」，英文則形容一個人「在自己的領域裡稱霸、專精」: *at the top of one's game*。例如：Kobe Bryant was *at the top of his game* last night. (小飛俠布萊恩昨晚的球技真是**爐火純青**。)【Kobe Bryant〔'kobı'braıənt〕*n.* 小飛俠布萊恩】

9. 萬ㄨㄢˋ古ㄍㄨˇ長ㄔㄤˊ青ㄑㄧㄥ

「萬古」指千秋萬代。字面上是說「千秋萬代都像松柏一樣永遠蒼翠」，比喻崇高的精神或深厚的友誼「永遠不消失」，英文則說成 *everlasting* (永遠存在的)。【ever〔'ɛvɚ〕*adv.* 一直；永遠　　last〔læst〕*v.* 持久；持續】例如：The two countries' friendship will be *everlasting*. (兩國的友誼**萬古長青**。)

> *everlasting*
> = never-ending
> = permanent
> permanent〔'pɝmənənt〕*adj.* 永遠的

Unit 2 成果驗收

一面唸出中文成語，一面說英文。

1. 赤子之心	_____	28. 金蘭之交	_____
2. 赤膽忠心	_____	29. 金童玉女	_____
3. 赤地千里	_____	30. 金石爲開	_____
4. 赤手空拳	_____	31. 金碧輝煌	_____
5. 赤膊上陣	_____	32. 金蟬脫殼	_____
6. 赤誠相待	_____	33. 金戈鐵馬	_____
7. 萬紫千紅	_____	34. 一刻千金	_____
8. 滿臉通紅	_____	35. 點石成金	_____
9. 齒白脣紅	_____	36. 眾口鑠金	_____
10. 黑燈瞎火	_____	37. 黃道吉日	_____
11. 黑更半夜	_____	38. 黃雀伺蟬	_____
12. 黑白混淆	_____	39. 黃粱一夢	_____
13. 昏天黑地	_____	40. 青黃不接	_____
14. 白紙黑字	_____	41. 面黃肌瘦	_____
15. 顚倒黑白	_____	42. 飛黃騰達	_____
16. 一團漆黑	_____	43. 明日黃花	_____
17. 說白道黑	_____	44. 直搗黃龍	_____
18. 起早貪黑	_____	45. 人約黃昏	_____
19. 白手起家	_____	46. 青紅皂白	_____
20. 白璧無瑕	_____	47. 青天霹靂	_____
21. 白頭偕老	_____	48. 青出於藍	_____
22. 月白風清	_____	49. 綠水青山	_____
23. 平白無故	_____	50. 平步青雲	_____
24. 不白之冤	_____	51. 名垂青史	_____
25. 不明不白	_____	52. 妙手丹青	_____
26. 眞相大白	_____	53. 爐火純青	_____
27. 襟懷坦白	_____	54. 萬古長青	_____

UNIT 3 情緒篇

狂妄自大
cocky

※這個單元54個中文成語，全部與「情緒」
有關，環環相扣，可以一個接一個背。

Unit 3 情緒篇

📖 中英文一起背，背至 2 分鐘以内，終生不忘記。

1.	喜出望外	**be overjoyed**
2.	喜笑顏開	*One's* **face lights up.**
3.	喜聞樂見	**love to see and hear**
4.	怒髮衝冠	**blow** *one's* **top**
5.	怒目而視	**give** *sb.* **a black look**
6.	怒不可遏	**see red**
7.	哀鴻遍野	**Suffering is all around.**
8.	哀兵必勝	**The South will rise again.**
9.	哀而不傷	**a somber occasion**

10.	樂天知命	**happy-go-lucky**
11.	樂此不疲	**enjoy doing** *sth.*
12.	樂不可支	**as pleased as Punch**
13.	愛憎分明	**know whom to love and whom to hate**
14.	愛莫能助	**The spirit is willing, but the flesh is weak.**
15.	愛不釋手	**be attached to** *sth.*
16.	情竇初開	**adolescent love**
17.	情同手足	**love** *sb.* **like a brother**
18.	情有可原	**be understandable**

19.	悲天憫人	**bemoan the times and pity the people**
20.	悲歡離合	**vicissitudes of life**
21.	悲痛欲絕	**heart-stricken**
22.	傷風敗俗	**offend public decency**
23.	傷天害理	**do things that are against reason and nature**
24.	傷筋動骨	**break a bone**
25.	痛哭流涕	**cry** *one's* **heart out**
26.	痛不欲生	**eat** *one's* **heart out**
27.	痛心疾首	**feel bitter about**

28.	憂心如焚	worry *oneself* to death
29.	憂心忡忡	heavy-hearted
30.	憂國憂民	be concerned about *one's* country and *one's* people
31.	愁眉苦臉	wear a sad face
32.	愁雲慘霧	stormy weather
33.	愁腸寸斷	*One's* heart is broken.
34.	哭哭啼啼	weep and sob
36.	哭笑不得	not know whether to laugh or to cry
36.	哭天喊地	cry loudly

37.	驚天動地	earth-shattering
38.	驚慌失色	be as pale as a ghost
39.	驚心動魄	breathtaking
40.	狂風暴雨	violent storm
41.	狂妄自大	cocky
42.	狂濤巨浪	stormy sea
43.	驕傲自滿	be complacent
44.	驕奢淫逸	lead a life of luxury and debauchery
45.	驕兵必敗	Pride goes before a fall.

46.	感情用事	be swayed by *one's* emotions
47.	感同身受	identify with
48.	感慨萬千	be filled with emotion
49.	苦口婆心	earnest and well-meaning advice
50.	苦心經營	mastermind
51.	苦盡甘來	After the bitter comes the sweet.
52.	新仇舊恨	add insult to injury
53.	深仇大恨	deep-seated hatred
54.	報仇雪恨	settle old scores

Unit 3 情緒篇

13. 「喜、怒、哀」的中文成語英譯

下面三組成語表示人的「情緒」，各爲「喜」、「怒」、「哀」開頭。三個一組，表示類似的情感，例如：「喜出望外」、「喜笑顏開」、「喜聞樂見」，皆表示「快樂」。

Unit 3 情緒篇

喜出望外	be overjoyed
喜笑顏開	*One's* face lights up.
喜聞樂見	love to see and hear

怒髮衝冠	blow *one's* top
怒目而視	give *sb.* a black look
怒不可遏	see red

哀鴻遍野	**Suffering is all around.**
哀兵必勝	**The South will rise again.**
哀而不傷	**a somber occasion**

【背景說明】

1. 喜ㄒ出ㄔㄨ望ㄨㄤ外ㄨㄞ

　　望外指「意想不到」。此成語表示「因意想不到的事感到欣喜」，相當於英文：**be overjoyed**〔,ovə'dʒɔɪd〕*adj.* 狂喜的；非常高興的。如：I **am overjoyed** that you stood up for me.（我感到**喜出望外**，因為你支持我。）

　　【**stand up for** 支持】

> **be overjoyed**
> = be pleasantly surprised
>
> pleasantly〔'plɛzn̩tlɪ〕*adv.* 愉快地

2. 喜ㄒ笑ㄒㄠ顏ㄧㄢ開ㄎㄞ

　　指「笑容隨著顏面舒展開來」，英文可用：**One's face lights up.**，表示「某人的臉變亮起來」，也就是「喜笑顏開」。

　　【light〔laɪt〕*v.* 發光；點亮

　　（三態變化：light-lit-lit）】例如：

His face lit up at the good news.

（聽到這個好消息，他**喜笑顏開**。）

> **One's face lights up.**
> = One's face lights up with pleasure.
> = One's face beams with smiles.
>
> pleasure〔'plɛʒɚ〕*n.* 愉快
> beam〔bim〕*v.* 眉開眼笑；發光

3. 喜ㄒㄧˇ聞ㄨㄣˊ樂ㄌㄜˋ見ㄐㄧㄢˋ

喜歡聽、樂意看，比喻「非常歡迎所聽到、看到的事物」，相當於英文解釋：*love to see and hear*。例如：Chinese opera is a form of entertainment people *love to see and hear*. (京劇是群眾**喜聞樂見**的一種娛樂。)

Chinese opera 京劇　　form〔fɔrm〕*n.* 類型
entertainment〔͵ɛntə'tenmənt〕*n.* 娛樂

> *love to see and hear*
> = be delighted to hear and see
> = love to be entertained by

delighted〔dɪ'laɪtɪd〕*adj.* 高興的
entertain〔͵ɛntə'ten〕*v.* 娛樂

4. 怒ㄋㄨˋ髮ㄈㄚˇ衝ㄔㄨㄥ冠ㄍㄨㄢ

憤怒得頭髮直豎頂起帽子，形容「盛怒的樣子」，英文說成：*blow one's top*，字面意思是「頭頂炸開了」，也就是「暴怒；怒髮衝冠」的意思。【blow〔blo〕*v.* 使爆炸 (三態變化：blow-blew-blown)　　top〔tɑp〕*n.* 頭頂】例如：My father *blew his top* when he learned I smashed his car. (當我爸得知我撞毀了他的車，他氣得**怒髮衝冠**。)【learn〔lɜn〕*v.* 知道 smash〔smæʃ〕*v.* 使粉碎】

> *blow one's top*
> = hit the ceiling
> = fly into a rage

ceiling〔'silɪŋ〕*n.* 天花板　　rage〔redʒ〕*n.* 盛怒

5. 怒ㄋㄨˋ目ㄇㄨˋ而ㄦˊ視ㄕˋ

因「發怒而兩眼圓睜瞪視對方」，英文説成 : *give sb.*
a black look【*give sb. a look* 看某人一眼
black〔blæk〕*adj.* 憤怒的】例如 : My boss *gave*
me a black look when I came late. (當我遲到的時
候，我老闆對我**怒目而視**。)

> *give sb. a black look*
> = look black at *sb.*
> = glare furiously at *sb.*

　　look black at 怒視　　glare〔glɛr〕*v.* 怒目注視
　　furiously〔'fjʊrɪəslɪ〕*adv.* 狂怒地

6. 怒ㄋㄨˋ不ㄅㄨˋ可ㄎㄜˇ遏ㄜˋ

「遏」止。憤怒到不能抑制的地步，形容「憤怒之極」，
英文是 : *see red*，字面的意思是「看見紅色」，此成語
來自鬥牛，鬥牛士用紅斗篷來激怒公牛，因此，*see red*
用來比喻像公牛看到紅斗篷時「怒
不可遏」的樣子。例如 : He *sees*
red whenever I mention his
ex-girlfriend. (每次我提到他的
前女友，他便**怒不可遏**。)

> *see red*
> = be angry beyond all control
> = cannot restrain *one's* fury

　　beyond control 無法控制　　restrain〔rɪ'stren〕*v.* 抑制
　　fury〔'fjʊrɪ〕*n.* 狂怒；憤怒

7. 哀ㄞ鴻ㄏㄨㄥˊ遍ㄅㄧㄢˋ野ㄧㄝˇ

「哀鴻」哀鳴的鴻雁。比喻「到處都是流離失所的難民。」
英文說成：***Suffering is all around***. 字面上是「到處都
是苦難。」也就是「哀鴻遍野」。【suffering〔ˈsʌfərɪŋ〕*n.*
苦難】例如：After the disastrous earthquake, ***suffering
was all around***.（強大地震後，**哀鴻遍野**。）
【disastrous〔dɪzˈæstrəs〕*adj.* 災難性的】

8. 哀ㄞ兵ㄅㄧㄥ必ㄅㄧˋ勝ㄕㄥˋ

指「受壓迫的一方，因懷有悲憤的情緒，必能克敵制勝。」
英文說成：***The South will rise again***. 表示「南方會再
崛起。」【rise〔raɪz〕*v.* 崛起；興起】此成語是因美國南
北戰爭後，南方戰敗而重鎮移向北方，有人則認為南方
不會因此落沒，會再捲土重來。例如：We may have
lost the battle, but ***the South will rise again***. We will
win the final victory.（我們或許輸了這場戰役，但**哀兵
必勝**。我們將會贏得最後的勝利。）

> ***The South will rise again***.
> = The oppressed will rise to win.
> oppressed〔əˈprɛst〕*adj.* 受壓迫的

9. 哀ㄞ而ㄦˊ不ㄅㄨˋ傷ㄕㄤ

雖然悲傷但不過分，英文說成：***a somber occasion***，
表示「憂鬱的場合」。【somber〔ˈsɑmbɚ〕*adj.* 憂鬱的；
陰沉的　　occasion〔əˈkeʒən〕*n.* 場合】例如：His
funeral was ***a somber occasion***.（他的喪禮**哀而不傷**。）
【funeral〔ˈfjunərəl〕*n.* 葬禮】

14. 「樂、愛、情」的中文成語英譯

　　下面三組成語各以「樂」、「愛」、「情」為開頭，順序記法為「樂於愛情」。背下這9個成語，也學會如何描述愛的感受。不管是初次戀愛，如「情竇初開」，或是同袍之情，如「情同手足」，甚至是對事物的愛，如「愛不釋手」。

樂天知命	**happy-go-lucky**
樂此不疲	**enjoy doing** *sth.*
樂不可支	**as pleased as Punch**

愛憎分明	**know whom to love and whom to hate**
愛莫能助	**The spirit is willing, but the flesh is weak.**
愛不釋手	**be attached to** *sth.*

情竇初開	**adolescent love**
情同手足	**love** *sb.* **like a brother**
情有可原	**be understandable**

【背景說明】

1. 樂ㄌㄜˋ天ㄊㄧㄢ知ㄓ命ㄇㄧㄥˋ

表示「順應天意的變化，固守本分、安於處境且悠然自得」，
英文說成：**happy-go-lucky**
〔ˋhæpɪɡoˏlʌkɪ〕*adj.* 逍遙自在的；
隨遇而安的。如：Oscar is a
happy-go-lucky type of kid.
（奧斯卡是個**樂天知命**的孩子。）

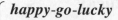

> **happy-go-lucky**
> = carefree
> = content with what *one* is

carefree〔ˋkɛrˏfri〕*adj.* 無憂無慮的

content〔kənˋtɛnt〕*adj.* 滿足的

2. 樂ㄌㄜˋ此ㄘˇ不ㄅㄨˋ疲ㄆㄧˊ

指「特別喜好做某些事，而不覺得疲倦辛苦」，英文說成：
enjoy doing sth.，表示「喜愛做某事」。例如：Although
Sam has to wake up early to work out, he **enjoys**
doing it.（雖然山姆必須早起去運動，但他**樂此不疲**。）
【**work out** 運動】

> **enjoy doing** sth.
> = love and indulge in sth.

indulge〔ɪnˋdʌldʒ〕*v.* 沉迷於；沉溺於 <*in*>

3. 樂_{ㄌㄜˋ}不_{ㄅㄨˋ}可_{ㄎㄜˇ}支_ㄓ

「支」撐住。快樂到無法承受得住，形容「快樂到了極
點」，相當於英文成語：*as pleased as Punch*，意指
「非常快樂」。【pleased〔plizd〕*adj.* 高興的　　Punch
〔pʌntʃ〕*n.* 潘趣（人名）】例如：I know my father will
be *as pleased as Punch* when he sees my grades.
（我知道我父親看到我的成績會樂不可支。）
此成語的原意是「像潘趣一樣高興」，源自於英國著名木偶
戲《潘趣與茱迪》(Punch & Judy)，潘趣 (Punch) 是
裡面的男主角，茱迪 (Judy) 是他的老婆。潘趣長相逗
趣，有一個大大的鷹鈎鼻，雞胸駝背，聲如雞叫，十足的
小丑扮相，劇中他驕傲自滿，總是調皮地逗唱。此成語最
初是以 as proud as Punch（非常驕傲；趾高氣揚）的形
式出現，後來英國大文豪狄更斯 (Charles Dickens) 在
他 1854 年出版的小說《艱難時世》
(Hard Times) 中使用 *as pleased
as Punch*。

> *as pleased as Punch*
> = extremely happy
> = overwhelmed with joy

extremely〔ɪk'strimlɪ〕*adv.* 非常地
overwhelm〔͵ovɚ'hwɛlm〕*v.* 使受不了；使不知所措
be overwhelmed with joy 非常快樂；喜不自勝

4. 愛ㄞˋ憎ㄗㄥ分ㄈㄣ明ㄇㄧㄥˊ

喜好和憎惡的態度十分明確，翻譯成英文為：*know whom to love and whom to hate*，知道誰該愛，誰該恨，也就是「愛憎分明」。例如：He *knows whom to love and whom to hate*.（他是一個**愛憎分明**的人。）

5. 愛ㄞˋ莫ㄇㄛˋ能ㄋㄥˊ助ㄓㄨˋ

「莫」不。指「內心雖然同情，想要幫助卻無能為力」，英文說成：*The spirit is willing, but the flesh is weak*. 字面意思是「精神上是願意的，但肉體太脆弱。」，也就是「心有餘而力不足；愛莫能助。」例如：I'm sorry I can't help you, Randy. *The spirit is willing, but the flesh is weak*.（很抱歉，蘭迪，我無法幫上忙。我**愛莫能助**。）

6. 愛ㄞˋ不ㄅㄨˋ釋ㄕˋ手ㄕㄡˇ

「釋」放下。形容「喜歡到捨不得放手」，英文說成：*be attached to sth.*，意思是「很喜愛某物」，即是「愛不釋手」。【attach〔ə'tætʃ〕*v.* 使附著；使喜愛；使依戀】例如：Joseph *is* deeply *attached to* his new computer.（喬瑟夫對他的新電腦**愛不釋手**。）

> *be attached to sth.*
> = be too fond of *sth.* to let go of it
> = won't let *sth.* out of *one's* sight
>
> *be fond of* 喜歡　　*let go of* 放開
> *out of one's sight* 離開視線；看不見

7. 情ㄑㄧㄥ˙竇ㄉㄡˋ初ㄔㄨ開ㄎㄞ

「竇」孔穴;「情竇」男女愛情的萌動。意思是「初通情愛的感覺」,多用於少男少女,翻譯成英文為: *adolescent love*,表示「青少年的愛」,也就是初次戀愛,「情竇初開」。【adolescent〔͵ædḷˈɛsn̩t〕*adj.* 青少年的;未成熟的】
例如: He was unprepared for the complications of *adolescent love*. (他沒準備好應付**情竇初開**的難題。)
unprepared〔͵ʌnprɪˈpɛrd〕*adj.* 未準備好的
complication〔͵kɑmpləˈkeʃən〕*n.* 困難;複雜

8. 情ㄑㄧㄥ˙同ㄊㄨㄥˊ手ㄕㄡˇ足ㄗㄨˊ

形容「情感如親兄弟般的深厚」,翻譯成英文: *love sb. like a brother*,喜歡某人就如兄弟般,便是「情同手足」。例如: Matt is a good guy. I *love him like a brother*. (麥特人很好,我們**情同手足**。)

9. 情ㄑㄧㄥ˙有ㄧㄡˇ可ㄎㄜˇ原ㄩㄢˊ

從情理上來衡量,尚有值得原諒的地方,翻譯成英文: *be understandable*〔͵ʌndɚˈstændəbḷ〕*adj.* 可理解的。
例如: Your nervousness under the circumstances *is understandable*. (你在這樣的情況下會緊張,是**情有可原**的。)【nervousness〔ˈnɝvəsnɪs〕*n.* 緊張
circumstances〔ˈsɝkəm͵stænsɪz〕*n. pl.* 情況】

> *be understandable*
> = be forgivable
> = be excusable
> excusable〔ɪkˈskjuzəbḷ〕*adj.* 可原諒的

15.「悲、傷、痛」的中文成語英譯

　　下面三組成語，各以「悲」、「傷」、「痛」
開頭，順序記法爲「悲傷到痛」。背下這三組成語，
在說明悲傷難過的事情時，就用詞得當了。

Unit 3 情緒篇

悲天憫人	bemoan the times and pity the people
悲歡離合	vicissitudes of life
悲痛欲絕	heart-stricken

傷風敗俗	offend public decency
傷天害理	do things that are against reason and nature
傷筋動骨	break a bone

痛哭流涕	cry *one's* heart out
痛不欲生	eat *one's* heart out
痛心疾首	feel bitter about

【背景說明】

1. 悲ㄅㄟ天ㄊㄧㄢ憫ㄇㄧㄣ人ㄖㄣ

「悲天」哀嘆時世;「憫人」憐惜眾人。憂傷時局多變,哀憐百姓疾苦,翻譯成英文是:*bemoan the times and pity the people*,表示「為世代憂傷,憐憫人民」,就是「悲天憫人」。例如:Moira is one of those poets who constantly *bemoan the times and pity the people*. (茉伊拉一直是悲天憫人的詩人之一。)【constantly〔ˋkɑnstəntlɪ〕*adv.* 不斷地 bemoan〔bɪˋmon〕*v.* 哀嘆　times〔taɪmz〕*n.* 時代 pity〔ˋpɪtɪ〕*v.* 憐憫;同情】

> *bemoan the times and pity the people*
> = show compassionate feeling for all mankind
> = feel sympathy for all mankind
> compassionate〔kəmˋpæʃənɪt〕*adj.* 有同情心的
> mankind〔mænˋkaɪnd〕*n.* 人類(集合名詞)
> sympathy〔ˋsɪmpəθɪ〕*n.* 同情

2. 悲ㄅㄟ歡ㄏㄨㄢ離ㄌㄧ合ㄏㄜ

泛指「人生所經歷的一切遭遇」,英文說成:*vicissitudes of life*,意指「生命的起伏」,即是「悲歡離合」。例如:He takes great joy in all the *vicissitudes of life*. (他享受人生的悲歡離合。)【*take joy in* 享受 vicissitude〔vəˋsɪsəˏtjud〕*n.* 變化無常】

> *vicissitudes of life*
> = joys and sorrows, separations and reunions
> sorrow〔ˋsɑro〕*n.* 悲傷　separation〔ˏsɛpəˋreʃən〕*n.* 分離
> reunion〔riˋjunjən〕*n.* 重聚

3. 悲ㄅㄟ痛ㄊㄨㄥ欲ㄩ絕ㄐㄩㄝ

「絕」窮盡。形容「傷心哀痛到了極點」，英文說成：
heart-stricken，字面意思是「心被打破了」，就是「悲
痛欲絕」，也可寫成 heart-struck。【strike〔straɪk〕v.
打擊（三態變化： strike-struck-stricken）】

例如：She has been ***heart-stricken***
ever since her dog died.（自從愛犬
死後，她感到**悲痛欲絕**。）

> ***heart-stricken***
> = heartbroken
> = grief-stricken

grief〔grif〕*n.* 傷心

4. 傷ㄕㄤ風ㄈㄥ敗ㄅㄞ俗ㄙㄨ

「傷、敗」敗壞。意思是「敗壞社會風俗習慣」，英文說
成：***offend public decency***，字面是「違反公共規範」，
就是「傷風敗俗」。【offend〔ə'fɛnd〕*v.* 違反
decency〔'disṇsɪ〕*n.* 合宜；得體】

例如：He was arrested
for ***offending public decency***.

（他因**傷風敗俗**行為而被逮捕。）

【arrest〔ə'rɛst〕*v.* 逮捕】

> ***offend public decency***
> = violate common decency

violate〔'vaɪə,let〕*v.* 違反

5. 傷天害理

「傷、害」損害;「天」天道;「理」倫理。指「為人處事
違背天理,泯滅人性」,翻譯成英文:*do things that are
against reason and nature*,意指「做違反常理和自然的
事情」,就是「傷天害理」。例如:He is not the kind of
person to *do things that are against reason and nature*.
(他不是會做**傷天害理**事情的人。)【reason〔'rizn〕*n.* 理性
nature〔'net∫ɚ〕*n.* 自然
against nature　不自然的;不道德的】

6. 傷筋動骨

損傷了筋骨,指「身受重傷」,翻譯成英文是:*break
a bone*。例如:The impact was strong enough to
break a bone. (那撞擊力足以**傷筋動骨**。)
【impact〔'ɪmpækt〕*n.* 撞擊力;衝擊力】

7. 痛哭流涕

「涕」眼淚。形容「非常悲痛、傷心而流淚」,英文說成:
cry one's heart out,字面的意思是「哭到心都掉出來」,
比喻哭得死去活來,就是「痛哭流涕」。例如:He is not
the kind of person to *cry his heart out* to a stranger.
(他不是會對陌生人**痛哭流涕**的人。)此成語也可說成 cry
one's eyes out,「哭到眼睛都掉出來」,也是誇張的說法。

> *cry one's **heart out***
> = cry *one's* eyes out
> = cry bitterly

bitterly〔'bɪtɚlɪ〕*adv.* 痛苦地

8. 痛ㄊㄨㄥˋ不ㄅㄨˋ欲ㄩˋ生ㄕㄥ

傷心到極點，不想再活下去。英文成語是 *eat one's*
heart out。以一個人的心彷彿被吃掉來比喻內心的
憂傷，就是「痛不欲生」。例如：
John has been *eating his heart*
out since Sue left him.（約翰
痛不欲生，因為蘇離開了他。）
one's heart out 還可以搭配其他動詞，像是 play
one's heart out 意指「盡情玩樂」，而 sing *one's*
heart out 則是「盡情歌唱」。

9. 痛ㄊㄨㄥˋ心ㄒㄧㄣ疾ㄐㄧˊ首ㄕㄡˇ

「疾首」頭痛。心中痛恨到頭都痛了，比喻「痛恨到
極點」，英文説成：*feel bitter about*，意指「對…感
到痛苦」。【bitter〔ˈbɪtɚ〕*adj.* 痛苦的；難受的】例如：
I still *feel bitter about* the way they treated me.
（他們之前那樣對我，我仍感到**痛心疾首**。）

> *feel bitter about*
> = feel deeply grieved at
> grieved〔grivd〕*adj.* 痛苦的；傷心的

16. 「憂、愁、哭」的中文成語英譯

背完了「悲」、「傷」、「痛」開頭的成語，
接下來的挑戰是「憂」、「愁」、「哭」開頭的成
語。順序記法為「憂愁而哭」。

憂心如焚	worry *oneself* to death
憂心忡忡	heavy-hearted
憂國憂民	be concerned about *one's* country and *one's* people

愁眉苦臉	wear a sad face
愁雲慘霧	stormy weather
愁腸寸斷	*One's* heart is broken.

哭哭啼啼	weep and sob
哭笑不得	not know whether to laugh or to cry
哭天喊地	cry loudly

Unit 3　情緒篇

【背景説明】

1. 憂ㄡ心ㄒㄧㄣ如ㄖㄨˊ焚ㄈㄣˊ

   内心憂慮有如火在焚燒，形容「非常焦急憂慮」，英文説成：
   worry** oneself **to death，字面意思是「擔心得要死掉了」，
   就是「憂心如焚」。例如：My grandfather essentially
   worried himself to death. (我祖父眞的是**憂心如焚**。)
   【essentially〔əˈsɛnʃəlɪ〕*adv.* 實質上】

   > ***worry** oneself **to death***
   > = be extremely worried
   > = be burning with anxiety

   extremely〔ɪkˈstrimlɪ〕*adv.* 非常地
   burn with 充滿~ (情緒)
   anxiety〔æŋˈzaɪətɪ〕*n.* 焦慮；掛念

2. 憂ㄡ心ㄒㄧㄣ忡ㄔㄨㄥ忡ㄔㄨㄥ

   「忡忡」憂慮不安的樣子。形容「心事重重，非常憂愁」，
   英文説成：***heavy-hearted***，心很重的樣子，就是中文的
   「心情沉重」，「憂心忡忡」。例如：Afraid of failing my
   exam, I went to school the next day
   heavy-hearted. (害怕考試不及格，
   我隔天去上學感到**憂心忡忡**。)

   > ***heavy-hearted***
   > = deeply worried
   > = very anxious

   anxious〔ˈæŋkʃəs〕*adj.* 焦慮的

3. 憂國憂民

表示「憂慮國家大計和人民疾苦」，翻譯成英文：*be concerned about one's country and* one's *people*，擔憂國家和人民，便是「憂國憂民」。【*be concerned about* 擔心】例如：The senator *is concerned about his country and his people*.（那位參議員**憂國憂民**。）【senator〔ˈsɛnətɚ〕*n.* 參議員】

> *be concerned about* one's *country and* one's *people*
> = show concern for the country and the people
> = care for the fate of *one's* nation

　　fate〔fet〕*n.* 命運

4. 愁眉苦臉

表示眉頭緊皺，苦喪著臉，形容「憂傷、愁苦的神色」，英文說成：*wear a sad face*，帶著難過的臉，就是「愁眉苦臉」。【wear〔wɛr〕*v.* 面帶；面露】例如：It breaks my heart to see you *wearing a sad face*.（看到你**愁眉苦臉**，我很傷心。）【*break* one's *heart* 使某人傷心】

> *wear a sad face*
> = have a worried look
> = pull a long face

5. 愁雲慘霧

字面意思是「色彩慘淡的雲霧」，比喻「淒涼，使人發愁的景象」，翻譯成英文為 *stormy weather*，字面是「暴風雨」，引申為「令人不悅的天氣」，便是「愁雲慘霧」。

【stormy〔'stɔrmɪ〕*adj.* 暴風雨的】例如：Their relationship has hit a patch of *stormy weather*.
（他們的關係陷入**愁雲慘霧**之中。）
patch〔pætʃ〕*n.* 小區塊
hit a patch of 遭受（不好的事情）

6. 愁ㄔㄡˊ腸ㄔㄤˊ寸ㄘㄨㄣˋ斷ㄉㄨㄢˋ

意指「因憂愁而使腸子斷裂」，形容「極其憂愁苦悶」，翻譯成英文：*One's heart is broken.* 表示「某人的心碎了」，引申為「非常憂愁」，就是「愁腸寸斷」。例如：*Her heart was broken* by her ex-boyfriend.
（她前男友使她**愁腸寸斷**。）

7. 哭ㄎㄨ哭ㄎㄨ啼ㄊㄧˊ啼ㄊㄧˊ

表示「不停地哭泣」，英文說成：*weep and sob*。weep〔wip〕，就是一般的「哭泣」；sob〔sɑb〕，是「啜泣」，小聲地哭。兩個動詞連在一起，表示不斷大小聲地哭泣，就是「哭哭啼啼」。例如：I couldn't bear to watch her *weep and sob* like that.（我無法忍受看著她那樣**哭哭啼啼**。）【bear〔bɛr〕*v.* 忍受】

$$\left\{ \begin{array}{l} \textit{weep and sob} \\ = \text{weep and wail} \\ = \text{be weepy} \end{array} \right.$$

wail〔wel〕*v.* 嚎啕
weepy〔'wipɪ〕*adj.* 哭哭啼啼的

8. 哭ㄎㄨ笑ㄒㄧㄠ不ㄅㄨ得ㄉㄜ

形容「令人又好氣又好笑的感覺」，亦可形容「處境尷尬」，翻譯成英文是：*not know whether to laugh or to cry*，字面意思是「不知道該哭還是笑」，就是「哭笑不得」。

例如：The boy fell off his bike and I *didn't know whether to laugh or to cry*.（那男孩從腳踏車跌落，這讓我**哭笑不得**。）【*fall off* 跌落；掉落】

> *not know whether to laugh or to cry*
> = be able neither to laugh nor to cry
> = find something both funny and annoying

　neither…nor~ 既不…也不~
　funny〔'fʌnɪ〕*adj.* 可笑的
　annoying〔ə'nɔɪɪŋ〕*adj.* 擾人的

9. 哭ㄎㄨ天ㄊㄧㄢ喊ㄏㄢ地ㄉㄧ

表示「呼天叫地地哭號」，形容「非常悲痛」，英文說成：*cry loudly*，表示「大聲地哭」，就是「哭天喊地」。

【loudly〔'laʊdlɪ〕*adv.* 大聲地】例如：The pain was so great that I *cried loudly*.（太痛了，我不禁**哭天喊地**。）

【pain〔pen〕*n.* 痛】

> *cry loudly*
> = cry bitter tears
> = wail bitterly

　cry〔kraɪ〕*v.* 哭著流出（…淚）
　bitter〔'bɪtɚ〕*adj.* 痛苦的；悔恨的
　wail〔wel〕*v.* 哭嚎

17. 「驚、狂、驕」的中文成語英譯

背了表示「痛苦」的成語後，接下來是「驚」、「狂」、「驕」開頭的成語。分別表示「恐懼」、「強大」、「驕傲」。背完這 9 個成語，就更容易描述不同的情景和情緒了。

驚天動地	**earth-shattering**
驚慌失色	**be as pale as a ghost**
驚心動魄	**breathtaking**

狂風暴雨	**violent storm**
狂妄自大	**cocky**
狂濤巨浪	**stormy sea**

驕傲自滿	**be complacent**
驕奢淫逸	**lead a life of luxury and debauchery**
驕兵必敗	**Pride goes before a fall.**

【背景說明】

1. 驚ㄐㄧㄥ 天ㄊㄧㄢ 動ㄉㄨㄥ 地ㄉㄧ

形容「聲勢驚人」，英文是 *earth-shattering*，字面是「粉碎地球的」，引申為「很震撼」，就是「驚天動地」。【shatter〔'ʃætɚ〕*v.* 使粉碎】例如：The scientist took credit for the ***earth-shattering*** discovery.(那位科學家因**驚天動地**的發現而受到讚賞。)【credit〔'krɛdɪt〕*n.* 榮譽　***take credit for*** 因…獲得讚賞　discovery〔dɪ'skʌvərɪ〕*n.* 發現】

> ***earth-shattering***
> = earthshaking
> = world-shaking

2. 驚ㄐㄧㄥ 慌ㄏㄨㄤ 失ㄕ 色ㄙㄜ

形容「驚恐慌張，失去常態」，英文說成：*be as pale as a ghost*，字面是「跟鬼一樣蒼白」，意思是「受到驚嚇而臉色變得蒼白」，就是「驚慌失色」。【pale〔pel〕*adj.* 蒼白的　ghost〔gost〕*n.* 鬼】例如：What's wrong with Rick? He looks *as pale as a ghost*. (瑞克怎麼了？他一臉**驚慌失色**的樣子。)

> ***be as pale as a ghost***
> = turn pale with fright
>
> turn〔tɜn〕*v.* 變得
> fright〔fraɪt〕*n.* 恐懼

3. 驚┤心ㄒ動ㄉ魄ㄠ

形容人「內心感受極深，震撼很大」，英文是 *breathtaking*，表示「把呼吸都拿走了」，引申爲「很驚人、感受很深」，就是「驚心動魄」。例如：We witnessed a *breathtaking* accident on the freeway. (我們在高速公路上目睹一場**驚心動魄**的意外事故。)【witness〔'wɪtnɪs〕*v.* 目睹　freeway〔'fri,we〕*n.* 高速公路】也有動詞片語的說法：take *one's* breath away，拿走某人的呼吸，也就是使某人感到「驚心動魄」。例如：This experience will *take your breath away*! (這個經驗會讓你感到**驚心動魄**。)

> *breathtaking*
> = overwhelming
> = hair-raising

overwhelming〔,ovɚ'hwɛlmɪŋ〕*adj.* 壓倒性的；令人無法抗拒的
hair-raising〔'hɛr,rezɪŋ〕*adj.* 令人恐懼的

4. 狂ㄎㄨ風ㄈ暴ㄅㄠ雨ㄩ

形容「巨大的風雨」，翻譯成英文是 *violent storm*，意指「猛烈的暴風雨」，就是「狂風暴雨」。例如：The boat was overtaken by a *violent storm*. (那艘小船遭到**狂風暴雨**的侵襲。)【overtake〔,ovɚ'tek〕*v.* 侵襲】

> *violent storm*
> = furious storm

furious〔'fjʊrɪəs〕*adj.* 猛烈的

5. 狂ㄨㄤˊ妄ㄨㄤˋ自ㄗˋ大ㄉㄚˋ

「狂妄」極端的自高自大。形容人「膽大妄爲，自以爲
是」，英文説成：*cocky*〔'kɑkɪ〕*adj.* 驕傲的；過度自信
的。例如：Fred is a *cocky* teenager who thinks he
knows everything.（弗雷德是個**狂妄自大**的青少年，
認爲自己無所不知。）

> ***cocky***
> = arrogant and conceited
>
> arrogant〔'ærəgənt〕*adj.* 傲慢的
> conceited〔kən'sitɪd〕*adj.* 自負的

6. 狂ㄨㄤˊ濤ㄊㄠˊ巨ㄐㄩˋ浪ㄌㄤˋ

形容「洶湧猛烈的波濤」，翻譯成英文是 *stormy sea*，字
面的意思是「狂暴的海水」，便是「狂濤巨浪」。【stormy
〔'stɔrmɪ〕*adj.* 猛烈的】例如：We were lucky to escape
the *stormy sea*.（我們很幸運地逃過**狂濤巨浪**。）
【escape〔ə'skep〕*v.* 逃離】

> ***stormy sea***
> = raging waves
> = stormy waves
>
> raging〔'redʒɪŋ〕*adj.* 肆虐的　　wave〔wev〕*n.* 波浪

7. 驕ㄐㄧㄠ傲ㄠˋ自ㄗˋ滿ㄇㄢˇ

表示「自以爲了不起而傲慢自大，不想繼續努力」，英文説成：
be complacent〔kəm'plesn̩t〕*adj.* 自滿的。例如：This is
no time to *be complacent*.（還不到**驕傲自滿**的時候。）

$$
\begin{cases}
\textit{be complacent} \\
= \text{be self-satisfied} \\
= \text{be contented}
\end{cases}
$$

self-satisfied〔'sɛlf'sætɪs,faɪd〕*adj.* 自滿的
contented〔kən'tɛntɪd〕*adj.* 滿足的

8. 驕ㄐㄠ奢ㄕㄜ淫ㄧㄣ逸ㄧˋ

表示「傲慢、奢侈、荒淫、放縱」，英文說成：*lead a life of luxury and debauchery*，字面意思是「過著奢侈放蕩的生活」，就是「驕奢淫逸」。例如：His only desire is to *lead a life of luxury and debauchery*. (他唯一的慾望就是過著**驕奢淫逸**的生活。)【desire〔dɪ'zaɪr〕*n.* 慾望 *lead a life of* 過~的生活　luxury〔'lʌkʃərɪ〕*n.* 奢侈 debauchery〔dɪ'bɔtʃərɪ〕*n.* 放蕩；縱情酒色】

9. 驕ㄐㄠ兵ㄅㄧㄥ必ㄅㄧˋ敗ㄅㄞˋ

驕傲的人往往會因大意而遭到挫敗，英文諺語是：*Pride goes before a fall*. 字面意思是「驕傲走在跌倒前面。」一旦驕傲，緊接而來的就是跌倒、失敗，即是中文的「驕兵必敗。」【pride〔praɪd〕*n.* 驕傲】例如：Don't celebrate your victories. Remember that *pride goes before a fall*. (別慶祝你的勝利。記住，**驕兵必敗**。)
celebrate〔'sɛlə,bret〕*v.* 慶祝　victory〔'vɪktərɪ〕*n.* 勝利

> *Pride goes before a fall*.
> = Pride goes before destruction.
> destruction〔dɪ'strʌkʃən〕*n.* 破壞；毀滅

18. 「感、苦、恨」的中文成語英譯

　　最後三組關於情緒的成語:「感」、「苦」、
「恨」,順序背法「感到苦恨」。人生難免有時感
到苦恨,但要保持樂觀進取的心;就如現在,儘管
成語很多,也要努力把它們背下來。

感情用事	**be swayed by** *one's* **emotions**
感同身受	**identify with**
感慨萬千	**be filled with emotion**

苦口婆心	**earnest and well-meaning advice**
苦心經營	**mastermind**
苦盡甘來	**After the bitter comes the sweet.**

新仇舊恨	**add insult to injury**
深仇大恨	**deep-seated hatred**
報仇雪恨	**settle old scores**

Unit 3 情緒篇

【背景説明】

1. 感情用事

表示「憑個人好惡和一時的情感衝動處理事情」，翻譯成英文：**be swayed by one's emotions**，意思是「受到感情的影響」，就是「感情用事」。【sway〔swe〕v. 影響；動搖　emotion〔ɪ'moʃən〕n. 情感】例如：Those who **are** easily **swayed by their emotions** cannot be fair judges.（容易**感情用事**的人，無法成為公正的法官。）【fair〔fɛr〕adj. 公正的　　judge〔dʒʌdʒ〕n. 法官】另一個常見的説法是：take *sth.* personally，意思為「認為某事是針對個人」，就是「感情用事」。勸導他人可以這麼説：Don't take it personally.（不要感情用事。）

2. 感同身受

「身」親身。意思是「像自身承受一樣」，英文説成 *identify with*。【identify〔aɪ'dɛntə,faɪ〕v. 與自己視為同一；有同感】例如：I *identify with* your story.（對於你的情況，我能**感同身受**。）【story〔'stɔrɪ〕n. 經歷；情況】

3. 感慨萬千

意思是「因內心感觸良多而發出深遠的慨嘆」，英文説成：**be filled with emotion**，意思是「充滿感情」，就是「感慨萬千」。【*be filled with* 充滿　　emotion〔ɪ'moʃən〕n. 感情；情緒】例如：Returning to my hometown after a span of twenty years, I *was filled with emotion*.（回到我闊別二十年的家鄉，我心中**感慨萬千**。）【span〔spæn〕n. 一段時間】

4. 苦ㄎㄨˇ口ㄎㄡˇ婆ㄆㄛˊ心ㄒㄧㄣ

「苦口」不辭辛苦的反覆規勸;「婆心」像老婆婆那樣慈
愛的心腸。形容「以懇切真摯的態度,竭力勸告他人」,
英文説成 : *earnest and well-meaning advice*,意指
「熱心且善意的勸告」,就是「苦口婆心」。
例如 : Our teacher always gives us
earnest and well-meaning advice.
(我們的老師總是**苦口婆心**勸告我們。)
earnest 〔ˈɝnɪst 〕 *adj.* 熱心的;真誠的
well-meaning 〔ˈwɛlˈminɪŋ 〕 *adj.* 善意的
advice 〔 ədˈvaɪs 〕 *n.* 忠告;勸告

5. 苦ㄎㄨˇ心ㄒㄧㄣ經ㄐㄧㄥ營ㄧㄥˊ

意思是「費盡心力地籌謀經營」,英文説成 : *mastermind*
〔ˈmæstɚˌmaɪd 〕 *v.* 精心策劃,就是「苦心經營」。例如 :
Henry *masterminded* the project. (亨利**苦心經營**那計
畫。)【project 〔ˈprɑdʒɛkt 〕 *n.* 計劃】

> *mastermind*
> = take great pains to do *sth.*
> = manage painstakingly

　　pains 〔 penz 〕 *n. pl.* 辛苦
　　manage 〔ˈmænɪdʒ 〕 *v.* 經營
　　painstakingly 〔ˈpenzˌtekɪŋlɪ 〕 *adv.* 辛苦地

6. 苦ㄎㄨˇ盡ㄐㄧㄣˋ甘ㄍㄢ來ㄌㄞˊ

表示「艱難困苦的境遇已經結束，轉而逐步進入佳境」，英
文成語是：*After the bitter comes the sweet*. 字面意思是
「痛苦後有甜美。」就是「苦盡甘來。」【bitter〔'bɪtɚ〕*n.*
痛苦　　sweet〔swit〕*n.* 快樂】例如：It may hurt now,
but remember that *after the bitter comes the sweet*.
（現在或許感到痛苦，但是要記得：**苦盡甘來。**）【hurt
〔hɝt〕*n.* 疼痛；感到痛苦】此成語是倒裝句，原句爲：
The sweet comes after the bitter. 倒裝後，可以強調
the sweet（甜美；快樂）晚於 the bitter（痛苦）。

> *After the bitter comes the sweet*.
> = When bitterness ends, sweetness begins.
> = After suffering comes happiness.

suffering〔'sʌfərɪŋ〕*n.* 痛苦
happiness〔'hæpɪnɪs〕*n.* 幸福

7. 新ㄒㄧㄣ仇ㄔㄡˊ舊ㄐㄧㄡˋ恨ㄏㄣˋ

新仇加上舊恨，形容「仇恨很深」，英文説成：*add insult
to injury*，字面意思是「侮辱加上傷害」，引申爲「新仇
加上舊恨」，就是「新仇舊恨」。【*add A to B* 加 A 給 B
insult〔'ɪnsʌlt〕*n.* 侮辱　　injury〔'ɪndʒərɪ〕*n.* 傷害】
例如：Your criticisms will only *add insult to injury*.
（你的批評只會加深**新仇舊恨**。）
【criticism〔'krɪtə,sɪzəm〕*n.* 批評】

8. 深ㄕㄣ仇ㄔㄡˊ大ㄉㄚˋ恨ㄏㄣˋ

形容「極深、極大的仇恨」，英文說成：*deep-seated hatred*，
意思是「根深蒂固的恨」，就是「深仇大恨」。【deep-seated
〔ˈdipˈsitɪd〕*adj.* 根深蒂固的　　hatred〔ˈhetrɪd〕*n.* 仇恨】
例如：He has a *deep-seated hatred* for his enemy.
（他對他的敵人有**深仇大恨**。）
【enemy〔ˈɛnəmɪ〕*n.* 敵人】

> *deep-seated hatred*
> = profound hatred
> = great hostility

profound〔prəˈfaʊnd〕*adj.* 深深的
hostility〔hɑsˈtɪlətɪ〕*n.* 敵意

9. 報ㄅㄠˋ仇ㄔㄡˊ雪ㄒㄩㄝˇ恨ㄏㄣˋ

「雪」洗刷掉。報復冤仇，洗刷怨恨，英文說成：*settle
old scores*，字面是「清償過往的宿怨」，就是「報仇雪
恨」。【settle〔ˈsɛtḷ〕*v.* 清償　　score〔skor〕*n.* 宿怨；
欠帳】例如：John saw it as an opportunity to *settle
old scores*.（約翰認為這是**報仇雪恨**的好機會。）
see A as B 認為 A 是 B
opportunity〔ˌɑpəˈtjunətɪ〕*n.* 機會

> *settle old scores*
> = take revenge
> = revenge *oneself*

revenge〔rɪˈvɛndʒ〕*n. v.* 報仇
take revenge 報仇

Unit 3 成果驗收

一面唸出中文成語，一面說英文。

1. 喜出望外 ＿＿＿＿＿＿
2. 喜笑顏開 ＿＿＿＿＿＿
3. 喜聞樂見 ＿＿＿＿＿＿
4. 怒髮衝冠 ＿＿＿＿＿＿
5. 怒目而視 ＿＿＿＿＿＿
6. 怒不可遏 ＿＿＿＿＿＿
7. 哀鴻遍野 ＿＿＿＿＿＿
8. 哀兵必勝 ＿＿＿＿＿＿
9. 哀而不傷 ＿＿＿＿＿＿

10. 樂天知命 ＿＿＿＿＿＿
11. 樂此不疲 ＿＿＿＿＿＿
12. 樂不可支 ＿＿＿＿＿＿
13. 愛憎分明 ＿＿＿＿＿＿
14. 愛莫能助 ＿＿＿＿＿＿
15. 愛不釋手 ＿＿＿＿＿＿
16. 情竇初開 ＿＿＿＿＿＿
17. 情同手足 ＿＿＿＿＿＿
18. 情有可原 ＿＿＿＿＿＿

19. 悲天憫人 ＿＿＿＿＿＿
20. 悲歡離合 ＿＿＿＿＿＿
21. 悲痛欲絕 ＿＿＿＿＿＿
22. 傷風敗俗 ＿＿＿＿＿＿
23. 傷天害理 ＿＿＿＿＿＿
24. 傷筋動骨 ＿＿＿＿＿＿
25. 痛哭流涕 ＿＿＿＿＿＿
26. 痛不欲生 ＿＿＿＿＿＿
27. 痛心疾首 ＿＿＿＿＿＿

28. 憂心如焚 ＿＿＿＿＿＿
29. 憂心忡忡 ＿＿＿＿＿＿
30. 憂國憂民 ＿＿＿＿＿＿
31. 愁眉苦臉 ＿＿＿＿＿＿
32. 愁雲慘霧 ＿＿＿＿＿＿
33. 愁腸寸斷 ＿＿＿＿＿＿
34. 哭哭啼啼 ＿＿＿＿＿＿
35. 哭笑不得 ＿＿＿＿＿＿
36. 哭天喊地 ＿＿＿＿＿＿

37. 驚天動地 ＿＿＿＿＿＿
38. 驚慌失色 ＿＿＿＿＿＿
39. 驚心動魄 ＿＿＿＿＿＿
40. 狂風暴雨 ＿＿＿＿＿＿
41. 狂妄自大 ＿＿＿＿＿＿
42. 狂濤巨浪 ＿＿＿＿＿＿
43. 驕傲自滿 ＿＿＿＿＿＿
44. 驕奢淫逸 ＿＿＿＿＿＿
45. 驕兵必敗 ＿＿＿＿＿＿

46. 感情用事 ＿＿＿＿＿＿
47. 感同身受 ＿＿＿＿＿＿
48. 感慨萬千 ＿＿＿＿＿＿
49. 苦口婆心 ＿＿＿＿＿＿
50. 苦心經營 ＿＿＿＿＿＿
51. 苦盡甘來 ＿＿＿＿＿＿
52. 新仇舊恨 ＿＿＿＿＿＿
53. 深仇大恨 ＿＿＿＿＿＿
54. 報仇雪恨 ＿＿＿＿＿＿

UNIT 4 對比篇

長才短馭
*use a sledgehammer
on a gnat*

※這個單元54個中文成語，全部與「對比」
有關，環環相扣，可以一個接一個背。

Unit 4 對比篇

📖 中英文一起背，背至 2 分鐘以內，終生不忘記。

1.	東倒西歪	rickety
2.	東奔西走	bustle about
3.	東躲西藏	run for cover
4.	南轅北轍	totally opposite
5.	南來北往	come and go
6.	南征北戰	go to many wars and battles
7.	天長地久	forever and ever
8.	天經地義	a matter of course
9.	天羅地網	a gigantic net

10.	上竄下跳	run sinister errands
11.	上行下效	Monkey see, monkey do.
12.	上情下達	open communication
13.	前仆後繼	When one falls, another takes his place.
14.	前呼後擁	with a large entourage
15.	前因後果	cause and effect
16.	左思右想	think back and forth
17.	左顧右盼	look left and right
18.	左鄰右舍	next-door neighbors

19.	內憂外患	troubles at home and abroad
20.	內政外交	internal and foreign affairs
21.	內柔外剛	soft on the inside but tough on the outside
22.	出將入相	have both civil and military abilities
23.	出神入化	perform miracles
24.	出凡入勝	extraordinary
25.	來龍去脈	the whole story
26.	來情去意	the entire process
27.	來蹤去跡	*one's* whereabouts

28.	大材小用	**a waste of talent**
29.	大驚小怪	**make a big deal**
30.	大同小異	**almost the same**
31.	長吁短嘆	**moan and groan**
32.	長話短説	**to make a long story short**
33.	長才短馭	**use a sledgehammer on a gnat**
34.	明查暗訪	**open and secret investigations**
35.	明爭暗鬥	**overt and covert battle**
36.	明槍暗箭	**front-side and back-side attacks**

37.	古往今來	**throughout the ages**
38.	古爲今用	**make the past serve the present**
39.	古是今非	**rights and wrongs of the past and present**
40.	朝三暮四	**blow hot and cold**
41.	朝秦暮楚	**play fast and loose**
42.	朝思暮想	**think of** *sb.* **morning, noon and night**
43.	先斬後奏	**shoot first, ask questions later**
44.	先禮後兵	**use the carrot before the stick**
45.	先來後到	**First come, first served.**

46.	有備無患	**Better safe than sorry.**
47.	有口無心	*One's* **bark is worse than** *one's* **bite.**
48.	有氣無力	**feeble**
49.	似是而非	**seemingly right**
50.	口是心非	**say yes and mean no**
51.	惹是生非	**ask for trouble**
52.	異口同聲	**in unison**
53.	異曲同工	**employ different methods with equal success**
54.	異路同歸	**different routes to the same destination**

Unit 4 對比篇

19.「東西南北天地」的中文成語英譯

下面成語含有「東」和「西」、「南」和「北」、「天」和「地」三組，九個中文和英文成語一起背，背至 20 秒，終生不忘記。

東倒西歪	**rickety**
東奔西走	**bustle about**
東躲西藏	**run for cover**

南轅北轍	**totally opposite**
南來北往	**come and go**
南征北戰	**go to many wars and battles**

天長地久	**forever and ever**
天經地義	**a matter of course**
天羅地網	**a gigantic net**

【背景説明】

1. 東^{ㄉㄨㄥ}倒^{ㄉㄠ}西^{ㄒㄧ}歪^{ㄨㄞ}

意指「搖晃不穩」，英文的説法是：*rickety*〔ˋrɪkɪtɪ〕*adj.*
東倒西歪的，如：Those *rickety* houses won't survive
the typhoon.（那些**東倒西歪**的房子是不可能承受得住這
颱風的。）【survive〔səˋvaɪv〕*v.*
經歷⋯後仍然存在】

> *rickety*
> = tumbledown
> = ramshackle

tumbledown〔ˋtʌmbḷˌdaʊn〕*adj.* 搖搖欲墜的
ramshackle〔ˋræmˌʃækḷ〕*adj.* 像要倒的

2. 東^{ㄉㄨㄥ}奔^{ㄅㄣ}西^{ㄒㄧ}走^{ㄗㄡ}

「東跑西顛，非常勞累忙碌的樣子」，英文説成：*bustle
about*。【bustle〔ˋbʌsḷ〕*v.* 奔忙　　about〔əˋbaʊt〕
adv. 到處】例如：He *bustles about* all day long in
search of a new job.（他整天**東奔西走**尋找新工作。）
【*in search of* 尋找】

> *bustle about*
> = rush about
> = go from pillar to post

pillar〔ˋpɪlɚ〕*n.* 柱子
post〔post〕*n.* 柱子；桿子

Unit 4　對比篇

3. 東ㄉㄨㄥ躲ㄉㄨㄛ西丁一藏ㄘㄤ

形容「到處躲藏」，英文的説法爲：***run for cover***，從字面上來看，是爲了要找 cover（掩護）而跑，意思就是要趕緊躲起來避禍。例如：The air raid siren sent many citizens ***running for cover***.（這空襲警報聲嚇得許多市民**東躲西藏**。）【raid〔red〕*n.* 襲擊　　***air raid*** 空襲　siren〔'saɪrən〕*n.* 警報器】

> ***run for cover***
> = hide here and there

4. 南ㄋㄢ轅ㄩㄢ北ㄅㄟ轍ㄔㄜ

「轅」是古代車子前面的兩根楨子；「轍」是車輪走過地面後壓出的痕跡。「轍」這個字台灣發音爲ㄔㄜ、，中國大陸發音爲ㄓㄜˊ，兩個讀音皆正確。字面上的原意是，「車子應往南方走，但它卻朝北方駛去」，後比喻爲「行動和目的正好相反」，英文的説法是：***totally opposite***。例如：That was ***totally opposite*** of what I thought you would say.（你説出來的和我以爲你會説的可眞是**南轅北轍**。）

> ***totally opposite***
> = poles apart
> = worlds apart

pole〔pol〕*n.* 這裡指的是南極 South Pole、北極 North Pole 的極地；像兩極一樣不同的，表示差異大。
apart〔ə'pɑrt〕*adj.* 不同的【置於名詞後】
worlds apart 相差很遠；大不相同

5. 南ㄋㄢ來ㄌㄞ北ㄅㄟ往ㄨㄤ

有的從南往北，有的從北往南，引申爲「來來往往」，英文

説法為：***come and go***。例如：The train station is always busy with passengers ***coming and going***. （這個火車站總是充斥著**南來北往**的乘客。）【passenger〔'pæsṇdʒɚ〕*n.* 旅客；乘客】例句中的 busy 不只可以用來形容人，也可用來形容一個地方人很多或交通很繁忙。

6. 南ㄋㄢˊ征ㄓㄥ北ㄅㄟˇ戰ㄓㄢˋ

形容「轉戰南北，經歷了許多戰鬥」，英文的説法：***go to many wars and battles***。例如：The old general has ***gone to many wars and battles***. （這位老將軍**南征北戰**經歷了很多戰爭。）

> ***go to many wars and battles***
> = fight north and south

> 中文在表示方向時習慣先「東西」後「南北」；英文則是先「南北」後「東西」，所以「東南方」在英文是 southeast。而在表達南北這兩個方位時，中文會先「南」後「北」，英文則是先「北」後「南」。

7. 天ㄊㄧㄢ長ㄔㄤˊ地ㄉㄧˋ久ㄐㄧㄡˇ

跟天和地存在的時間一樣久，指的就是「時間悠久」，也可形容「永遠不變」。英文裡，強調「永遠」的説法為：***forever and ever***，例如：He promised to love her ***forever and ever***. （他承諾將會愛她到**天長地久**。）

> ***forever and ever***
> = forever and a day
> = for eternity

> eternity〔ɪ'tɜnətɪ〕*n.* 永恆

8. 天_{ㄊㄧㄢ}經_{ㄐㄧㄥ}地_{ㄉㄧ}義_ㄧ

「經」規範、原則;「義」正理。指「天地間理所當然而不能改變的道理」,英文的說法為:*a matter of course*。例如: In Chinese culture, it is *a matter of course* to respect one's teachers.(在中國文化裡,尊敬師長乃**天經地義**之事。)

> *a matter of course*
> = a foregone conclusion
> = a sure thing
> foregone〔for'gɔn〕*adj.* 先前的
> ***foregone conclusion*** 產生在討論調查前的結論;預料
> 　　　之中的必然結果

9. 天_{ㄊㄧㄢ}羅_{ㄌㄨㄛ}地_{ㄉㄧ}網_{ㄨㄤ}

「羅網」指捕鳥獸的網,天上、地下都設下了羅網,不管逃到哪裡,都逃不出去。「天羅地網」就是形容這般「嚴密的包圍」,英文的說法為:*a gigantic net*。【gigantic〔dʒaɪ'gæntɪk〕*adj.* 巨大的　　net〔nɛt〕*n.* 網子】例如:The police cast *a gigantic net* to apprehend the fugitive.(警方佈下**天羅地網**抓捕逃犯。)

cast〔kæst〕*v.* 投擲;撒(網)
apprehend〔,æprɪ'hɛnd〕*v.* 逮捕
fugitive〔'fjudʒətɪv〕*n.* 逃亡者;逃犯

a gigantic net
= an escape-proof net
-proof〔pruf〕*adj.* 防…的
例:escape-proof *adj.* 防脫逃的
　　waterproof *adj.* 防水的
　　bulletproof *adj.* 防彈的
　　fireproof *adj.* 防火的

20.「上下前後左右」的中文成語英譯

下面成語含有「上」和「下」、「前」和「後」、
「左」和「右」三組，九個中文和英文成語一起背，
背至 20 秒，終生不忘記。

上竄下跳	run sinister errands
上行下效	Monkey see, monkey do.
上情下達	open communication

前仆後繼	When one falls, another takes his place.
前呼後擁	with a large entourage
前因後果	cause and effect

左思右想	think back and forth
左顧右盼	look left and right
左鄰右舍	next-door neighbors

【背景說明】

1. 上竄下跳

比喻「壞人上下奔走，四處活動」，英文的說法為：*run sinister errands*。【sinister〔'sɪnɪstɚ〕*adj.* 邪惡的 errand〔'ɛrənd〕*n.* 差事】如：He is always *running sinister errands*, aiming for a promotion.（他上竄下跳四處活動，想要升遷。）「上竄下跳」還有「上上下下」的意思，相當於英文片語 go up and down。

> *run sinister errands*
> = run clandestine errands
> = go around doing nasty things

clandestine〔klæn'dɛstɪn〕*adj.* 暗中的
nasty〔'næstɪ〕*adj.* 卑鄙的

2. 上行下效

「行」指的是「行動」；「效」指的是「模仿」。所以這句成語的意思就是「在上者怎麼做，在下者就跟著照做」，英文可以說成：*Monkey see, monkey do.* 例如：Parents are supposed to mind their p's and q's when kids are around because *monkey see, monkey do.*（父母親在小孩子面前應該要謹言慎行，因為**上行下效**。）【*mind one's p's and q's* 注意言行】。也可用像是 follow suit 或是 jump on the bandwagon 之類的動詞片語來表達「上行下效」。【*follow suit* 仿效別人；依照前例 bandwagon〔'bænd,wægən〕*n.*（遊行隊伍前面的）樂隊車 *jump on the bandwagon* 順應潮流】

Unit 4 對比篇

3. 上_{ㄕㄤ}情_{ㄑㄧㄥ}下_{ㄒㄧㄚ}達_{ㄉㄚ}

表示「上司及下屬溝通的管道無阻礙、意見想法能順利傳遞」，英文可説成：*open communication*。例如：A culture of *open communication* is beneficial to a successful business. (**上情下達**的風氣對企業的成功是有益的。) 【beneficial〔͵bɛnə'fɪʃəl〕*adj.* 有益的】

> *open communication*
> = unobstructed communication
> unobstructed〔͵ʌnəb'strʌktɪd〕*adj.* 暢通無阻的

4. 前_{ㄑㄧㄢ}仆_{ㄆㄨ}後_{ㄏㄡ}繼_{ㄐㄧ}

「仆」指「倒下」；「繼」指「跟上」。這句成語原指「戰場上，前面的士兵倒下了，後面的人繼續向前衝」，所以用來比喻不怕犧牲，勇往直前的精神，英文説成：*When one falls, another takes his place.* 例如：Although the pass rate for the civil service exam is low, many people still sign up for it. After all, *when one falls, another takes his place.* (儘管公務員考試錄取率很低，但是還是有很多人**前仆後繼**地報考。) 【civil〔'sɪvḷ〕*adj.* 公民的 *civil service* 公務員；公職   *sign up for* 報名參加】

5. 前_{ㄑㄧㄢ}呼_{ㄏㄨ}後_{ㄏㄡ}擁_{ㄩㄥ}

指「前面有人吆喝著開路，後面有人圍著保護的情景」，用以形容「浩大的聲勢以及排場」，通常是重要人物才會有如此待遇，英文説成：*with a large entourage*。【entourage〔͵ɑntu'rɑʒ〕*n.* 隨行人員】例如：Lady Gaga walked out of the airport terminal *with a large entourage*. (女神卡卡**前呼後擁**走出了機場航廈。) 【terminal〔'tɝmənḷ〕*n.* 航廈】

Unit 4　對比篇

with a large entourage
= with a large retinue
retinue (ˈrɛtn̩ˌju) *n.* (總稱) 隨員；隨扈

6. 前_{ㄑㄧㄢ}因_{ㄧㄣ}後_{ㄏㄡ}果_{ㄍㄨㄛ}

指起因和結果，泛指事件的整個過程，英文可以說成：
cause and effect。如：It will take a long time to
understand the *cause and effect* of rising oil prices.
(要了解油價上漲的**前因後果**需要一段很長的時間。)

> *cause and effect*
> = the entire process
> = a series of events

process (ˈprɑsɛs) *n.* 過程　　*a series of* 一連串的
event (ɪˈvɛnt) *n.* 事件

7. 左_{ㄗㄨㄛ}思_ㄙ右_{ㄧㄡ}想_{ㄒㄧㄤ}

形容反覆思考、想了又想的樣子，英文可說成：*think
back and forth*。back and forth 是「來來回回」的意
思，所以來來回回地想，便是「左思右想」。例如：
Peggy kept *thinking back and forth* about getting
one of the latest tablet computers. (佩姬**左思右想**，
不知道該不該去買一台最新的平板電腦。)
get (gɛt) *v.* 買
latest (ˈletɪst) *adj.* 最新的
tablet (ˈtæblɪt) *n.* (古時以木、
　　象牙等製成的) 刻寫板

> ***think back and forth***
> = turn ~ over in *one's* mind
> = rack *one's* brains

　　turn over 仔細考慮　　rack〔ræk〕*v.* 盡力使用
　　rack one's brains 絞盡腦汁

8. 左顧右盼

「顧、盼」：看。形容一個人因緊張或害怕而四處張望的樣子，英文片語 ***look left and right*** 可用來表達出這個意思。例如：The kid ***looked left and right***, snatched a chocolate bar, and shoved it into his pocket. (這孩子**左顧右盼**，拿了一條巧克力，塞進他的口袋裡。)
【snatch〔snætʃ〕*v.* 奪走　　shove〔ʃʌv〕*v.* 推】

> ***look left and right***
> = glance left and right
> = cast glances about/around

　　glance〔glæns〕*v.* (粗略地) 看一下
　　　　n. 看一眼　　***cast a glance*** 看一眼

9. 左鄰右舍

指「街坊鄰居」。俗話說「千金買屋，萬金買鄰」，好屋子易尋，但好鄰居難得，英文說成：***next-door neighbors***。例如：John is liked by his ***next-door neighbors*** because he often helps them. (約翰受**左鄰右舍**的歡迎，因為他常常幫助他們。)

Unit 4 對比篇

21. 「內外出入來去」的中文成語英譯

下面成語含有「內」和「外」、「出」和「入」、
「來」和「去」三組，九個中文和英文成語一起背，
背至 20 秒，終生不忘記。

內憂外患	**troubles at home and abroad**
內政外交	**internal and foreign affairs**
內柔外剛	**soft on the inside but tough on the outside**

出將入相	**have both civil and military abilities**
出神入化	**perform miracles**
出凡入勝	**extraordinary**

來龍去脈	**the whole story**
來情去意	**the entire process**
來蹤去跡	*one's* **whereabouts**

Unit 4　對比篇

【背景說明】

1. 內ㄋㄟˋ憂ㄧㄡ外ㄨㄞˋ患ㄏㄨㄢˋ

大層面指的是「國家內部的動亂和外部的禍患」；小層面則可表示「一個人內在的壓力和外在的糾紛」。英文的說法則為：*troubles at home and abroad*。【*at home* 在國內　abroad〔əˈbrɔd〕*adv.* 在國外】例如：The president has *troubles at home and abroad*.（總統面臨著**內憂外患**的困境。）

> *troubles at home and abroad*
> = domestic troubles and foreign invasions
> domestic〔dəˈmɛstɪk〕*adj.* 國內的
> invasion〔ɪnˈveʒən〕*n.* 入侵

2. 內ㄋㄟˋ政ㄓㄥˋ外ㄨㄞˋ交ㄐㄧㄠ

指「國家對內的政治與對外的交涉」，英文說成：*internal and foreign affairs*。【internal〔ɪnˈtɝnḷ〕*adj.* 內部的　affair〔əˈfɛr〕*n.* 事務】例如：A good senator must have a solid grasp of *internal and foreign affairs*.（一位好的參議員應對國家的**內政外交**瞭如指掌。）
senator〔ˈsɛnətɚ〕*n.* 參議員
solid〔ˈsɑlɪd〕*adj.* 固體的；紮實的
grasp〔græsp〕*n.* 握緊；理解

3. 內ㄋㄟˋ柔ㄖㄡˊ外ㄨㄞˋ剛ㄍㄤ

形容人「內心柔弱，外表剛強」。這句成語還有別的排列組合，如「外柔內剛」，形容的就剛好相反，是在講一個人外表看似柔弱，但其實內心是很剛強的。所以，可以視情況需要，選擇使用貼切的成語。「內柔外剛」的英文說法為：*soft on the inside but tough on the outside*。【tough〔tʌf〕*adj.* 堅韌的】例如：Don't let Jack fool you. He is *soft on the inside but tough on the outside*. (別讓傑克的外表騙了你，他其實**內柔外剛**。)【fool〔ful〕*v.* 欺騙】

4. 出ㄔㄨ將ㄐㄧㄤ入ㄖㄨˋ相ㄒㄧㄤ

字面上的意思是「出征的時候可以當將帥，進朝廷的時候可以當丞相」，引申形容一個人「文武雙全」。英文說成：*have both civil and military abilities*。【civil〔'sɪvl〕*adj.* 民事的　military〔'mɪlə,tɛrɪ〕*adj.* 軍事的；軍隊的】也就是「擁有當文官也有當武將的能力」。例如：Richard is a brave man who *has both civil and military abilities*. (理察是一名勇敢的**出將入相**之才。)

> *have both civil and military abilities*
> = wield both pen and sword
> wield〔wɪld〕*v.* 揮舞　　sword〔sord〕*n.* 劍

5. 出ㄔㄨ神ㄕㄣˊ入ㄖㄨˋ化ㄏㄨㄚˋ

「神」、「化」皆指奇妙的境域。意思是「技藝已到達極其高超的境界」，英文的說法為：*perform miracles*，如創造奇蹟般地高超。【perform〔pɚ'fɔrm〕*v.* 做；執行　miracle〔'mɪrəkl〕*n.* 奇蹟】例如：The plastic surgeon is said to always *perform miracles*. (據說這位整形科醫生的技術**出神入化**。)

> *perform miracles*
> = work wonders
> = do wonders

wonder〔'wʌndɚ〕*n.* 奇蹟
work wonders 創造奇蹟（ = *do wonders* ）

6. 出ㄔㄨ凡ㄈㄢ入ㄖㄨ勝ㄕㄥ

指「超出一般，進入了極高境界」，形容造詣精深，英文說成：*extraordinary*〔ɪk'strɔdn̩͵ɛrɪ〕*adj.* 特別的。這字很好記，extra 是「超越」，ordinary〔'ɔrdn̩͵ɛrɪ〕是「普通的」，超越普通，也就是「特別的」。例如：We are pleased to have a player with *extraordinary* skills on our team.（我們很高興隊上能有一位技術**出凡入勝**的選手。）

> *extraordinary*
> = exceptional
> = phenomenal

exceptional〔ɪk'sɛpʃənḷ〕*adj.* 優秀的；卓越的
phenomenal〔fə'nɑmənḷ〕*adj.* 傑出的；驚人的

7. 來ㄌㄞ龍ㄌㄨㄥ去ㄑㄩ脈ㄇㄞ

字面上的原意為「山脈的走勢和去向如龍體一般起伏」，比喻「一件事的前因後果」或「一個人的來歷」，英文則說成：*the whole story*，字面上是指「整個故事」，而整個故事都知道了，就曉得來龍去脈了。例如：Wait until you hear *the whole story* before you make a judgment.（先聽完整件事的**來龍去脈**後，你再下定論。）【judgment〔'dʒʌdʒmənt〕*n.* 評斷；審判】

> *the whole story*
> = the big picture
> = origin and development
> = sequence of events

origin〔ˈɔrədʒɪn〕*n.* 起源;開端
sequence〔ˈsikwəns〕*n.* 先後順序

8. 來ㄌㄞˊ情ㄑㄧㄥˊ去ㄑㄩˋ意ㄧˋ

指事情的內容和原因,也就是整件事情的全貌。英文說成:
the entire process。【process〔ˈprɑsɛs〕*n.* 過程】例如:
Knowing *the entire process*, I offered to help her for
now. (知道了她的**來情去意**,我提議暫時幫助她。)
【offer〔ˈɔfə〕*v.* 提議　　*for now* 暫時】

9. 來ㄌㄞˊ蹤ㄗㄨㄥ去ㄑㄩˋ跡ㄐㄧ

來來去去的蹤跡,也就是指「人的來去行蹤」,英文的說法
為:*one's whereabouts*【whereabouts〔ˈhwɛrəˈbauts〕
n. pl. 下落;行蹤】例如:We
were not notified of *our son's*
whereabouts. (沒有人通知有關
我們兒子的**來蹤去跡**。)

> *one's whereabouts*
> = where *one* is and has been
> = *one's* location

location〔loˈkeʃən〕*n.* 位置;所在

22.「大小長短明暗」的中文成語英譯

下面成語含有「大」和「小」、「長」和「短」、「明」和「暗」三組，九個中文和英文成語一起背，背至 20 秒，終生不忘記。

大材小用	**a waste of talent**
大驚小怪	**make a big deal**
大同小異	**almost the same**

長吁短嘆	**moan and groan**
長話短說	**to make a long story short**
長才短馭	**use a sledgehammer on a gnat**

明查暗訪	**open and secret investigations**
明爭暗鬥	**overt and covert battle**
明槍暗箭	**front-side and back-side attacks**

Unit 4　對比篇

【背景説明】

1. 大ㄉㄚˋ材ㄘㄞˊ小ㄒㄧㄠˇ用ㄩㄥˋ

   字面的意思是「把大材料用在小地方」，引申爲「指派有
   才能的人去擔任小職務」，英文説成：*a waste of talent*。
   【talent〔'tælənt〕*n.* 才能】例如：Do you think it is *a*
   waste of talent for a Harvard graduate to work as a
   waiter?（你覺得一個哈佛畢業生去當服務生是不是**大材**
   小用？）【graduate〔'grædʒuɪt〕*n.* 畢業生】

   > *a waste of talent*
   > = a big fish in a little/small pond
   > pond〔pɑnd〕*n.* 池塘

2. 大ㄉㄚˋ驚ㄐㄧㄥ小ㄒㄧㄠˇ怪ㄍㄨㄞˋ

   意指「對不足爲奇的小事過度驚訝」，英文説成：*make a*
   big deal。【*big deal* 了不起的事；大事】例如：Stop
   making a big deal out of nothing and get on with
   your work!（別再**大驚小怪**，趕快繼續做你的工作！）
   【*get on with* 繼續】

   > *make a big deal*
   > = make a fuss
   > fuss〔fʌs〕*n.* 大驚小怪

3. 大ㄉㄚˋ同ㄊㄨㄥˊ小ㄒㄧㄠˇ異ㄧˋ

   意指「大部分相同，只有小部分有差異」，英文翻譯爲：
   almost the same。例如：The food is made in *almost*
   the same way as it was 100 years ago.（這道菜現在的
   做法跟一百年前**大同小異**。）

4. 長吁短嘆

指「長一聲短一聲不停地嘆氣」的樣子，英文説：*moan and groan*。【moan〔mon〕*v.* 呻吟　　groan〔gron〕*v.* 呻吟】例如：We cannot just *moan and groan* in frustration.　Instead, we have to get our act together and start fresh.（當我們遇到挫折的時候，不能只是**長吁短嘆**，而是要振作精神，重新出發。）

frustration〔frʌs'treʃən〕*n.* 挫折
get one's act together 振作
start fresh 重新開始（= *make a fresh start*）

> *moan and groan*
> = sigh incessantly
> = sigh deeply

incessantly〔ɪn'sɛsn̩tlɪ〕*adv.* 不斷地

5. 長話短説

這個成語是指「把本來要說的話濃縮，簡明扼要地講出重點」，英文説成：*to make a long story short*。例如：*To make a long story short*, I just lost my cell phone and couldn't find my key.　What a bummer!（**長話短説**，我剛丟了手機又找不到鑰匙，真倒楣！）

【bummer〔'bʌmɚ〕*n.* 令人不愉快、不滿意的事物】

> *to make a long story short*
> = to cut a long story short
> = to put it simply
> = to put it briefly

cut short 縮短　　put〔put〕*v.* 説
briefly〔'briflɪ〕*adv.* 簡短地

Unit 4　對比篇

6. 長才短馭

意思是「派非常有能力的人去做小事」，英文當中有一句很精妙的說法為：*use a sledgehammer to kill a gnat*。【sledgehammer〔'slɛdʒ,hæmə〕*n.* 大錘　gnat〔næt〕*n.* 蚋；蚊子】用一個大錘去殺掉一隻蚊子，顯然是大費周章。例如：It's like *using a sledgehammer to kill a gnat* for an Ivy League graduate to work as a security guard. (長春藤名校畢業的學生去做保全，真是**長才短馭**。)
Ivy League 長春藤聯盟
graduate〔'grædʒuɪt〕*n.* 畢業生
security guard 保全

　　use a sledgehammer to kill a gnat
　　= use a sledgehammer to crack a nut
　　crack〔kræk〕*v.* 使破裂　nut〔nʌt〕*n.* 堅果

7. 明查暗訪

意思是說「公開調查、暗中訪問以了解某事」，英文就是：*open and secret investigations*。【investigation〔ɪn,vɛstə'geʃən〕*n.* 調查】例如：Both *open and secret investigations* have been undertaken by the police in this neighborhood to find the murderer. (警方已在這個地區展開**明查暗訪**，以期能找到謀殺案兇手。)
undertake〔,ʌndə'tek〕*v.* 進行
neighborhood〔'nebə,hud〕*n.* 鄰近地區
murderer〔'mɝdərə〕*n.* 謀殺犯

8. 明_{ㄇㄧㄥˊ}爭_{ㄓㄥ}暗_{ㄢˋ}鬥_{ㄉㄡˋ}

意思是「表面上、暗地裡都用盡心思
互相爭鬥」，英文說成：***overt and
covert battle***。【overt〔o'vɝt〕*adj.*
明顯的　　covert〔'kʌvɚt〕*adj.*
隱藏的】例如：The two good friends were engaged in
both ***overt and covert battle*** for a position of power in
the party. (這兩個好朋友**明爭暗鬥**，都想在黨內爭得一個
有權力的地位。)
　【***be engaged in*** 從事　　party〔'partɪ〕*n.* 政黨】

9. 明_{ㄇㄧㄥˊ}槍_{ㄑㄧㄤ}暗_{ㄢˋ}箭_{ㄐㄧㄢˋ}

「明槍」意指「公開的、看得到的攻擊」;「暗箭」意指「暗
地裡、看不到的攻擊」。所謂明槍易躲，暗箭難防，就是提
醒我們要小心暗地裡的攻擊，英文的說法是：***front-side
and back-side attacks***。例如：
The soldiers have to be ready
for both ***front-side and back-side
attacks*** from their enemies at
any time. (士兵們必須隨時要能
提防來自敵軍的**明槍暗箭**。)

　　front-side and back-side attacks
　　= an open attack and a stab in the back
　　stab〔stæb〕*n.* 刺
　　a stab in the back 背後中傷

23.「古今朝暮先後」的中文成語英譯

古往今來	throughout the ages
古為今用	make the past serve the present
古是今非	rights and wrongs of the past and present

朝三暮四	blow hot and cold
朝秦暮楚	play fast and loose
朝思暮想	think of *sb.* morning, noon and night

先斬後奏	shoot first, ask questions later
先禮後兵	use the carrot before the stick
先來後到	First come, first served.

【背景説明】

1. 古_{ㄍㄨˇ}往_{ㄨㄤˇ}今_{ㄐㄧㄣ}來_{ㄌㄞˊ}

   表示「從古到今」、「一直以來」，英文的説法爲：*throughout the ages*（千百年來；經過許多年代）。例如：Names of those who have made contributions to humankind *throughout the ages* will always be remembered.（**古往今來**，曾經對人類做出貢獻的那些人，將永遠被緬懷。）
   contribution〔ˌkɑntrəˈbjuʃən〕*n.* 貢獻
   humankind〔ˈhjumənˌkaɪnd〕*n.* 人類

   > *throughout the ages*
   > = since time immemorial
   > = from ancient to modern times

   immemorial〔ˌɪməˈmɔrɪəl〕*adj.*（因年代久遠而）無法追憶的；古老的；遠古的
   ancient〔ˈenʃənt〕*adj.* 古代的　　times〔taɪmz〕*n.* 時代

2. 古_{ㄍㄨˇ}爲_{ㄨㄟˊ}今_{ㄐㄧㄣ}用_{ㄩㄥˋ}

   表示「將古代優秀的文化遺產，用來推動當前社會的發展」，英文説法爲：*make the past serve the present*。例如：The reason why we learn Confucianism is to *make the past serve the present*.（我們學習儒家思想是爲了能**古爲今用**。）【Confucianism〔kənˈfjuʃənˌɪzəm〕*n.* 孔子學說；儒家思想】

3. 古_{ㄍㄨˇ}是_{ㄕˋ}今_{ㄐㄧㄣ}非_{ㄈㄟ}

   也就是「過去現在的是非得失」，指「從古到今的功過曲直」，英文説成：*rights and wrongs of the past and present*。

Unit 4 對比篇

例如：When intellectuals get together, they always like to talk about the ***rights and wrongs of the past and present***. (當知識份子聚在一起時，總是喜歡談論**古是今非**。) 【intellectual〔͵ɪntḷˈɛktʃʊəl〕*n.* 知識份子】

rights and wrongs of the past and present
= critiques on the past and present

critique〔krɪˈtik〕*n.* 評論

4. 朝_{ㄓㄠ}三_{ㄙㄢ}暮_{ㄇㄨ}四_ㄙ

原比喻人使用欺騙的手段，現在則多用來形容「人的心意或行為經常變卦、反覆不定」的意思，英文可用 ***blow hot and cold*** 來表示，忽冷忽熱給予人一種拿不定主意、態度飄忽不定的感覺。例如：Harry ***blows hot and cold*** all the time.　One minute he adores this girl and the next he falls for another. (亨利老是**朝三暮四**，一會兒喜歡這個女生，一會兒又愛上另一個女生。) 【adore〔əˈdor〕*v.* 愛慕
fall for 愛上 (= *fall in love with*)】

　　blow hot and cold
　　= chop and change
　　= change *one's* mind constantly

chop〔tʃɑp〕*v.* 突然改變 (一般來說 chop 是「砍」或「劈」的意思，但是 chop 在這個片語中的意思是「突然改變」。)

5. 朝_{ㄓㄠ}秦_{ㄑㄧㄣ}暮_{ㄇㄨ}楚_{ㄔㄨ}

字面意思是「早上侍奉秦國，晚上倒向楚國」，引申爲「人心反覆無常」的意思，英文當中我們可用 *play fast and loose*（態度反覆無常；玩弄別人的感情），來形容這樣一個拿不定主意的狀況。例如：It is common to see people *playing fast and loose* in times of turmoil.（在動亂中常常看到一些人**朝秦暮楚**的醜態。）【turmoil〔'tɜˋmɔɪl〕*n.* 混亂】

6. 朝_{ㄓㄠ}思_ㄙ暮_{ㄇㄨ}想_{ㄒㄧㄤ}

這個成語意思很清楚，就是「早上也想，晚上也想」，用以形容一個人腦袋瓜裡成天想的都是某個人，英文說成：*think of sb. morning, noon and night*。例如：Tom has been *thinking of* his first love *morning, noon and night*.（湯姆整天**朝思暮想**他的初戀情人。）【*first love* 初戀】

> *think of sb. morning, noon and night*
> = yearn day and night for
> = pine day and night for

yearn〔jɜn〕*v.* 渴望 <*for*>
pine〔paɪn〕*v.* 渴望 <*for*>

7. 先_{ㄒㄧㄢ}斬_{ㄓㄢ}後_{ㄏㄡ}奏_{ㄗㄡ}

比喻「未經請示就先做某事，成爲既成事實後，再向上級稟報」，也就是「先做了再說」。英文可說成：*shoot first, ask questions later*。【shoot〔ʃut〕*v.* 射擊】
例如：The general ordered his troops to *shoot first, ask questions later*.（將軍要求部隊**先斬後奏**。）
【general〔'dʒɛnərəl〕*n.* 將軍　　troop〔trup〕*n.* 軍隊】

shoot first*, *ask questions later
= act first and report later

8. 先_{ㄒㄧㄢ}禮_{ㄌㄧ}後_{ㄏㄡ}兵_{ㄅㄧㄥ}

禮是指「禮貌」；兵是指「武力」。指
先以禮相待，如行不通再採取武力，
英文可說成：***use the carrot before
the stick***。【carrot〔'kærət〕*n.* 胡蘿蔔　　stick〔stɪk〕*n.*
枝條　***carrot and stick*** 賞與罰；威脅利誘；軟硬兼施
（用馬愛吃的胡蘿蔔及討厭的鞭子控制馬）】例如：The
administration always deals with other countries by
using the carrot before the stick. (這個政府總是以**先禮
後兵**的方式跟其他國家打交道。)
administration〔əd͵mɪnə'streʃən〕*n.* 行政機構；政府
deal with 和⋯打交道

> ***use the carrot before the stick***
> = try courtesy before force
> courtesy〔'kɝtəsɪ〕*n.* 禮貌

9. 先_{ㄒㄧㄢ}來_{ㄌㄞ}後_{ㄏㄡ}到_{ㄉㄠ}

指「抵達時間決定先後順序的規矩」，也就是「先來的排前
面，後來的排後面」，英文諺語 ***First come, first served.***
(先到先得，捷足先登。) 就是「先來
後到。」如：The tickets are available
on a ***first come, first served*** basis.

(這些票是以**先來後到**的順序拿取。)
available〔ə'veləbḷ〕*adj.* 可取得的
on a ~ basis 以～為基準

24.「有無是非異同」的中文成語英譯

下面成語含有「有」和「無」、「是」和「非」、
「異」和「同」三組，九個中文和英文成語一起背，
背至 20 秒，終生不忘記。

有備無患	**Better safe than sorry.**
有口無心	*One's* **bark is worse than** *one's* **bite.**
有氣無力	**feeble**

似是而非	**seemingly right**
口是心非	**say yes and mean no**
惹是生非	**ask for trouble**

異口同聲	**in unison**
異曲同工	**employ different methods with equal success**
異路同歸	**different routes to the same destination**

Unit 4 對比篇

【背景說明】

1. 有_ㄡ備_ㄟ無_ㄨ患_{ㄏㄨㄢ}

「備」的意思是「準備」；「患」的意思是「禍患」。此成語
意指「預先準備以防患於未然」，英文中同義的諺語為：
Better safe than sorry. 這句諺語完整的寫法為 It is better
to be safe than to be sorry (about something). 例如：
You had better have some anti-virus software installed
on your laptop. After all, ***better safe than sorry***. (你最
好在你的筆記型電腦上裝個防毒軟體。畢竟，**有備無患**。)
install〔ɪn'stɔl〕*v.* 安裝
laptop〔'læp,tɑp〕*n.* 筆記型電腦　　***after all*** 畢竟

> ***Better safe than sorry***.
> = The readiness is all.
> = Prevention is better than cure.
> = An ounce of prevention is worth a pound of
>   cure.
> readiness〔'rɛdɪnɪs〕*n.* 準備好的狀態
> ounce〔aʊns〕*n.* 盎司 (1/12 磅)
> pound〔paʊnd〕*n.* 磅

2. 有_ㄡ口_ㄡ無_ㄨ心_{ㄒㄧㄣ}

字面的意思是「雖然嘴巴上這麼說，但是心裡其實不是這
麼想的」，指不是有心說的，英文說成：***One's bark is
worse than one's bite***.【bark〔bɑrk〕*n.* 吠叫】例如：
Don't take what he said seriously because ***his bark
is worse than his bite***. (別把他的話當真，他只是**有口無
心**。)【***take~seriously*** 認真看待】

3. 有_ˇ氣_ˋ無_ˊ力_ㄌ

意指「說話聲音極其微弱」或是「做事精神不振」，英文是：
feeble 〔'fibļ 〕*adj.* 衰弱的；無力的。例如：She must be
sick because her voice sounded *feeble* and her eyes
were bloodshot. (她一定是生病了，因爲她的聲音聽起來
有氣無力，而且眼睛充滿血絲。)
【bloodshot 〔'blʌd,ʃɑt 〕*adj.* 充血的】

> *feeble*
> = out of gas
> = in low spirits

　　gas 〔gæs 〕*n.* 汽油　　spirit 〔'spɪrɪt 〕*n.* 精神

4. 似_ㄙ是_ㄕ而_ㄦ非_ㄈ

「是」的意思是「對」；「非」的意思是「不對」。比喻「表
面上看起來是對的，但是實際上是錯的」，英文可説成：
seemingly right。【seemingly 〔'simɪŋlɪ 〕*adv.* 表面上；
看起來】例如：Your argument is *seemingly right*, but
the professor will most likely disagree. (你的論點**似
是而非**，教授大概不會同意。)
【argument 〔'ɑrgjəmənt 〕*n.* 論點】

5. 口_ㄎ是_ㄕ心_ㄒ非_ㄈ

意指「嘴巴上這麼說，但是心裡卻不是這麼想的」，英文可
説成：*say yes and mean no*。例如：He is *saying yes
and meaning no*. He said he likes exercising while
in fact he does not. (他**口是心非**，明明就是不愛運動，
卻說很喜歡。)

say yes and mean no
= say one thing and mean another

6. 惹是生非

意指「招惹是非，引起麻煩」，英文可說成：
ask for trouble。例如：The kid is a pain
in the neck to the teachers at school
because he is always *asking for trouble*.
（這孩子在學校老是到處**惹是生非**，讓老師很頭痛。）
【*a pain in the neck* 令人心煩或討厭的人或事】

ask for trouble
= look for trouble

7. 異口同聲

字面的意思是「不同的嘴說出相同的話」，引申為「大家
意見相同」，英文說成：*in unison*。【unison〔ˈjunəsn̩〕
n. 和諧；一致】例如：The committee spoke *in unison*
in favor of the proposal. （委員會**異口同聲**地贊成這個提
案。）【*in favor of* 贊成
committee〔kəˈmɪtɪ〕*n.* 委員會
proposal〔prəˈpozl̩〕*n.* 提案】

in unison
= with one accord
= with one voice

accord〔əˈkɔrd〕*n.* 一致；符合
with one accord 一致地；同聲一致
with one voice 異口同聲地；全體一致地

8. 異一曲ㄑㄩ同ㄊㄨㄥ工ㄍㄨㄥ

「曲」指的是「曲調」；「工」指的是「精緻」。字面的意思是「不同的曲調但演奏得同樣精緻、同樣好」，引申為「雖然做事的方法不同，但是都收到同樣的效果」，英文說成：*employ different methods with equal success*。【employ〔ɪm'plɔɪ〕*v.* 使用（＝*use*）】例如：Bill Gates and Steve Jobs changed the way we use computers by *employing different methods with equal success*. （比爾蓋茲和史提夫賈伯斯改變了我們使用電腦的方式，有**異曲同工**之妙。）

9. 異一路ㄌㄨ同ㄊㄨㄥ歸ㄍㄨㄟ

字面的意思是「雖然走不同的道路，但是都能到達同一個目的地」，引申為「採取不同的方法，但得到相同的結果」，還有一個類似的成語就是「殊途同歸」，英文可說成：*different routes to the same destination*。【route〔rut〕*n.* 路；路線 destination〔ˌdɛstə'neʃən〕*n.* 目的地】

例如：The two men took *different routes* but reached *the same destination*; both became billionaires. （他們兩人**異路同歸**，都成了億萬富翁。）

【billionaire〔ˌbɪljən'ɛr〕*n.* 億萬富翁】

Unit 4 成果驗收

一面唸出中文成語，一面說英文。

1. 東倒西歪 _____
2. 東奔西走 _____
3. 東躲西藏 _____
4. 南轅北轍 _____
5. 南來北往 _____
6. 南征北戰 _____
7. 天長地久 _____
8. 天經地義 _____
9. 天羅地網 _____
10. 上竄下跳 _____
11. 上行下效 _____
12. 上情下達 _____
13. 前仆後繼 _____
14. 前呼後擁 _____
15. 前因後果 _____
16. 左思右想 _____
17. 左顧右盼 _____
18. 左鄰右舍 _____
19. 內憂外患 _____
20. 內政外交 _____
21. 內柔外剛 _____
22. 出將入相 _____
23. 出神入化 _____
24. 出凡入勝 _____
25. 來龍去脈 _____
26. 來情去意 _____
27. 來蹤去跡 _____

28. 大材小用 _____
29. 大驚小怪 _____
30. 大同小異 _____
31. 長吁短嘆 _____
32. 長話短說 _____
33. 長才短馭 _____
34. 明查暗訪 _____
35. 明爭暗鬥 _____
36. 明槍暗箭 _____
37. 古往今來 _____
38. 古為今用 _____
39. 古是今非 _____
40. 朝三暮四 _____
41. 朝秦暮楚 _____
42. 朝思暮想 _____
43. 先斬後奏 _____
44. 先禮後兵 _____
45. 先來後到 _____
46. 有備無患 _____
47. 有口無心 _____
48. 有氣無力 _____
49. 似是而非 _____
50. 口是心非 _____
51. 惹是生非 _____
52. 異口同聲 _____
53. 異曲同工 _____
54. 異路同歸 _____

UNIT 5 器官篇

口若懸河
be silver-tongued

※這個單元54個中文成語，全部與「器官」
　有關，環環相扣，可以一個接一個背。

Unit 5 器官篇

📖 中英文一起背，背至 2 分鐘以內，終生不忘記。

1.	眼明手快	**sharp**
2.	眼高手低	**have great ambition but little talent**
3.	眼花撩亂	**be dazzled**
4.	耳目一新	**a breath of fresh air**
5.	耳濡目染	**be deeply influenced**
6.	耳熟能詳	**be often heard and well remembered**
7.	口若懸河	**be silver-tongued**
8.	口出狂言	**speak arrogantly**
9.	口乾舌燥	**parched**

10.	眉清目秀	**handsome**
11.	眉目傳情	**give** *sb.* **the eye**
12.	眉開眼笑	**beam with delight**
13.	毛遂自薦	**volunteer** *one's* **services**
14.	毛手毛腳	**rough-handed**
15.	毛骨悚然	**absolutely terrified**
16.	骨肉分離	**family separation**
17.	骨瘦如柴	**be all skin and bone**
18.	骨鯁在喉	**Cat got** *one's* **tongue.**

19.	心血來潮	**impulsive**
20.	心想事成	**Fondest wishes come true.**
21.	心照不宣	**not necessary to say more**
22.	肝膽相照	**be devoted to each other**
23.	肝腸寸斷	**be heartbroken**
24.	肝腦塗地	**lay down** *one's* **life**
25.	狼心狗肺	**cold-blooded**
26.	沁人心肺	**refreshing**
27.	肺腑之言	**a heart-to-heart talk**

28. 胸有成竹	with complete confidence
29. 胸無點墨	practically illiterate
30. 胸懷大志	aim high
31. 腹載五車	highly educated
32. 腹心之患	enemy in *one's* ranks
33. 腹背受敵	between the devil and the deep sea
34. 膽小如鼠	as timid as a mouse
35. 膽大包天	a daredevil
36. 膽顫心驚	tremble with fear

37. 頭頭是道	appear impressive
38. 頭昏腦脹	*One's* head swims.
39. 頭破血流	be badly battered
40. 面不改色	keep a straight face
41. 面目可憎	repulsive in appearance
42. 面目全非	a complete change
43. 手無寸鐵	unwarmed
44. 手下留情	show mercy
45. 手忙腳亂	in a rush

46. 身不由己	be obliged to do *sth.*
47. 身敗名裂	be utterly discredited
48. 身體力行	practice what *one* preaches
49. 體貼入微	show every possible consideration
50. 體態輕盈	a supple body
51. 體無完膚	be raked over the coals
52. 血氣方剛	hot-blooded
53. 血口噴人	sling mud at *sb.*
54. 血海深仇	a blood feud

25.「眼、耳、口」的中文成語英譯

　　這一個單元是要背誦和我們身體器官有關的成語。從五官開始，這九個成語各以「眼」、「耳」、「口」開頭，都是描述跟感官有關的成語。

眼明手快	sharp
眼高手低	have great ambition but little talent
眼花撩亂	be dazzled

耳目一新	a breath of fresh air
耳濡目染	be deeply influenced
耳熟能詳	be often heard and well remembered

口若懸河	be silver-tongued
口出狂言	speak arrogantly
口乾舌燥	parched

【背景説明】

1. 眼ㄢ᷅明ㄇㄧㄥˊ手ㄕㄡˇ快ㄎㄨㄞˋ

   形容「眼光銳利，動作敏捷」，即為 ***sharp*** 〔 ʃɑrp 〕 *adj.*
   敏銳的；機警的。例如：A hunter has to be ***sharp***.
   (獵人必須**眼明手快**。)【hunter 〔 ˈhʌntɚ 〕 *n.* 獵人】

   $$
   sharp \begin{cases} = \text{nimble} \\ = \text{agile} \\ = \text{deft} \end{cases}
   $$

   nimble 〔 ˈnɪmbl̩ 〕 *adj.* 敏捷的
   agile 〔 ˈædʒəl , ˈædʒaɪl 〕 *adj.* 敏捷的
   deft 〔 dɛft 〕 *adj.* 敏捷的

2. 眼ㄢ᷅高ㄍㄠ手ㄕㄡˇ低ㄉㄧ

   「眼高」，眼光高；「手低」，手藝低。「眼高手低」比
   喻「要求標準高，而實行能力低」，翻譯成英文是：
   have great ambition but little talent，意思是「有
   很大的抱負，卻沒什麼才能」，就是「眼高手低」。
   【ambition 〔 æmˈbɪʃən 〕 *n.* 抱負；雄心　talent
   〔ˈtælənt 〕 *n.* 才能；天賦】例如：So many singers
   have great ambition but little talent. (很多歌手都
   眼高手低。)

   have great ambition but little talent
   = have high ambition but no real ability

3. 眼花撩亂

「撩亂」紛亂。形容「眼睛昏花，心緒迷亂」，英文說成：*be dazzled*，意思是「感到目眩、眼花」，就是「眼花撩亂」。【dazzle〔'dæzl〕*v.* 使目眩】例如：
We *were* all *dazzled* by her colorful dress.
（她花俏的洋裝讓我們**眼花撩亂**。）
【colorful〔'kʌləfəl〕*adj.* 花俏的；鮮豔的】

4. 耳目一新

形容「所見所聞都有一種新奇、清新的感覺」，英文說成：*a breath of fresh air*，字面意思是「一陣清新的風」，引申爲「新的事物」，就是「耳目一新」。【breath〔brɛθ〕*n.* 輕風　fresh〔frɛʃ〕*adj.* 新鮮的】例如：
The designer's newly-designed clothes are *a breath of fresh air*. （那設計師新設計的衣服讓人感到**耳目一新**。）
【design〔dɪ'zaɪn〕*v.* 設計】

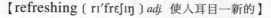

> *a breath of fresh air*
> = new and fresh
> = refreshing

【refreshing〔rɪ'frɛʃɪŋ〕*adj.* 使人耳目一新的】

5. 耳濡目染

「濡」習染、感染。「耳濡目染」指「經常聽到、看到而深受影響」，英文說成：*be deeply influenced*。
【influence〔'ɪnfluəns〕*v.* 影響】

例如：I have ***been deeply influenced*** by my parents' teaching.（我在我父母**耳濡目染**的教育下長大。）

be deeply influenced
= be influenced by what *one* constantly sees and hears

constantly〔'kɑnstəntlɪ〕*adv.* 不斷地

6. 耳ㄦˇ熟ㄕㄡˊ能ㄋㄥˊ詳ㄒㄧㄤˊ

「詳」詳細。意思是「聽得非常熟悉，而能詳盡地知道或說出來」，翻譯成英文是：***be often heard and well remembered***，意思是「常常聽到而且記得清楚」。例如：The story ***is often heard and well remembered***.（這個故事大家都**耳熟能詳**。）

be often heard and well remembered
= sound familiar

sound〔saʊnd〕*v.* 聽起來
familiar〔fə'mɪljɚ〕*adj.* 熟悉的

7. 口ㄎㄡˇ若ㄖㄨㄛˋ懸ㄒㄩㄢˊ河ㄏㄜˊ

指「說起話來像瀑布一樣滔滔不絕」，比喻「能言善辯」，英文說成：***be silver-tongued***〔'sɪlvɚ'tʌŋd〕*adj.* 雄辯的；有口才的。silver 在此指「聲音清脆的；口才流利的」。此外，有一句諺語是：Speech is silver, silence is golden.（說話是銀，沉默是金。）【silence〔'saɪləns〕*n.* 沉默】例如：He ***was*** a ***silver-tongued*** charmer with girlfriends in every city he visited.（他是個**口若懸河**，很有魅力的人，他去過的每個

城市都有女朋友。)【charmer〔'tʃɑrmə〕 *n.* 有魅力的人】
也可用名詞片語的說法：a silver tongue，例如：He has
a silver tongue. (他口若懸河。)

> *be silver-tongued*
> = have a silver tongue
> = be eloquent

eloquent〔'ɛləkwənt〕 *adj.* 雄辯的；口才好的

8. 口ㄡˇ出ㄔㄨ狂ㄎㄨㄤˊ言ㄧㄢˊ

字面意思是「嘴裏說出狂妄自大的話」，指「說話狂妄、
放肆」，英文說成：*speak arrogantly*。【arrogantly
〔'ærəgəntlɪ〕 *adv.* 狂妄地；自大地】例如：You have
no right to *speak arrogantly*. (你沒有資格**口出狂言**。)
【right〔raɪt〕 *n.* 資格；權利】

> *speak arrogantly*
> = talk wildly
>
> wildly〔'waɪldlɪ〕 *adv.* 瘋狂地

9. 口ㄡˇ乾ㄍㄢ舌ㄕㄜˊ燥ㄗㄠˋ

意思是「嘴巴因缺乏水分而覺得乾燥口渴」，英文說成：
parched，字面意思是「乾渴的」，就是「口乾舌燥」。
【parch〔pɑrtʃ〕 *v.* 使乾渴】例如：After delivering
a long speech, I was *parched*. (長時間演講後，我感
到**口乾舌燥**。)【*deliver a speech* 演講】

> *parched*
> = thirsty

26.「眉、毛、骨」的中文成語英譯

　　背完了開頭「眼」、「耳」、「口」的成語，
接下來的挑戰是「眉」、「毛」、「骨」開頭的成
語。你可以聯想成「眉毛」和「眉骨」都在頭部。

眉清目秀	**handsome**
眉目傳情	**give** *sb.* **the eye**
眉開眼笑	**beam with delight**

毛遂自薦	**volunteer** *one's* **services**
毛手毛腳	**rough-handed**
毛骨悚然	**absolutely terrified**

骨肉分離	**family separation**
骨瘦如柴	**be all skin and bone**
骨鯁在喉	**Cat got** *one's* **tongue.**

【背景説明】

1. 眉ㄇㄟ清ㄑㄧㄥ目ㄇㄨ秀ㄒㄧㄡ

形容「面貌清明俊秀，長相美麗」，英文説成：***handsome*** 〔ˊhænsəm〕*adj.*（男子）俊美的。例如：When I opened the door, I saw a ***handsome*** young man walking toward me.（當我打開門，我看到一位**眉清目秀**的年輕人向我走來。）

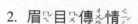

> ***handsome***
> = clean and pretty
> = good-looking

2. 眉ㄇㄟ目ㄇㄨ傳ㄔㄨㄢ情ㄑㄧㄥ

意指「用眉毛和眼睛來傳達情意」，英文説成：***give sb. the eye***，字面意思是「對某人使眼色」，就是「眉目傳情」。【eye〔aɪ〕*n.* 目光；眼神】例如：The girl is ***giving me the eye***.（那女孩對我**眉目傳情**。）

> ***give sb. the eye***
> = make eyes at *sb.*
> ***make eyes at*** 向…眉目傳情

3. 眉ㄇㄟ開ㄎㄞ眼ㄧㄢ笑ㄒㄧㄠ

表示眉頭舒展，眼含笑意，形容「愉悅欣喜的神情」，英文説成：***beam with delight***，字面意思是「高興地笑」，就是「眉開眼笑」。【beam〔bim〕*v.* 堆滿笑容　delight〔dɪˊlaɪt〕*n.* 愉快】例如：He ***beamed with delight*** when he saw the test results.（他看到考試結果後，**眉開眼笑**。）

> ***beam with delight***
> = be all smiles
> ***be all smiles*** 滿臉笑容

4. 毛ㄇㄠˊ遂ㄙㄨㄟˋ自ㄗˋ薦ㄐㄧㄢˋ

「毛遂」是人名，戰國時候秦國攻打趙國，毛遂主動請命去楚國説服楚王派兵救趙國，此成語即指「自告奮勇；自我推薦」，英文説成：*volunteer one's services*，字面意思是「自願提供幫助」，就是「毛遂自薦」。【volunteer〔ˌvɑlənˈtɪr〕*v.* 自願提供　　service〔ˈsɝvɪs〕*n.* 幫助；服務】例如：If no one is willing to do the job, I would like to *volunteer my services*.（如果沒人願意做這份工作，我願意**毛遂自薦**。）【*be willing to*　願意】

> *volunteer one's services*
> = recommend *oneself*
> recommend〔ˌrɛkəˈmɛnd〕*v.* 推薦

5. 毛ㄇㄠˊ手ㄕㄡˇ毛ㄇㄠˊ腳ㄐㄧㄠˇ

形容「做事草率慌張，不仔細」，英文説成：*rough-handed*，字面意思是「粗野的手」，引申為「做事隨便」，就是「毛手毛腳」。【rough〔rʌf〕*adj.* 粗野的；粗糙的】例如：My boss was angry at my *rough-handed* manner.（我**毛手毛腳**的舉動使我老闆生氣。）

【manner〔ˈmænɚ〕*n.* 態度；舉止】

> *rough-handed*
> = clumsy-handed
> = careless in handling things
> clumsy〔ˈklʌmzɪ〕*adj.* 笨拙的
> handle〔ˈhændl̩〕*v.* 處理

Unit 5　器官篇

在台灣，「毛手毛腳」則指對女性不客氣的舉動，英文說成：*harass* 或 *paw*。【harass〔hə'ræs〕v. 騷擾 paw〔pɔ〕v. 亂摸】例如：Stop *pawing* me, or I'll call the police!（別再對我**毛手毛腳**，否則我就叫警察了！）

6. 毛骨悚然

「悚然」恐懼之意。意指「從外在的毛髮到骨頭裡都感到害怕」，形容「極端驚懼害怕」，英文說成：*absolutely terrified*，表示「害怕到極點」。【absolutely〔'æbsə,lutlɪ〕adv. 完全地　terrified〔'tɛrə,faɪd〕adj. 害怕的】例如：She is *absolutely terrified* of the horror movie.（那恐怖片讓她**毛骨悚然**。）【*horror movie* 恐怖片】此外 send chills up *one's* spine，字面意思是「讓某人的脊椎感到冰涼」【chill〔tʃɪl〕n. 寒氣　spine〔spaɪn〕n. 脊椎】，以及 make *one's* hair stand on end，字面意思是「使某人的頭髮豎立起來」【*on end* 豎立著】，也是指「使某人毛骨悚然」的意思。例如：Horror movies send chills up my spine.（恐怖片讓我毛骨悚然。）

7. 骨肉分離

「骨肉」指「親人」。表示「至親家人四散分離」，翻譯成英文是：*family separation*，意思是「家人間的分離」，就是「骨肉分離」。【separation〔,sɛpə'reʃən〕n. 分離】例如：During the war, many people were faced with *family separation*.（戰爭期間，很多人面臨**骨肉分離**。）【*be faced with* 面臨】也有動詞片語的說法：be separated from *one's* family，例如：The boy was separated from his family.（這男孩和他的家人骨肉分離。）

8. 骨ㄍㄨˇ瘦ㄕㄡˋ如ㄖㄨˊ柴ㄔㄞˊ

表示人瘦得皮包骨頭，根根像木柴一樣，形容「非常消瘦的樣子」，英文說成：*be all skin and bone*，字面意思是「全是皮膚跟骨頭」，表示沒有肉，就是「骨瘦如柴」。例如：Gary looks awful. He*'s all skin and bone*.（蓋瑞**骨瘦如柴**，看起來很嚇人。）

【awful〔'ɔful〕*adj.* 可怕的；嚇人的】

> *be all skin and bone*
> = be as thin as a stick
> = be skeletal
> = be skinny

stick〔stɪk〕*n.* 棍子
skeletal〔'skɛlətḷ〕*adj.* 骨瘦如柴的
skinny〔'skɪnɪ〕*adj.* 很瘦的；皮包骨的

9. 骨ㄍㄨˇ鯁ㄍㄥˇ在ㄗㄞˋ喉ㄏㄡˊ

「鯁」，魚刺。表示魚刺卡在喉嚨裡，比喻「心中有話沒有說出來，非常難受」，英文成語是：*Cat got one's tongue.* 字面意思是「貓咪抓住了某人的舌頭。」

【tongue〔tʌŋ〕*n.* 舌頭】舌頭被抓住了，被迫無法說話，就是「骨鯁在喉」。例如：What's the matter? Nothing to say? *Cat got your tongue*?（怎麼了？怎麼不說話？還是你**骨鯁在喉**？）

27.「心、肝、肺」的中文成語英譯

　　背完了開頭「眼」「耳」「口」，「眉」「毛」
「骨」與頭有關的成語，接下來的就是與人體內部
的器官「心」、「肝」、「肺」相關連的成語。

心血來潮	impulsive
心想事成	Fondest wishes come true.
心照不宣	not necessary to say more

肝膽相照	be devoted to each other
肝腸寸斷	be heartbroken
肝腦塗地	lay down *one's* life

狼心狗肺	cold-blooded
沁人心肺	refreshing
肺腑之言	a heart-to-heart talk

【背景説明】

1. **心ㄒㄧㄣ血ㄒㄧㄝ˘來ㄌㄞˊ潮ㄔㄠˊ**

「來潮」潮水上漲。字面意思是心裡的血像浪潮般地往上湧，形容「突然興起的念頭」，英文説成：***impulsive***。
【impulsive〔ɪm'pʌlsɪv〕*adj.* 衝動的】例如：He was struck by an ***impulsive*** urge to buy an iPad. (他突然**心血來潮**去買了一台 iPad。)
struck〔strʌk〕*v.* 打動 (strike 的過去分詞)
urge〔ɝdʒ〕*n.* 衝動
iPad〔aɪ'pæd〕*n.* 蘋果公司於 2010 年發表的平板電腦

2. **心ㄒㄧㄣ想ㄒㄧㄤˇ事ㄕˋ成ㄔㄥˊ**

表示「心裡想的，都會成功」，英文説成：***Fondest wishes come true.*** 字面意思是「最想要的願望都成眞。」就是「心想事成。」【fond〔fɑnd〕*adj.* 喜愛的　***come true*** 成眞】
例如：May all her ***fondest wishes come true.*** (祝她所有的願望都能**心想事成**。)

> ***Fondest wishes come true.***
> = Dreams come true.

3. **心ㄒㄧㄣ照ㄓㄠˋ不ㄅㄨˋ宣ㄒㄩㄢ**

「照」知道；「宣」公開説出。表示「彼此心裡明白，不必言語説明」，相當於英文翻譯：***not necessary to say more***，字面上的意思是「不需要再多説」，就是「心照不宣」。例如：It is ***not necessary to say more***; we thoroughly understand each other. (我們**心照不宣**，完全了解彼此的想法。)【thoroughly〔'θɝolɪ〕*adv.* 完全地】

另一個說法是：have a tacit understanding，字面的意思是「沉默地了解」，就是「心照不宣」。【tacit〔'tæsɪt〕 *adj.* 沉默的；不說話的】例如：My best friend and I have a tacit understanding. (我和我最好的朋友彼此心照不宣。)

4. 肝ㄍㄢ膽ㄉㄢ相ㄒㄧㄤ照ㄓㄠ

「肝膽」比喻真心誠意。以肝膽互相照映，比喻「以真心相見。」翻譯成英文：*be devoted to each other*，字面上是「對彼此很忠誠」，就是「肝膽相照」。【*be devoted to* 對～忠誠　　devoted〔dɪ'votɪd〕*adj.* 忠實的 *each other* 彼此】例如：My close friend and I *are devoted to each other*. (我和我的好朋友彼此肝膽相照。)

> *be devoted to each other*
> = treat each other with all sincerity
> = be loyal to each other

sincerity〔sɪn'sɛrətɪ〕*n.* 真誠
loyal〔'lɔɪəl〕*adj.* 忠誠的

5. 肝ㄍㄢ腸ㄔㄤ寸ㄘㄨㄣ斷ㄉㄨㄢ

表示肝和腸子都斷掉了，比喻「悲傷到了極點」，英文說成：*be heartbroken*，字面上是「心都破碎了」，比喻「很難過」，就是「肝腸寸斷」。【heartbroken〔'hɑrt,brokən〕*adj.* 悲傷的】例如：William will *be heartbroken* when he hears the news. (威廉聽到這消息會肝腸寸斷。)

> ***be heartbroken***
> = be deeply grieved
> = be sorrow-stricken

grieved〔grivd〕*adj.* 傷心的；悲痛的
sorrow〔'sɑro〕*n.* 悲痛；悲傷
stricken〔'strɪkən〕*adj.* 受…侵襲的

6. 肝腦塗地

「塗地」塗抹在地上。字面意思是「肝腦濺灑在地上」，形容死狀極慘，比喻成「盡忠竭力，不惜犧牲生命」之意，英文說成：***lay down one's life***，字面意思是「放棄某人的生命」，引申爲「願意犧牲」，就是「肝腦塗地」。【***lay down*** 放棄；放下】例如：Soldiers are willing to ***lay down their lives*** to protect their country.（士兵願意爲了保衛國家而**肝腦塗地**。）【soldier〔'soldʒɚ〕*n.* 士兵 ***be willing to*** 願意　protect〔prə'tɛkt〕*v.* 保護】

7. 狼心狗肺

比喻「人的心腸像狼和狗一樣狠毒，毫無良心」，英文說成：***cold-blooded***〔'kold'blʌdɪd〕*adj.* 冷血的。「冷血無情」，就是「狼心狗肺」的意思。例如：You are ***cold-blooded***. How could you betray me?（你眞是**狼心狗肺**。你怎麼會出賣我？）【betray〔bɪ'tre〕*v.* 出賣】

> ***cold-blooded***
> = heartless
> = hard-hearted

heartless〔'hɑrtlɪs〕*adj.* 無情的；冷酷的
hard-hearted〔'hɑrd'hɑrtɪd〕*adj.* 硬心腸的；無情的

8. 沁^く人^ㅁ心^ㅜ肺^ㄷ

也可説成「沁人心脾」。「沁」溼潤。指「使人感到舒適，有清爽舒暢的感覺」，英文説成：*refreshing*〔rɪˈfrɛʃɪŋ〕*adj.* 提神的；令人神清氣爽的。例如：The breeze is *refreshing*.（微風實在沁人心肺。）

【breeze〔briz〕*n.* 微風】

9. 肺^ㄷ腑^ㄈ之^ㅗ言^一

指「發自內心的眞話」，英文説成：*a heart-to-heart talk*，字面意思是「心對心的談話」，引申爲「眞心的話」，就是「肺腑之言」。【heart-to-heart *adj.* 坦率的；眞誠的】例如：We need to have a *heart-to-heart talk*.（我們需要對彼此説出肺腑之言。）

> *a heart-to-heart talk*
> = words from the bottom of *one's* heart
> = heartfelt words

from the bottom of one's heart 衷心的
heartfelt〔ˈhɑrtˌfɛlt〕*adj.* 眞誠的

28. 「胸、腹、膽」的中文成語英譯

　　接下來這九個成語，一樣爲身體各部位，依序爲「胸」、「腹」、「膽」。背誦時，一樣把身體部位和意義聯想在一起，就會好背許多，如：「胸有成竹」、「胸無點墨」、「胸懷大志」，都用「胸」來表示「具備；擁有」的意思。

胸有成竹	**with complete confidence**
胸無點墨	**practically illiterate**
胸懷大志	**aim high**

腹載五車	**highly educated**
腹心之患	**enemy in** *one's* **ranks**
腹背受敵	**between the devil and the deep sea**

膽小如鼠	**as timid as a mouse**
膽大包天	**a daredevil**
膽顫心驚	**tremble with fear**

【背景説明】

1. **胸ㄒㄩㄥ有ㄧㄡˇ成ㄔㄥˊ竹ㄓㄨˊ**

   指畫竹之前，心中早已有了竹子的完整形象，比喻「在做事以前已經拿定主意」，英文説成：***with complete confidence***，字面的意思是「有完全的信心」，就是「胸有成竹」。【confidence〔'kɑnfədəns〕*n.* 信心】例如：I can say ***with complete confidence*** that he will be the winner.（我敢**胸有成竹**地說，他會是贏家。）

2. **胸ㄒㄩㄥ無ㄨˊ點ㄉㄧㄢˇ墨ㄇㄛˋ**

   表示胸中沒有一滴墨水，比喻人「毫無學識」，翻譯成英文是：***practically illiterate***，意指「幾乎不識字」，就是「胸無點墨」。【practically〔'præktɪklɪ〕*adv.* 幾乎 illiterate〔ɪ'lɪtərɪt〕*adj.* 不識字的】例如：He feels ashamed of being ***practically illiterate***.（他因**胸無點墨**而感到羞恥。）【ashamed〔ə'ʃemd〕*adj.* 感到羞愧的】

   $$\begin{cases}\textbf{\textit{practically illiterate}} \\ = \text{unlearned} \\ = \text{unlettered} \\ = \text{uneducated}\end{cases}$$

   unlearned〔ʌn'lɝnɪd〕*adj.* 未受教育的
   unlettered〔ʌn'lɛtəd〕*adj.* 未受教育的

3. **胸ㄒㄩㄥ懷ㄏㄨㄞˊ大ㄉㄚˋ志ㄓˋ**

   「懷」隱藏。表示「抱有遠大的志向」，英文説成：***aim high***，字面意思是「目標瞄很高」，就是「胸懷大志」。

【aim〔em〕*v.* 瞄準】例如：You have to *aim high*
instead of being content with what you already
have.（你必須**胸懷大志**，而非滿足於你目前所擁有的。）
【*instead of* 而非　　*be content with* 滿足於】

> ***aim high***
> = have great ambitions
> ambition〔æm'bɪʃən〕*n.* 抱負；野心

4. 腹ㄈㄨˋ載ㄗㄞˋ五ㄨˇ車ㄐㄩ

肚子裡的書可以裝滿五大車，形容人「書讀很多，學識廣
博」，中文裡還有一句成語，是「學富五車」，也表示相同
的意思。英文說成：*highly educated*，意思是「教育程
度很高」，就是「腹載五車」。【highly〔'haɪlɪ〕*adv.*
非常地 educated〔'ɛdʒə‚ketɪd〕*adj.* 受過教育的】例如：She is
highly educated and very capable.（她**腹載五車**，而且
很能幹。）【capable〔'kepəbḷ〕*adj.* 能幹的】

> ***highly educated***
> = very learned
> = knowledgeable
>
> learned〔'lɝnɪd〕*adj.* 學識豐富的
> knowledgeable〔'nɑlɪdʒəbḷ〕*adj.* 學識豐富的

5. 腹ㄈㄨˋ心ㄒㄧㄣ之ㄓ患ㄏㄨㄢˋ

也說成「心腹之患」，形容「致命的禍患或隱藏在內部的危
害」，英文說成：*enemy in one's ranks*，字面意思是「隊
伍中的敵人」，引申為「自己內部的敵人」，就是「腹心之患」。

【enemy〔ˈɛnəmɪ〕*n.* 敵人　　rank〔ræŋk〕*n.* 隊伍；行列】例如：The boss began to suspect that Peter was the ***enemy in his ranks***.（老闆開始懷疑彼得就是他的**腹心之患**。）【suspect〔səˈspɛkt〕*v.* 懷疑】

> ***enemy in*** *one's* ***ranks***
> = a sting in *one's* heart
> sting〔stɪŋ〕*n.* 刺

6. 腹ㄈㄨˋ背ㄅㄟˋ受ㄕㄡˋ敵ㄉㄧˊ

表示「前、後都受到敵人的攻擊」，英文説成：***between the devil and the deep sea***，字面意思是「在魔鬼和深海之間」，一邊被魔鬼追趕，另一邊是九死一生的深海，引申爲「進退兩難」，就是「腹背受敵」。【devil〔ˈdɛvl̩〕*n.* 魔鬼】例如：Bob found himself ***between the devil and the deep sea***, not knowing what to do.（鮑伯發現他自己**腹背受敵**，束手無策。）

> ***between the devil and the deep sea***
> = between a rock and a hard place
> = in a dilemma
>
> dilemma〔dəˈlɛmə〕*n.* 進退兩難；困境

7. 膽ㄉㄢˇ小ㄒㄧㄠˇ如ㄖㄨˊ鼠ㄕㄨˇ

膽子如老鼠一般，比喻「膽量極小」，英文成語爲：***as timid as a mouse***，字面的意思是「跟老鼠一樣膽小」，就是「膽小如鼠」。【timid〔ˈtɪmɪd〕*adj.* 膽小的】例如：When John was a child, he was ***as timid as a mouse***.（約翰年幼時，他**膽小如鼠**。）

⎰ *as timid as a mouse*
⎱ = chicken-hearted
  = cowardly

chicken-hearted〔'tʃɪkɪnˌhɑrtɪd〕*adj.* 怯懦的；膽小的
cowardly〔'kaʊədlɪ〕*adj.* 膽小的

8. 膽ㄉㄢˇ大ㄉㄚˋ包ㄅㄠ天ㄊㄧㄢ

表示膽量非常大，能把天包下，形容「不顧一切，任意橫行」，
英文說成：*a daredevil*〔'dɛrˌdɛvḷ〕*n.* 鋌而走險的人。可以
拆成兩個字來記：dare 是「勇於面對」，devil 是「魔鬼」，
勇於去面對魔鬼是多麼「膽大包天」的事情。例如：You
are such *a daredevil*!（你竟如此膽大包天！）中文的形容
詞，英文常常用名詞來代替。如：你很會煮菜，英文就說
成：You are a good cook.

9. 膽ㄉㄢˇ顫ㄓㄢˋ心ㄒㄧㄣ驚ㄐㄧㄥ

「顫」發抖。形容「十分驚慌害怕」，英文說成：*tremble
with fear*，字面意思是「因恐懼而顫抖」，就是「膽顫心
驚」。【tremble〔'trɛmbḷ〕*v.* 顫抖　　fear〔fɪr〕*n.* 恐懼】
例如：They *trembled with fear* at the sight of the snake.
（看到蛇使他們膽顫心驚。）【sight〔saɪt〕*n.* 看見
at the sight of 看到】

⎰ *tremble with fear*
⎱ = tremble with fright
  = be filled with terror

fright〔fraɪt〕*n.* 驚嚇　　*be filled with* 充滿
terror〔'tɛrə〕*n.* 恐懼

29. 「頭、面、手」的中文成語英譯

背完了以「胸」、「腹」、「膽」開頭的成語，接下來是「頭」、「面」、「手」開頭的成語。身體由上往下的順序就是從頭開始，到臉，也就是面容，然後就是手。

頭頭是道	appear impressive
頭昏腦脹	*One's* head swims.
頭破血流	be badly battered

面不改色	keep a straight face
面目可憎	repulsive in appearance
面目全非	a complete change

手無寸鐵	unarmed
手下留情	show mercy
手忙腳亂	in a rush

【背景説明】

1. 頭ㄊㄡˊ頭ㄊㄡˊ是ㄕˋ道ㄉㄠˋ

形容「言語清楚明白，有條理」，相當於英文：*appear impressive*，字面意思是「令人感到印象深刻」，引申為「讓人信服」。【appear〔ə'pɪr〕v. 看似　impressive〔ɪm'prɛsɪv〕adj. 令人印象深刻的】例如：His sales pitch *appears impressive* but he hasn't sold many products. （他推銷產品講得**頭頭是道**，但卻沒賣出很多產品。）【pitch〔pɪtʃ〕n. 推銷　*sales pitch* 產品推銷　product〔'prɑdəkt〕n. 產品】

> *appear impressive*
> = be clear and logical
> = sound plausible

logical〔'lɑdʒɪkl̩〕adj. 合理的　　sound〔saʊnd〕v. 聽起來　plausible〔'plɔzəbl̩〕adj. 貌似有理的

2. 頭ㄊㄡˊ昏ㄏㄨㄣ腦ㄋㄠˇ脹ㄓㄤˋ

意思是頭腦發昏，形容「太繁忙或事情沒有頭緒，讓人厭煩」，英文説成：*One's **head swims**.* 字面意思是「頭在旋轉」，當我們頭在旋轉，就是「頭昏腦脹」。【swim〔swɪm〕v. 旋轉；暈眩】例如：*My head is swimming* from all the things I learned today. （今天學了這麼多，讓我感到**頭昏腦脹**。）同義的説法：feel dizzy，意思是「感到頭暈」，也是「頭昏腦脹」的意思。【dizzy〔'dɪzɪ〕adj. 頭暈的】例如：Fever makes me feel dizzy all day. （發燒讓我整天感到頭昏腦脹。）【fever〔'fivɚ〕n. 發燒】

3. 頭_{ㄊㄡ}破_{ㄆㄛ}血_{ㄒㄧㄝ}流_{ㄌㄧㄡ}

字面意思是頭打破了，血流滿面，也常引申用來形容慘敗，相當於英文：*be badly battered*，意思為「遭受猛打」，引申為「頭破血流」。【badly〔'bædlɪ〕*adv.* 嚴重地 batter〔'bætɚ〕*v.* 連續猛擊】例如：

He *was badly battered* in the fight.
（打鬥中，他被打得**頭破血流**。）
【fight〔faɪt〕*n.* 打鬥】

> *be badly battered*
> = be badly beaten
> = be beaten black and blue

beaten〔'bitn̩〕*v.* 打；揍（beat 的過去分詞）
black and blue （被打得）青一塊紫一塊的；遍體鱗傷

4. 面_{ㄇㄧㄢ}不_{ㄅㄨ}改_{ㄍㄞ}色_{ㄙㄜ}

表示不改變臉色，形容「遇到危險時神態沉著鎮定」，英文說成：*keep a straight face*，字面意思是「保持無表情的臉色」，就是「面不改色」。【straight〔stret〕*adj.* 平直的；不露感情的】例如：Hearing the bad news, he *kept a straight face*.（聽到那個壞消息，他仍**面不改色**。）

> *keep a straight face*
> = remain calm

remain〔rɪ'men〕*v.* 依然
calm〔kɑm〕*adj.* 鎮定的

5. 面_{ㄇㄧㄢ}目_{ㄇㄨ}可_{ㄎㄜ}憎_{ㄗㄥ}

「憎」討厭。形容「容貌令人覺得討厭」，英文說成：
repulsive in appearance，意思是「外表讓人討厭」。
【repulsive〔rɪ'pʌlsɪv〕*adj.* 令人厭惡的
appearance〔ə'pɪrəns〕*n.* 外表】例如：The killer
is ***repulsive in appearance***.（那殺人兇手**面目可憎**。）

> ***repulsive in appearance***
> = ill-looking
> ill-looking〔'ɪl'lʊkɪŋ〕*adj.* 醜陋的

6. 面_{ㄇㄧㄢ}目_{ㄇㄨ}全_{ㄑㄩㄢ}非_{ㄈㄟ}

完全不是原先的樣子。形容「變化很大」，相當於英文：***a
complete change***，意思是「完全的改變」。例如：After
the earthquake, the landscape underwent ***a complete
change***.（地震過後，整個景觀**面目全非**。）【earthquake
〔'ɝθ,kwek〕*n.* 地震　　landscape〔'lænd,skep〕*n.* 景色
undergo〔,ʌndɚ'go〕*v.* 經歷（三態變化：undergo-
underwent-undergone）】

7. 手_{ㄕㄡ}無_ㄨ寸_{ㄘㄨㄣ}鐵_{ㄊㄧㄝ}

「寸」細微短小；「鐵」武器。形容「手上沒有拿任何武
器」，英文說成：***unarmed***〔ʌn'ɑrmd〕*adj.* 無武器的；
未武裝的。例如：The tyrant shot his ***unarmed*** people.
（這個暴君射殺**手無寸鐵**的民衆。）

> ***unarmed***
> = barehanded

8. 手下留情

表示「打鬥或懲處時顧及情面，出手保留」，英文說成：
show mercy，字面意思是「展現慈悲」，就是「手下留
情」。【mercy〔'mɝsɪ〕*n.* 慈悲】例如：The king was
not inclined to *show mercy* on the criminals and
they were sentenced to death. (國王不想對罪犯**手
下留情**，他們全部被判死刑。)
inclined〔ɪn'klaɪnd〕*adj.* 有…傾向的
criminal〔'krɪmənl〕*n.* 罪犯
sentence〔'sɛntəns〕*v.* 宣判
be sentenced to death 被判死刑

9. 手忙腳亂

形容「做事慌亂，失了條理」，相當於英文：*in a rush*，
字面意思是「匆匆忙忙」，也就是「手忙腳亂」。例如：
Running out of time, he did everything *in a rush*.
(因為時間緊迫，他做起事**手忙腳亂**。)
【*run out of* 用完】

in a rush
= in a hurry
= in haste

haste〔hest〕*n.* 匆忙
in haste 匆忙地

30.「身、體、血」的中文成語英譯

　　背完了以「頭」、「面」、「手」開頭的成語，這單元最後是「身」、「體」、「血」開頭的成語。背誦順序是：「身體有血」。背完後，就可以學會運用與身體器官有關的成語。

身不由己	be obliged to do *sth.*
身敗名裂	be utterly discredited
身體力行	practice what *one* preaches

體貼入微	show every possible consideration
體態輕盈	a supple body
體無完膚	be raked over the coals

血氣方剛	hot-blooded
血口噴人	sling mud at *sb.*
血海深仇	a blood feud

Unit 5　器官篇

【背景說明】

1. 身ㄕㄣ不ㄅㄨˋ由ㄧㄡˊ己ㄐㄧˇ

   意思是身體不能由自己支配，表示「本身失去自主的能力」，英文說成：*be obliged to do* sth.，字面意思是「被迫去做某事」，就是「身不由己」。例如：Although I do not like my job, I *am obliged to* support my family. （雖然我不喜歡我的工作，但我**身不由己**，必須賺錢養家。）

   > *be obliged to do* sth.
   > = cannot help doing sth.
   > *cannot help + V-ing*. 不得不～

2. 身ㄕㄣ敗ㄅㄞˋ名ㄇㄧㄥˊ裂ㄌㄧㄝˋ

   「身」身分、地位；「敗」毀壞；「裂」破損。表示事業、地位喪失，名譽毀壞，指人「徹底失敗」，英文說成：*be utterly discredited*，意思是「名聲完全敗壞」，就是「身敗名裂」。【utterly〔ˈʌtəlɪ〕adv. 完全地　discredit〔dɪsˈkrɛdɪt〕v. 敗壞名聲】例如：He *was utterly discredited* by the scandal. （他因這醜聞而**身敗名裂**。）【scandal〔ˈskændl̩〕n. 醜聞】另一個說法是：*One's name is mud.* 字面意思是「名字是爛泥。」引申為「身敗名裂。」【mud〔mʌd〕n. 泥巴；毫無價值的東西】例如：Her name is mud now. No one will lend her money anymore. （她已經身敗名裂，沒人會再借她錢。）

3. 身ㄕㄣ體ㄊㄧ力ㄌㄧˋ行ㄒㄧㄥˊ

「身」親身；「體」體驗。表示「親自體驗實踐」，英文成語是：*practice what one preaches*，意思是「實踐某人所倡導的」，就是「身體力行」。【practice (ˈpræktɪs) *v.* 實踐　preach (pritʃ) *v.* 倡導；鼓吹】例如：You must *practice what you preach* to earn my respect.（若要贏得我的尊重，你必須身體力行。）

【earn (ɜn) *v.* 贏得　　respect (rɪˈspɛkt) *n.* 尊重】

> *practice what one preaches*
> = set an example by personally taking part
> *set an example* 樹立典範
> personally (ˈpɜsn̩ḷɪ) *adv.* 親自　*take part* 參與

4. 體ㄊㄧ貼ㄊㄧㄝ入ㄖㄨˋ微ㄨㄟ

意思是體會、思量達到細微的程度，形容「對人的關懷與照顧，十分細緻周到」，英文說成：*show every possible consideration*，意思是「展現出所有可能的關心」。

【consideration (kənˌsɪdəˈreʃən) *n.* 關心；體貼】例如：My parents *show* me *every possible consideration*.

（我父母對我體貼入微。）

> *show every possible consideration*
> = show consideration in every way
> = treat *sb.* with great consideration
> = be extremely considerate to *sb.*
> = be very considerate and thoughtful
> extremely (ɪkˈstrimlɪ) *adv.* 非常地
> considerate (kənˈsɪdərɪt) *adj.* 體貼的
> thoughtful (ˈθɔtfəl) *adj.* 體貼的

5. 體態輕盈

身材姿態很靈活，比喻「女子的身材輕巧」，英文說成：
a supple body，意思是「身體柔軟輕巧」，就是「體態輕
盈」。【supple〔'sʌpḷ〕*adj.* 身體柔軟輕巧的】例如：Alice
has ***a supple body***.（艾莉絲**體態輕盈**。）

6. 體無完膚

字面意思是全身上下沒有一塊完好的皮膚，形容受傷慘重，
全身都是傷痕，比喻「遭人批評、駁斥得一無是處」，英文說
成：***be raked over the coals***，源自於把人在煤炭上拖來拖
去的刑罰，引申為「受到嚴厲的對待或責備」，就是「體無完
膚」。【rake〔rek〕*v.* 把⋯耙在一起；斥責　coal〔kol〕
n. 燃燒的煤】例如：The journalist ***was raked over the
coals*** for his opinions.（那位記者的觀點被批得**體無完膚**。）

> ***be raked over the coals***
> = be hauled over the coals（英國人用）
> = be reproved severely

haul〔hɔl〕*v.* 拉；拖　　reprove〔rɪ'pruv〕*v.* 斥責
severely〔sə'vɪrlɪ〕*adv.* 嚴厲地

7. 血氣方剛

「血氣」精力；「方」正；「剛」強勁。泛指「年輕人精力正
當旺盛，易於衝動」，英文說成：***hot-blooded***〔'hɑt'blʌdɪd〕
adj. 熱血的；激動的。例如：Being ***hot-blooded***, he tends
to get into trouble.（他**血氣方剛**，容易闖禍。）
【***tend to*** 易於　　***get into trouble*** 惹禍】

8. 血ㄒㄩㄝˇ口ㄎㄡˇ噴ㄆㄣˉ人ㄖㄣˊ

表示「用惡毒的話來誣蔑陷害他人」，英文說成：*sling
mud at sb.*，字面意思是「對某人丟爛泥」，引申爲「污
衊」。【sling〔slɪŋ〕*v.* 丟；擲】例如：It is immoral to
sling mud at others.（**血口噴人**是不道德的。）
【immoral〔ɪˈmɔrəl〕*adj.* 不道德的】

> *sling mud at*
> = slander
> = defame

> slander〔ˈslændɚ〕*v.* 中傷；誹謗
> defame〔dɪˈfem〕*v.* 中傷；破壞名聲

9. 血ㄒㄩㄝˇ海ㄏㄞˇ深ㄕㄣˉ仇ㄔㄡˊ

「血海」殺人無數，幾乎血流成海。指「極深的仇恨」，英
文說成：*a blood feud*，字面意思是「血的仇恨」，引申爲
「很深的仇恨」，就是「血海深仇」。【feud〔fjud〕*n.* 世仇】
例如：The two families are locked in *a blood feud*
dating back several generations.
（這兩家人的**血海深仇**可以追溯到好
幾世代之前。）【*be locked in* 陷入
date back 追溯　generation〔ˌdʒɛnəˈreʃən〕*n.* 世代】

> *a blood feud*
> = intense and deep-seated hatred

> intense〔ɪnˈtɛns〕*adj.* 強烈的
> deep-seated〔ˈdipˈsitɪd〕*adj.* 根深蒂固的
> hatred〔ˈhetrɪd〕*n.* 仇恨

Unit 5 成果驗收

一面唸出中文成語，一面說英文。

1. 眼明手快 ＿＿＿＿＿＿
2. 眼高手低 ＿＿＿＿＿＿
3. 眼花撩亂 ＿＿＿＿＿＿
4. 耳目一新 ＿＿＿＿＿＿
5. 耳濡目染 ＿＿＿＿＿＿
6. 耳熟能詳 ＿＿＿＿＿＿
7. 口若懸河 ＿＿＿＿＿＿
8. 口出狂言 ＿＿＿＿＿＿
9. 口乾舌燥 ＿＿＿＿＿＿

10. 眉清目秀 ＿＿＿＿＿＿
11. 眉目傳情 ＿＿＿＿＿＿
12. 眉開眼笑 ＿＿＿＿＿＿
13. 毛遂自薦 ＿＿＿＿＿＿
14. 毛手毛腳 ＿＿＿＿＿＿
15. 毛骨悚然 ＿＿＿＿＿＿
16. 骨肉分離 ＿＿＿＿＿＿
17. 骨瘦如柴 ＿＿＿＿＿＿
18. 骨鯁在喉 ＿＿＿＿＿＿

19. 心血來潮 ＿＿＿＿＿＿
20. 心想事成 ＿＿＿＿＿＿
21. 心照不宣 ＿＿＿＿＿＿
22. 肝膽相照 ＿＿＿＿＿＿
23. 肝腸寸斷 ＿＿＿＿＿＿
24. 肝腦塗地 ＿＿＿＿＿＿
25. 狼心狗肺 ＿＿＿＿＿＿
26. 沁人心肺 ＿＿＿＿＿＿
27. 肺腑之言 ＿＿＿＿＿＿

28. 胸有成竹 ＿＿＿＿＿＿
29. 胸無點墨 ＿＿＿＿＿＿
30. 胸懷大志 ＿＿＿＿＿＿
31. 腹載五車 ＿＿＿＿＿＿
32. 腹心之患 ＿＿＿＿＿＿
33. 腹背受敵 ＿＿＿＿＿＿
34. 膽小如鼠 ＿＿＿＿＿＿
35. 膽大包天 ＿＿＿＿＿＿
36. 膽顫心驚 ＿＿＿＿＿＿

37. 頭頭是道 ＿＿＿＿＿＿
38. 頭昏腦脹 ＿＿＿＿＿＿
39. 頭破血流 ＿＿＿＿＿＿
40. 面不改色 ＿＿＿＿＿＿
41. 面目可憎 ＿＿＿＿＿＿
42. 面目全非 ＿＿＿＿＿＿
43. 手無寸鐵 ＿＿＿＿＿＿
44. 手下留情 ＿＿＿＿＿＿
45. 手忙腳亂 ＿＿＿＿＿＿

46. 身不由己 ＿＿＿＿＿＿
47. 身敗名裂 ＿＿＿＿＿＿
48. 身體力行 ＿＿＿＿＿＿
49. 體貼入微 ＿＿＿＿＿＿
50. 體態輕盈 ＿＿＿＿＿＿
51. 體無完膚 ＿＿＿＿＿＿
52. 血氣方剛 ＿＿＿＿＿＿
53. 血口噴人 ＿＿＿＿＿＿
54. 血海深仇 ＿＿＿＿＿＿

UNIT **6** 動物篇

對牛彈琴
Cast pearls before swine.

※這個單元54個中文成語，全部與「動物」
　有關，環環相扣，可以一個接一個背。

Unit 6 動物篇

📖 中英文一起背，背至 2 分鐘以內，終生不忘記。

1. 鼠目寸光　　short-sighted
2. 過街老鼠　　a public enemy
3. 貓哭老鼠　　crocodile tears
4. 牛刀小試　　warm-up
5. 對牛彈琴　　Cast pearls before swine.
6. 老牛破車　　slow as molasses
7. 虎視眈眈　　cast a greedy eye on
8. 臥虎藏龍　　undiscovered talent
9. 如虎添翼　　with added strength

10. 兔死狐悲　　feel sympathy for *one's* own kind
11. 狡兔三窟　　A crafty person has more than one hideout.
12. 守株待兔　　wait for the fish to jump into the boat
13. 龍爭虎鬥　　clash of the Titans
14. 畫龍點睛　　add the finishing touch
15. 群龍無首　　a ship without a captain
16. 蛇影杯弓　　be paranoid
17. 打草驚蛇　　wake the sleeping giant
18. 虛與委蛇　　pretend to be nice

19. 馬到成功　　an instant success
20. 招兵買馬　　raise an army
21. 懸崖勒馬　　pull back before it is too late
22. 羊腸小道　　a zigzag path
23. 亡羊補牢　　Better late than never.
24. 順手牽羊　　walk off with *sth*.
25. 猴年馬月　　God knows how long
26. 尖嘴猴腮　　monkey-faced
27. 殺雞儆猴　　make an example of *sb*.

28.	雞毛蒜皮	trivial
29.	雞飛蛋打	a lose-lose situation
30.	雞犬不寧	be in chaos
31.	狗急跳牆	Even a worm will turn.
32.	狗拿耗子	be meddlesome
33.	狗仗人勢	have a big brother to back *sb.* up
34.	豬朋狗友	bad company
35.	指豬罵狗	make a veiled accusation
36.	一龍一豬	as different as night and day

37.	鳥槍換砲	a major upgrade
38.	小鳥依人	look like a doll
39.	笨鳥先飛	The early bird catches the worm.
40.	鶴立雞群	stand out in the crowd
41.	閒雲野鶴	free as a bird
42.	杳如黃鶴	be never heard from again
43.	雁過留聲	leave a legacy
44.	雁過拔毛	an opportunist
45.	沉魚落雁	drop-dead gorgeous

46.	魚目混珠	pass *sth.* off as real
47.	魚龍混雜	hodgepodge
48.	魚死網破	fight to the finish
49.	蝦兵蟹將	cannon fodder
50.	甕中捉鱉	like shooting fish in a barrel
51.	井底之蛙	a frog at the bottom of a well
52.	蛛絲馬跡	tell-tale signs
53.	蠅頭小利	a small profit
54.	螳臂擋車	overestimate *one's* ability

31.「動物──鼠牛虎」的中文成語英譯

這個單元要介紹生肖動物和其它類動物的成語，這課講的是含有「鼠」、「牛」、「虎」的成語，背完之後馬上秀給別人看，大家就會很佩服你。

鼠目寸光	**short-sighted**
過街老鼠	**a public enemy**
貓哭老鼠	**crocodile tears**

牛刀小試	**warm-up**
對牛彈琴	**Cast pearls before swine.**
老牛破車	**slow as molasses**

虎視眈眈	**cast a greedy eye on**
臥虎藏龍	**undiscovered talent**
如虎添翼	**with added strength**

【背景說明】

1. 鼠ㄕㄨˇ目ㄇㄨˋ寸ㄘㄨㄣˋ光ㄍㄨㄤ

   字面的意思是「老鼠只能看到一吋遠的地方」，引申爲「目光短淺，沒有遠見」，英文說成：***short-sighted*** (ˈʃɔrtˈsaɪtɪd) *adj.* 目光短淺的，但是注意不要跟 nearsighted (ˈnɪrˈsaɪtɪd) *adj.* 近視眼的搞混。例如：The management made a ***short-sighted*** decision to slash investment in staff training. (管理階層做出了一個**鼠目寸光**的決定，刪減了員工訓練的投資經費。)

   management (ˈmænɪdʒmənt) *n.* 管理階層；資方
   slash (slæʃ) *v.* 減少
   investment (ɪnˈvɛstmənt) *n.* 投資
   staff (stæf) *n.* (全體) 職員

   > ***short-sighted***
   > = myopic
   >
   > myopic (maɪˈɑpɪk) *adj.* 近視的；缺乏遠見的

2. 過ㄍㄨㄛˋ街ㄐㄧㄝ老ㄌㄠˇ鼠ㄕㄨˇ

   這個成語也說成「過街老鼠，人人喊打」，就是說「跑過街道的老鼠，人人追著要打」，因此「過街老鼠」就經常被用來形容「人人都討厭的人」，英文我們可以說：***a public enemy***，字面上的意思是「全民公敵」。這個片語也常說成：public enemy number one，也就是「頭號公敵」。【public (ˈpʌblɪk) *adj.* 大衆的　　enemy (ˈɛnəmɪ) *n.* 敵人】例如：The company has become ***a public enemy*** since it was caught manufacturing fake food and drinks. (這家公司自從被人抓到製造黑心食品及飲料後，就成了**過街老鼠**。)

manufacture〔‚mænjə'fæktʃ〕 *v.* 製造

fake〔fek〕 *adj.* 假的；僞造的

> *a public enemy*
> = a common enemy
> = a universal foe

universal〔‚junə'vɜsḷ〕 *adj.* 普遍的　　foe〔fo〕 *n.* 敵人

3. 貓ㄇㄠ哭ㄎㄨ老ㄌㄠ鼠ㄕㄨ

貓咪要吃老鼠都來不及了，怎麼還會替老鼠流淚呢？所以這個成語的意思就是「假慈悲」，英文説成：*crocodile tears*「鱷魚的眼淚」。【crocodile〔'krɑkə‚daɪl〕 *n.* 鱷魚】據説鱷魚在殘忍地吞食獵物時會流眼淚。例如：You should have seen his *crocodile tears* when he heard of his rival's misfortune.（你眞應該看看他，在得知對手遭遇不幸時，**貓哭老鼠**的德性。）【*hear of* 聽説　　rival〔'raɪvḷ〕 *n.* 對手 misfortune〔mɪs'fɔrtʃən〕 *n.* 不幸】

> *crocodile tears*
> = false tears

false〔fɔls〕 *adj.* 假的

4. 牛ㄋㄧㄡ刀ㄉㄠ小ㄒㄧㄠ試ㄕ

「牛刀」宰牛的刀；「小試」稍微試用一下。引申爲「非常有才幹的人稍微展露一下自己的本領」，英文説成：*warm-up*「暖身」，可以用來指「牛刀小試」。例如：Today's game is just a *warm-up* for the championship next week.（今天的比賽，只是下星期冠軍賽的**牛刀小試**。）【championship〔'tʃæmpɪən‚ʃɪp〕 *n.* 冠軍賽】

warm-up

= dry run

dry run　排練；預演

5. 對ㄉㄟˋ牛ㄋㄧㄡˊ彈ㄊㄢˊ琴ㄑㄧㄣˊ

字面上的意思是「如果你對一頭牛演奏琴，那牠想必無法理解琴聲的美妙」，引申為「不懂對方說的是什麼」，相當於英文諺語：*Cast pearls before swine.* 在豬的面前扔珍珠，牠們想必也無法了解其珍貴性，也就是「對牛彈琴。」

【cast〔kæst〕*v.* 拋　　pearl〔pɜl〕*n.* 珍珠　　swine〔swaɪn〕*n.* 豬】例如：You were *casting pearls before swine* when you talked to him about Beethoven's symphonies.（你對他講貝多芬的交響樂時，簡直就是**對牛彈琴。**）

Beethoven〔'betovən〕*n.* 貝多芬

symphony〔'sɪmfənɪ〕*n.* 交響樂

6. 老ㄌㄠˇ牛ㄋㄧㄡˊ破ㄆㄛˋ車ㄔㄜ

也可說成「老牛拉破車」，老牛拉著破車當然是慢吞吞的，引申為「做事慢又沒有效率」，英文說成：*slow as molasses*。【molasses〔mə'læsɪz〕*n.* 糖漿】這個片語的完整版是：slow as molasses in January，一月天氣冷的時候糖漿會流得更慢。例如：Updates on the facilities in this company are *slow as molasses*.

（這間公司設備更新的速度簡直就是**老牛破車。**）

update〔'ʌpdet〕*n.* 更新

facilities〔fə'sɪlətɪz〕*n. pl.* 設施

7. 虎視眈眈

「眈」注視的樣子。字面上的意思是「像老虎兇狠地盯著獵物一般」，引申為「心懷不軌，伺機奪取」，英文說成：*cast a greedy eye on*，對某物投以貪婪的眼神，即是「虎視眈眈」。

【greedy〔'gridɪ〕 *adj.* 貪心的】例如：Every buyer was *casting a greedy eye on* the ancient Chinese artifact at the auction. (拍賣會上，每個買家都**虎視眈眈**，盯著那件中國古文物。)【artifact〔'ɑrtɪˌfækt〕 *n.* 工藝品；文化遺物　auction〔'ɔkʃən〕 *n.* 拍賣】

8. 臥虎藏龍

形容「一個地方有很多隱藏未被發現的人才」，英文的說法是：*undiscovered talent*「尚未被發掘的人才」。【talent〔'tælənt〕 *n.* 有才能的人】例如：YouTube is a trove of *undiscovered talent* where many scouts spend hours looking through piles of videos. (YouTube 是一個**臥虎藏龍**的地方，很多星探都會花上好多時間在這個地方看一大堆影片。)【trove〔trov〕 *n.* (珍貴的) 收藏品　scout〔skaut〕 *n.* 星探　*look through* (從頭至尾) 瀏覽　pile〔paɪl〕 *n.* 堆　*piles of* 一大堆的；大量的】

9. 如虎添翼

老虎的攻擊力很強，如果加上翅膀能讓牠飛上天，那攻擊力想必是會更上一層樓，所以這個成語是形容「一個強而有力的人得到了幫助而變得更強」，英文說成：*with added strength*「取得額外的力量」也就是「如虎添翼」。【added〔'ædɪd〕 *adj.* 額外的；附加的　strength〔strɛŋθ〕 *n.* 力量】例如：The new machines endowed the factory *with added strength*. (這些新機器讓這間工廠**如虎添翼**。)

【endow〔ɪn'dau〕 *v.* 賦予】

32.「動物－－兔龍蛇」的中文成語英譯

這一課我們要介紹的是含有「兔」、「龍」、「蛇」的成語，邊背邊思考英文怎麼說，有趣又能增加學問。

兔死狐悲	**feel sympathy for** *one's* **own kind**
狡兔三窟	**A crafty person has more than one hideout.**
守株待兔	**wait for the fish to jump into the boat**

龍爭虎鬥	**clash of the Titans**
畫龍點睛	**add the finishing touch**
群龍無首	**a ship without a captain**

蛇影杯弓	**be paranoid**
打草驚蛇	**wake the sleeping giant**
虛與委蛇	**pretend to be nice**

Unit 6 動物篇

【背景說明】

1. 兔ㄊㄨˋ死ㄙˇ狐ㄏㄨˊ悲ㄅㄟ

這句成語完整的說法爲「兔死狐悲，物傷其類」，意指當兔子被獵人射殺後，狐狸因擔憂自己處境的危險，於是不免就會對兔子的死感到悲傷，所以這句成語就用來形容「因同類的死或者不幸而感到悲傷」，英文說成：*feel sympathy for one's own kind*。【sympathy〔'sɪmpəθɪ〕*n.* 同情心 kind〔kaɪnd〕*n.* 種類】例如：I don't like Lucy, but she was fired yesterday for no reason and I am starting to *feel sympathy for my own kind*.（雖然我不喜歡露西，但是她昨天無故被炒魷魚，我開始有種**兔死狐悲**的感覺。）

2. 狡ㄐㄧㄠˇ兔ㄊㄨˋ三ㄙㄢ窟ㄎㄨ

字面上的意思是「狡猾的兔子通常有三個藏身的窩」，引申爲「人爲了自身安全而設有多處藏身之所或不同的避險策略」，英文說成：*A crafty person has more than one hideout*.【crafty〔'kræftɪ〕*adj.* 狡猾的　　hideout〔'haɪd,aʊt〕*n.* 躲藏處】例如：*A crafty person has more than one hideout*, so let's split up and look for the thief.（**狡兔三窟**，所以我們分頭去找這個小偷吧。）【*split up* 分開】

3. 守ㄕㄡˇ株ㄓㄨ待ㄉㄞˋ兔ㄊㄨˋ

意指「想透過不勞而獲的手段來獲得成功」，後來也用以比喻「觀念狹隘，不知變通」，英文說成：*wait for the fish to jump into the boat*。例如：Go look for your

customers!　Don't just *wait for the fish to jump into the boat*. (趕快去找客戶！不要只是**守株待兔**。)
【customer〔'kʌstəmɚ〕*n.* 顧客】

> *wait for the fish to jump into the boat*
> = wait for *sth.* to drop into the *one's* lap
> = hope for gains without pains

lap〔læp〕*n.* 膝部　　gains〔genz〕*n. pl.* 利潤；報酬
pains〔penz〕*n. pl.* 辛苦

4. 龍ㄌㄨㄥˊ爭ㄓㄥ虎ㄏㄨˇ鬥ㄉㄡˋ

想想看龍跟虎打起來是不是會驚動很多人，這個成語用以比喻「實力強大且勢均力敵的雙方所做的激烈鬥爭或競賽」，英文說成：*clash of the Titans*。泰坦是古希臘神話中宙斯成為統領之前的一群神，他們是統治宇宙的一群巨人，如果他們打起來，勢必驚天動地。【clash〔klæʃ〕*n.* 衝突 Titan〔'taɪtn̩〕*n.* 泰坦】例如：This year's World Cup will truly be a *clash of the Titans*. (今年的世界盃足球賽一定是**龍爭虎鬥**。)
【*the World Cup*　世界盃足球賽】

5. 畫ㄏㄨㄚˋ龍ㄌㄨㄥˊ點ㄉㄧㄢˇ睛ㄐㄧㄥ

原指南北朝梁代作家張僧繇作畫的技藝高超，後來則是被用來形容「寫文章或講話時，在關鍵處點明重點，使內容生動有力」，英文說成：*add the finishing touch*。字面的意思是「在繪畫時加上最後的一筆，做最後的潤飾」，也就是「畫龍點睛」。【finishing〔'fɪnɪʃɪŋ〕*adj.* 最後修飾的 touch〔tʌtʃ〕*n.* (繪畫的) 加筆；一筆】

例如：The story at the end *added the finishing touch* to the whole speech. (這場演講結尾的故事真是**畫龍點睛**。)
【speech〔spitʃ〕*n.* 演講】

> *add the finishing touch*
> = put the finishing touch
> = put a cherry on top
> cherry〔'tʃɛrɪ〕*n.* 櫻桃

6. 群ㄑㄩㄣˊ龍ㄌㄨㄥˊ無ㄨˊ首ㄕㄡˇ

字面的意思是「一群沒有首領的龍」，引申為「沒有領頭的一群人無法有效率地統一行動」，英文說成：*a ship without a captain*。沒有了船長的船，就沒有了核

心，船員就無法有效率地工作。【captain〔'kæptɪn〕*n.* 船長】例如：After the death of its leader, the terrorist group was like *a ship without a captain*. (首領一死，這個恐怖組織就像**群龍無首**。)
【terrorist〔'tɛrərɪst〕*n.* 恐怖份子】

7. 蛇ㄕㄜˊ影ㄧㄥˇ杯ㄅㄟ弓ㄍㄨㄥ

來自典故「一人把在杯中酒的弓箭倒影誤認為蛇，喝了之後因緊張而生大病」，後引申為「太過疑神疑鬼而產生的害怕情緒」，也可說成「杯弓蛇影」，英文說成：*be paranoid*。
【paranoid〔'pærə͵nɔɪd〕*adj.* 偏執狂的】例如：Sarah *is paranoid*, fearing somebody will break into her house. (莎拉**蛇影杯弓**，深怕家裡有人闖進來。)
【*break into* 闖入】

be paranoid

= be overly suspicious

overly〔'ovəlɪ〕*adv.* 過度地
suspicious〔sə'spɪʃəs〕*adj.* 猜疑的

8. 打草驚蛇

字面上的意思是「打在草上驚動了草裡的蛇」，引申為「因行動不慎或行動洩密而使對方有所戒備」，英文說成：*wake the sleeping giant*。把睡著的巨人吵醒，不只讓他有所戒備，而且還會倒大楣！【giant〔'dʒaɪənt〕*n.* 巨人】例如：
We have to be careful not to *wake the sleeping giant*.
（我們必須小心，不要**打草驚蛇**。）

> *wake the sleeping giant*
> = wake the sleeping lion
> = wake the sleeping dog

9. 虛與委蛇

「虛」假；「委蛇」隨便應付。「委蛇」可寫成「逶迤」，讀音因此相通，不可唸成「委蛇」，形容道路、山脈、河流彎曲的樣子。用以形容「一個人虛情假意，待人處世敷衍應付」，英文說

成：*pretend to be nice*。【pretend〔prɪ'tɛnd〕*v.* 假裝】例如：Peter *pretends to be nice*, but he can't be trusted.
（彼得在我們面前**虛與委蛇**，最好不要信任他。）也可以用一些形容詞，像是 insincere〔ˌɪnsɪn'sɪr〕*adj.* 虛偽的，或是 two-faced（兩面的；虛偽的）來形容一個人「虛與委蛇」。

33.「動物--馬羊猴」的中文成語英譯

這一回要介紹的是含有「馬」、「羊」、「猴」的成語，中文成語和英文一起背，背到 20 秒內，就能終生不忘。

馬到成功	**an instant success**
招兵買馬	**raise an army**
懸崖勒馬	**pull back before it is too late**

羊腸小道	**a zigzag path**
亡羊補牢	**Better late than never.**
順手牽羊	**walk off with** *sth.*

猴年馬月	**God knows how long**
尖嘴猴腮	**monkey-faced**
殺雞儆猴	**make an example of** *sb.*

【背景説明】

1. **馬ㄇˇ到ㄉㄠˋ成ㄔㄥˊ功ㄍㄨㄥ**

   源自「旗開得勝，馬到成功」，字面的意思是「令旗一揮動，戰馬一趕到，馬上就取得了勝利」，英文説成：***an instant success***，也就是「立即取得的成功」。【instant〔'ɪnstənt〕 *adj.* 立即的】例如：This capable sales manager is ***an instant success*** wherever he goes. (只要這個能幹的業務經理一到，一定**馬到成功**。)

   capable〔'kepəbḷ〕 *adj.* 有能力的
   sales〔selz〕 *adj.* 銷售的
   manager〔'mænɪdʒɚ〕 *n.* 經理

   > ***an instant success***
   > = an immediate success
   > immediate〔ɪ'midɪɪt〕 *adj.* 立即的

2. **招ㄓㄠ兵ㄅㄧㄥ買ㄇㄞˇ馬ㄇˇ**

   本指「軍隊擴充武力，招募士兵及購買馬匹」，後用以指「組織擴充人力，招募新人」，英文説成：***raise an army***「招募一支軍隊」，也就是「招兵買馬」。【raise〔rez〕 *v.* 招募】例如：The company is now ***raising an army*** for its newly established branch. (公司正爲新成立的分公司**招兵買馬**。)【establish〔ə'stæblɪʃ〕 *v.* 設立 branch〔bræntʃ〕 *n.* 分公司】

   > ***raise an army***
   > = assemble an army
   > = recruit followers

    assemble〔əˋsɛmbḷ〕*v.* 集合;召集;聚集
    recruit〔rɪˋkrut〕*v.* 招聘;徵募
    follower〔ˋfaloɚ〕*n.* 手下;部下;追隨者

3. 懸崖勒馬

  「懸崖」高而陡峭的山崖;「勒馬」勒緊繮繩來停住馬匹。也就是「在很高的懸崖旁邊煞住疾駛中的馬匹」,用以比喻「到了危險邊緣及時清醒回頭」,英文說成:*pull back before it is too late*「在來不及之前決定不做」。【*pull back* 撤退;決定不做】例如:Your bad decision has resulted in a small loss for our company. You had better *pull back before it is too late*. (你錯誤的決定給我們公司造成了一些損失。你最好懸崖勒馬。)

  【*result in* 導致;造成 *had better* 最好】

4. 羊腸小道

  羊的腸子狹小而曲曲折折,因此用「羊腸」形容一條道路「曲折且極其狹窄」。一般多用來指山路,英文說成:*a zigzag path*「鋸齒狀的小路」。【zigzag〔ˋzɪgzæg〕*n.* 鋸齒狀;Z 字形 path〔pæθ〕*n.* 小路】美國人用 Z 這個英文字母來形容道路,就像我們用「羊腸」來比喻一樣。例如:The only access to the lodge on the hill is *a zigzag path*. (唯一能到山上那間小屋的路是一條羊腸小道。)【access〔ˋæksɛs〕*n.* 接近;通路
lodge〔ladʒ〕*n.* 小屋 hill〔hɪl〕*n.* 山丘】

   a zigzag path
   = a narrow winding trail

winding〔'waɪndɪŋ〕*adj.* 蜿蜒的
trail〔trel〕*n.* 小路；小徑

5. 亡ㄨˊ羊ㄧㄤˊ補ㄅㄨˇ牢ㄌㄠˊ

「亡」丟失或逃亡；「牢」關牲畜的圈欄。這個成語原指
「羊不見了才開始去補破掉的圈欄」，比喻「出現錯誤後快
想辦法補救，可以防止事態惡化」，英文說成：*Better late*
than never.「遲做總比不做好。」例如：You have been
slacking off and doing badly in exams. But don't
give up because *better late than never*. (你最近有點偷
懶，考試成績也不理想，但是別放棄，**亡羊補牢**還來得及。)
【slack〔slæk〕*v.* 懈怠　　*slack off* 偷懶】

> *Better late than never*.
> = It is never too late to mend.
> mend〔mɛnd〕*v.* 改正

6. 順ㄕㄨㄣˋ手ㄕㄡˇ牽ㄑㄧㄢ羊ㄧㄤˊ

此成語本指「用右手牽羊」，因為右手牽羊非常容易，後來
這個成語就被用來形容「趁機把別人的東西拿走」，英文說
成：*walk off with sth*.，也就是「拿著某物走掉」。例如：
Nobody knows who *walked off with* the money Peter
put on the table. (沒有人知道是誰**順手牽羊**，把彼得放在
桌上的錢拿走了。)

> *walk off with sth*.
> = make off with *sth*.
> = make away with *sth*.

> *make off with* 偷走；拿走 (= *make away with*)

7. 猴年馬月

「猴」、「馬」都是指十二生肖。泛指「未來的歲月」，這個成語也可說成「牛年馬月」或是「驢年馬月」，意指「沒辦法指望的未來某個時間」，英文說成：***God knows how long*** 「只有上帝才會知道多久」。例如：If you expect Bill to pay for dinner, you will have to wait for ***God knows how long***. （如果你想要比爾請吃晚餐，那可不知道要等到**猴年馬月**。）【expect〔ɪk'spɛkt〕*v.* 期待】

8. 尖嘴猴腮

「腮」臉頰。這個成語形容「一個人長得像猴子一樣，有著尖尖的嘴巴跟如猴子一般削瘦的臉龐」，也就是「相貌粗俗醜陋」，英文說成：***monkey-faced***（猴面的）。例如：I don't like that ***monkey-faced*** guy with a mustache. （我不喜歡那個有留小鬍子、**尖嘴猴腮**的人。）【mustache〔'mʌstæʃ〕*n.* 小鬍子】

9. 殺雞儆猴

「儆」警告。字面的意思是「殺雞來警告猴子」，引申為「先懲罰一個人，用以當作警示，所以其他人就不敢作怪」，英文說成：***make an example of sb.*** 「懲罰某人以警戒他人」。【example〔ɪg'zæmpl̩〕*n.* 警戒；（為警戒他人的）被懲罰者】例如：The boss ***made an example of John*** by firing him to warn other workers. （老闆把約翰解雇來**殺雞儆猴**，警告其他員工。）【warn〔wɔrn〕*v.* 警告】

> ***make an example of sb.***
> = punish *sb.* as a warning to others
> punish〔'pʌnɪʃ〕*v.* 懲罰　　warning〔'wɔrnɪŋ〕*n.* 警告

34.「動物—雞狗豬」的中文成語英譯

　　這一回我們要介紹的是含有「雞」、「狗」、「豬」的成語，背完這一組，你就學會和十二生肖有關的中文成語英譯，加快速度，背到變成直覺，就能變成長期記憶。

雞毛蒜皮	trivial
雞飛蛋打	a lose-lose situation
雞犬不寧	be in chaos

狗急跳牆	Even a worm will turn.
狗拿耗子	be meddlesome
狗仗人勢	have a big brother to back *sb.* up

豬朋狗友	bad company
指豬罵狗	make a veiled accusation
一龍一豬	as different as night and day

【背景説明】

1. 雞ㄐ毛ㄇㄠ蒜ㄙㄨㄢ皮ㄆㄧ

雞肉可食用，但是拔下來的「雞毛」卻沒用處；大蒜可調味，但是剝下來的「蒜皮」卻沒價值。因此這個成語用來形容「無關痛癢的瑣碎雜事」，英文説成：***trivial*** (ˈtrɪvɪəl) *adj.* 瑣碎的。例如：Jenny often loses her temper over ***trivial*** matters. (珍妮常因**雞毛蒜皮**的小事發脾氣。)【temper (ˈtɛmpɚ) *n.* 脾氣　 matter (ˈmætɚ) *n.* 事情】也可用名詞來表示「雞毛蒜皮」，如 triviality (ˌtrɪvɪˈælətɪ) *n.* 瑣碎的事物或 trifle (ˈtraɪfḷ) *n.* 瑣碎的東西，都是很好的選擇，這兩個字常用複數，因爲通常雞毛蒜皮的事不會只有一件。

> ***trivial***
> = unimportant
> = trifling

trifling (ˈtraɪflɪŋ) *adj.* 微不足道的

2. 雞ㄐ飛ㄈㄟ蛋ㄉㄢ打ㄉㄚ

「打」打破。這句成語字面意思是「雞飛走了，蛋也破了」，用以比喻「兩頭落空，什麼也沒有得到」，英文説成：*a lose-lose situation* 「兩邊都輸」，就眞的是「雞飛蛋打」。例如：John left his company and didn't get the offer from the other company. It was *a lose-lose situation* for him. (約翰離開原本的公司，又沒進入另外一間公司，眞的是**雞飛蛋打**了。)【offer (ˈɔfɚ) *n.* 提供；提議】

> *a lose-lose situation*
> = a no-win situation

situation (ˌsɪtʃʊˈeʃən) *n.* 情況；局面

　　a no-win situation　無法取勝的情形；注定的敗局
而 a win-win situation 則是指「雙贏的局面」。

3. 雞ㄐㄧ犬ㄑㄩㄢˇ不ㄅㄨˋ寧ㄋㄧㄥˊ

字面的意思是「連雞跟狗都不得安寧」，用以形容「騷擾得厲害，連雞狗都不得安寧」，英文可說成：*be in chaos*。【chaos〔ˈkeɑs〕*n.* 混亂】例如：The whole family *was in chaos* until those terrible things settled down. （全家人都被搞得**雞犬不寧**直到那些糟糕的事落幕。）

【*settle down*　平靜下來】

$$\left\{\begin{array}{l} \textbf{\textit{be in chaos}} \\ = \text{be in bedlam} \\ = \text{be in a mess} \end{array}\right.$$

bedlam〔ˈbɛdləm〕*n.* 混亂；喧鬧
mess〔mɛs〕*n.* 混亂；亂七八糟

4. 狗ㄍㄡˇ急ㄐㄧˊ跳ㄊㄧㄠˋ牆ㄑㄧㄤˊ

字面的意思是「一隻狗因為情況危急也可跳過一面高牆」，引申為「人在走投無路的狀況下，有可能會做出超乎尋常的事」，英文說成：*Even a worm will turn*. 這句諺語來自 1546 年黑伍德（John Heywood）的一本書中，後來 1590 年莎士比亞（William Shakespeare）也將之用於《亨利六世》（Henry VI）一劇中。這句諺語完整的說法為：Tread on a worm and it will turn. 字面的意思是「一隻蟲被踩到，也是會轉身來對抗。」，引申為「狗急跳牆。」【tread〔trɛd〕*v.* 踩】例如：Don't push him too far; *even a worm will turn*. （不要對他太過分，要不然他可是會**狗急跳牆**的。）【*push~too far*　對…太過分】

5. 狗ㄍㄡˇ拿ㄋㄚˊ耗ㄏㄠˋ子ㄗ˙

「拿」捕捉。貓咪天性愛捉老鼠，如果狗替貓捉老鼠，那真的是多餘，因此這個成語用來形容一個人「愛多管閒事」，英文說成：*be meddlesome*。【meddlesome〔ˈmɛdḷsəm〕*adj.* 愛管閒事的】例如：Can you please respect my privacy by not *being meddlesome*? (可以請你尊重我的隱私，不要狗拿耗子嗎？)

> *be meddlesome*
> = be nosy
> nosy〔ˈnozɪ〕*adj.* 好管閒事的

6. 狗ㄍㄡˇ仗ㄓㄤˋ人ㄖㄣˊ勢ㄕˋ

「仗」依靠、倚仗。比喻「依附更大的惡勢力來欺負弱小」，類似成語有「狐假虎威」或「仗勢欺人」，英文說成：*have a big brother to back sb. up*，也就是「有一個大哥在後面撐腰」。【*back up* 支持】例如：He likes to rough up his schoolmates because he *has a big brother to back him up*. (他狗仗人勢，喜歡亂打同學。)【*rough up* 以暴力對付某人 schoolmate〔ˈskulˌmet〕*n.* 同學】

> *have a big brother to back sb. up*
> = have a big brother to look out for *sb.*
> *look out for* 照顧

7. 豬ㄓㄨ朋ㄆㄥˊ狗ㄍㄡˇ友ㄧㄡˇ

意指「一起吃喝玩樂、不務正業的壞朋友」，類似的成語為「狐群狗黨」，英文說成：*bad company*。【company〔ˈkʌmpənɪ〕*n.* 朋友】例如：He got into *bad company* recently and hung out in Internet cafes most of the time. (他最近交到豬朋狗友，大部分的時間都在網咖鬼混。)

get into bad company 開始與壞人交往
hang out 鬼混

> *bad company*
> = bad friends

8. 指㞢豬ㄨˇ罵ㄇ狗ㄍ

字面上的意思是「表面上手指著豬在罵,但實際上是在罵狗」,引申為「指著一個人在罵,但是其實是在罵另外一個人」,類似的成語有「指桑罵槐」和「指雞罵狗」,英文說成:*make a veiled accusation*「蒙著一層紗的指控」。【veiled〔veld〕*adj.* 蒙著面紗的　accusation〔ˌækjəˈzeʃən〕*n.* 控告】

例如:He *made a veiled accusation* that one of his colleagues was corrupt. (他**指豬罵狗**,影射其中一個同事貪污。)【colleague〔ˈkɑlig〕*n.* 同事 (= *co-worker*) corrupt〔kəˈrʌpt〕*adj.* 貪污的】

> *make a veiled accusation*
> = make an indirect accusation
> indirect〔ˌɪndəˈrɛkt〕*adj.* 間接的

9. 一ˋ龍ㄌㄨㄥˊ一ˋ豬ㄓ

字面的意思是「一隻龍,一隻豬」,引申為「兩個人的差異非常大」,英文說成:*as different as night and day*「如同黑夜跟白天的差異」。例如:The twins *are as different as night and day*. One is a doctor, but the other is a criminal. (這對雙胞胎真是**一龍一豬**,一個是醫生,另一個是罪犯。)【twins〔twɪnz〕*n. pl.* 雙胞胎 criminal〔ˈkrɪmənḷ〕*n.* 罪犯】

> *as different as night and day*
> = as different as chalk and cheese
> chalk〔tʃɔk〕*n.* 粉筆　cheese〔tʃiz〕*n.* 乳酪
> *chalk and cheese* 截然不同;有天壤之別

35. 「動物──飛禽」的中文成語英譯

　　這一回我們要介紹的是有關飛禽的成語，如「鳥」、「鶴」、「雁」，特點就是都有翅膀，都能飛。邊背邊思考英文怎麼說，有趣又能增加學問。

鳥槍換砲	a major upgrade
小鳥依人	look like a doll
笨鳥先飛	The early bird catches the worm.

鶴立雞群	stand out in the crowd
閒雲野鶴	free as a bird
杳如黃鶴	be never heard from again

雁過留聲	leave a legacy
雁過拔毛	an opportunist
沉魚落雁	drop-dead gorgeous

【背景説明】

1. 鳥ニ槍ニ換ニ砲ニ

   字面的意思是「把打鳥的槍換成大砲」，引申爲「物品、情況或條件有很大的改善」，英文説成：*a major upgrade*「大升級」。【major〔ˈmedʒɚ〕*adj.* 較大的】「砲」也可寫成「炮」，意思相同。例如：He traded his Toyota for a Porsche. That's *a major upgrade*.（他把他的豐田車換成了保時捷，眞的是**鳥槍換砲**。）【*trade A for B* 用 A 換 B】

2. 小ニ鳥ニ依ニ人ニ

   「依」依傍。字面的意思是「像小鳥一樣靠著人」，引申用來形容「女孩或是小孩嬌小可愛的樣子」，英文説成：*look like a doll*。美國人認爲「像洋娃娃一樣」，就是我們所説的「小鳥依人」。例如：The girl next door *looks like a doll*. Do you think I should say hello to her?（那個鄰家女孩眞是**小鳥依人**。你覺得我要跟她打聲招呼嗎？）

   > *look like a doll*
   > = look like a kitten
   > = look like a bunny

   kitten〔ˈkɪtn̩〕*n.* 小貓　　bunny〔ˈbʌnɪ〕*n.* 小兔子

3. 笨ニ鳥ニ先ニ飛ニ

   字面的意思是「比較笨的鳥先飛」，引申爲「能力比別人差的人如果能先著手做事，就比較不會落後」，英文諺語説成：*The early bird catches the worm*. 也就是「早起的鳥兒有蟲吃。」例如：I think I have to get to the office early because *the early bird catches the worm*.（我覺得我要早點去辦公室，因爲**笨鳥先飛**。）

***The early bird catches the worm*.**
= Success comes to those who start early.

4. 鶴立雞群

一群雞當中站了一隻鶴，是不是會特別明顯？這句成語的意思就是「一個人外表或才能在一群人當中顯得特別突出」，英文說成：***stand out in the crowd***「在一群當中特別突出」。
【crowd〔kraʊd〕*n.* 群眾；人群】例如：Because of his height, Robert always ***stands out in the crowd*.**（因為身高，羅伯特在一群人中總是**鶴立雞群**。）

【height〔haɪt〕*n.* 身高】

stand out in the crowd
= be like a giant among dwarfs

giant〔ˈdʒaɪənt〕*n.* 巨人
dwarf〔dwɔrf〕*n.* 矮子；侏儒

5. 閒雲野鶴

「閒」無拘無束。這個成語意指「脫離世間事，過著悠閒生活的人」，英文可說成：***free as a bird***「自由的像一隻鳥一樣」。例如：After many years in the business world, he decided to retire and live ***free as a bird*.**（多年的商場征戰後，他決定退休，去過**閒雲野鶴**的生活。）

【retire〔rɪˈtaɪr〕*v.* 退休　　free〔fri〕*adv.* 自由地】

free as a bird【可當形容詞片語或副詞片語】
= footloose and fancy-free

footloose〔ˈfʊtˌlus〕*adj.* 自由自在的；不受束縛的
fancy-free〔ˈfænsɪˌfri〕*adj.* 無約束的

6. 杳如黃鶴

「杳」無影無蹤;「黃鶴」仙人所乘的鶴。
這句成語字面的意思是「就像傳說中的仙
人乘著黃鶴離去之後不復返」,用來比喻
「無影無蹤或是下落不明」,英文說成:
be never heard from again「從此之
後就再也沒人聽過其下落了」。【*hear from* 收到…的信息】
例如:After his girlfriend went abroad for further
studies, she *was never heard from again*. (自從他女
朋友出國深造後,就**杳如黃鶴**,沒有了消息。)

> *be never heard from again*
> = be gone
> gone〔gɔn〕*adj.* 消失的

7. 雁過留聲

字面的意思是「雁飛過後留下迴盪的叫聲」,引申為「留名
於身後」,英文說成:*leave a legacy*「留下來的遺物或遺
產」。【legacy〔ˈlɛgəsɪ〕*n.* 遺產;遺物】例如:Who
doesn't want to make some contributions and *leave
a legacy* in history? (誰不想有些貢獻,在歷史上**雁過
留聲**呢?)【contribution〔ˌkɑntrəˈbjuʃən〕*n.* 貢獻】

8. 雁過拔毛

字面的意思是「大雁飛過也能拔下其毛」,原指「武藝高超」,
後來用以形容一個人「愛貪小便宜,不放過任何機會,凡事
有好處就要乘機撈一把」,英文說成:*an opportunist*。
【opportunist〔ˌɑpəˈtjunɪst〕*n.* 機會主義者】

例如：He is just **an opportunist** who knows how to seize power when the opportunity presents itself.
（他只是一個**雁過拔毛**的人，知道如何在機會出現時取得權力。）【seize〔siz〕*v.* 抓住　　*present oneself* 出現】

9. 沉魚落雁

字面的意思是「魚見了沉入水底，雁見了墜落地上」，形容「女子容貌極其美麗」，英文說成：**drop-dead gorgeous**（迷死人的；非常迷人的）。【drop-dead〔'drɑpˌdɛd〕*adj.* 極其引人注目的　　gorgeous〔'gɔrdʒəs〕*adj.* 非常漂亮的】例如：Audrey Hepburn was a highly versatile and **drop-dead gorgeous** actress. （奧黛莉赫本是一個非常多才多藝又有**沉魚落雁**之容的女演員。）

highly〔'haɪlɪ〕*adv.* 非常地
versatile〔'vɝsətḷ〕*adj.* 多才多藝的
actress〔'æktrɪs〕*n.* 女演員

drop-dead gorgeous
= breathtakingly beautiful
= extremely attractive

breathtakingly〔'brɛθˌtekɪŋlɪ〕*adv.* 令人震驚地
extremely〔ɪk'strimlɪ〕*adv.* 非常地
attractive〔ə'træktɪv〕*adj.* 有吸引力的

36. 「動物--水族」的中文成語英譯

　　這一回我們要介紹的是一些水族動物的成語，像是「魚」、「蝦」、「鱉」、「蛙」，以及昆蟲的成語，像是「蜘蛛」、「蒼蠅」、「螳螂」。中英文一起背，有趣又能增加學問。

魚目混珠	**pass** *sth.* **off as real**
魚龍混雜	**hodgepodge**
魚死網破	**fight to the finish**

蝦兵蟹將	**cannon fodder**
甕中捉鱉	**like shooting fish in a barrel**
井底之蛙	**a frog at the bottom of a well**

蛛絲馬跡	**tell-tale signs**
蠅頭小利	**a small profit**
螳臂擋車	**overestimate** *one's* **ability**

【背景説明】

1. 魚山目ㄇㄨˋ混ㄏㄨㄣˋ珠ㄓㄨ

這個成語來自一個人把魚的眼睛當成珍珠的故事,後用以指「以假亂眞」,英文説成:***pass sth. off as real***「使某物通過檢驗,被認爲是眞的」。【***pass off*** 使假冒;把~冒充成】例如:He ***passed*** these fake pearls ***off as real*** and nobody found out. (他**魚目混珠**,讓人以爲這些假珍珠是眞的,沒有人發現。)

> ***pass sth. off as real***
> = pawn *sth.* off as real
> ***pawn off*** 包裝;裝扮

2. 魚山龍ㄌㄨㄥˊ混ㄏㄨㄣˋ雜ㄗㄚˊ

字面的意思是「有魚又有龍」,比喻「壞人和好人混在一起」,英文説成:***hodgepodge*** 〔ˈhɑdʒ͵pɑdʒ〕 *n.* 大雜燴,「大雜燴」的樣子就是「魚龍混雜」。例如:This neighborhood is made up of a ***hodgepodge*** of people from all walks of life. (這個住宅區的人口**魚龍混雜**,來自各行各業。)【***all walks of life*** 各行各業】

> ***hodgepodge***
> = jumble
> = mishmash
>
> jumble 〔ˈdʒʌmbḷ〕 *n.* 混雜的事物
> mishmash 〔ˈmɪʃ͵mæʃ〕 *n.* 雜亂的一堆;混雜物

3. 魚山死ㄙˇ網ㄨㄤˇ破ㄆㄛˋ

字面的意思是「不是魚死,就是網破」,引申爲「拼個你死我活」,英文説成:***fight to the finish***「爭鬥到最後」。

【finish〔'fɪnɪʃ〕*n.* 結束；終結】例如：The two teams *fought to the finish* for a playoff spot. (這兩支隊伍為了進入決勝加賽而拼得**魚死網破**。)

playoff〔'ple,ɔf〕*n.* 最後延長賽；決勝加賽

spot〔spɑt〕*n.* (競賽中的) 成功的位置

> *fight to the finish*
> = fight to the death
> *to the death*　到底；至死；永遠

4. 蝦ㄒㄧㄚ兵ㄅㄧㄥ蟹ㄒㄧㄝ將ㄐㄧㄤ

本來是指「小說中海龍王底下的兵將」，後來指「敵人的爪牙或不中用的嘍囉」，英文說成：*cannon fodder*。【cannon〔'kænən〕*n.* 大砲　　fodder〔'fɑdɚ〕*n.* 飼料；彈藥 *cannon fodder* 砲灰】「砲灰」也就是一些在戰爭中被視為消耗品或犧牲品的士兵。例如：After killing a bunch of *cannon fodder*, we reached the battle we had long been waiting for. (在殺了一群**蝦兵蟹將**後，我們終於等到我們期待已久的戰役。)【battle〔'bætl̩〕*n.* 戰鬥；戰役】

> *cannon fodder*
> = expendable soldiers
> expendable〔ɪk'spɛndəbl̩〕*adj.* 可消耗的

5. 甕ㄨㄥ中ㄓㄨㄥ捉ㄓㄨㄛ鱉ㄅㄧㄝ

「甕」一種口小腹大的陶器。這個成語字面的意思是「伸手去捉在甕裡的鱉」，引申為「想要捕捉的對象早已無路可逃，可以手到擒來」，英文說成：*like shooting fish in a barrel*「射殺在桶子中的魚」是不是也跟「甕中捉鱉」一樣簡單呢？【barrel〔'bærəl〕*n.* 大桶子】

例如：If they fall for that ruse, catching them will be *like shooting fish in a barrel*.（如果他們中計的話，要抓他們就如**甕中捉鱉**。）

【*fall for* 上…的當　　ruse〔ruz〕*n.* 計策；詭計】

> *like shooting fish in a barrel*
> = simple as ABC
> = easy as pie

simple as ABC 非常簡單的　　*easy as pie* 非常容易

6. 井底之蛙

字面的意思是「住在井底的青蛙以為世界就這口井這麼大」，用以形容「見識狹隘或不廣的人」，英文說成：*a frog at the bottom of a well*。【frog〔frɑg〕*n.* 青蛙　　well〔wɛl〕*n.* 井】例如：A leader has to be a visionary rather than *a frog at the bottom of a well*.（一個領導人必須是個有遠見的人，而不是**井底之蛙**。）【visionary〔ˈvɪʒəˌnɛrɪ〕*n.* 有遠見的人　　*rather than* 而不是】

> *a frog at the bottom of a well*
> = a short-sighted person

short-sighted〔ˈʃɔrtˈsaɪtɪd〕*adj.* 短視的；無遠視的

7. 蛛絲馬跡

字面的意思是「從蜘蛛絲可以知道蜘蛛的動向；從馬蹄的印子可以知道馬匹的去向」，引申指「事物留下可供搜尋的蹤跡和線索」，英文說成：*tell-tale signs*。【tell-tale〔ˈtɛlˌtel〕*adj.* 暴露祕密的；掩飾不了的　　sign〔saɪn〕*n.* 跡象】

例如：The robbery was done so perfectly that no *tell-tale signs* were left.（那起搶案完美到沒有留下任何的**蛛絲馬跡**。）

tell-tale signs
= tell-tale marks
= tell-tale clues
mark〔mɑrk〕*n.* 痕跡　　clue〔klu〕*n.* 線索

8. 蠅ㄥˊ頭ㄊㄡˊ小ㄒㄧㄠˇ利ㄌㄧˋ

「蠅頭」蒼蠅的頭。蒼蠅頭很小，引申指「很小，很少」，這個成語是「利潤極其微小」的意思，英文說成：*a small profit*「非常小的利潤」。【profit〔'prɑfɪt〕*n.* 利潤】例如：We shouldn't pollute the environment we live in just for *a small profit*.（我們不該因為**蠅頭小利**而去污染我們居住的環境。）【pollute〔pə'lut〕*v.* 污染】

a small profit
= a petty profit
petty〔'pɛtɪ〕*adj.* 小的；微不足道的

9. 螳ㄊㄤˊ臂ㄅㄧˋ擋ㄉㄤˇ車ㄔㄜ

字面的意思是「螳螂企圖用自己的胳臂去擋住疾駛的馬車」，引申為「沒有好好評估自己的能耐」，也就是「自不量力」，英文說成：*overestimate one's ability*「高估自己的能力」。【overestimate〔,ovə'ɛstə,met〕*v.* 高估】例如：He *overestimated his ability* and issued a challenge to last year's boxing champion.（他挑戰去年的拳擊冠軍，真是**螳臂擋車**，自不量力。）【issue〔'ɪʃju〕*v.* 發給　challenge〔'tʃælɪndʒ〕*n.* 挑戰　boxing〔'bɑksɪŋ〕*n.* 拳擊　champion〔'tʃæmpɪən〕*n.* 冠軍】

overestimate one's ability
= bite off more than *one* can chew
bite off 咬掉　　chew〔tʃu〕*v.* 咀嚼
Don't bite off more than you can chew.
【諺】貪多嚼不爛；不要自不量力。

Unit 6 成果驗收

一面唸出中文成語，一面説英文。

1. 鼠目寸光 _____
2. 過街老鼠 _____
3. 貓哭老鼠 _____
4. 牛刀小試 _____
5. 對牛彈琴 _____
6. 老牛破車 _____
7. 虎視眈眈 _____
8. 臥虎藏龍 _____
9. 如虎添翼 _____

10. 兔死狐悲 _____
11. 狡兔三窟 _____
12. 守株待兔 _____
13. 龍爭虎鬥 _____
14. 畫龍點睛 _____
15. 群龍無首 _____
16. 蛇影杯弓 _____
17. 打草驚蛇 _____
18. 虛與委蛇 _____

19. 馬到成功 _____
20. 招兵買馬 _____
21. 懸崖勒馬 _____
22. 羊腸小道 _____
23. 亡羊補牢 _____
24. 順手牽羊 _____
25. 猴年馬月 _____
26. 尖嘴猴腮 _____
27. 殺雞儆猴 _____

28. 雞毛蒜皮 _____
29. 雞飛蛋打 _____
30. 雞犬不寧 _____
31. 狗急跳牆 _____
32. 狗拿耗子 _____
33. 狗仗人勢 _____
34. 豬朋狗友 _____
35. 指豬罵狗 _____
36. 一龍一豬 _____

37. 鳥槍換砲 _____
38. 小鳥依人 _____
39. 笨鳥先飛 _____
40. 鶴立雞群 _____
41. 閒雲野鶴 _____
42. 杳如黃鶴 _____
43. 雁過留聲 _____
44. 雁過拔毛 _____
45. 沉魚落雁 _____

46. 魚目混珠 _____
47. 魚龍混雜 _____
48. 魚死網破 _____
49. 蝦兵蟹將 _____
50. 甕中捉鱉 _____
51. 井底之蛙 _____
52. 蛛絲馬跡 _____
53. 蠅頭小利 _____
54. 螳臂擋車 _____

UNIT 7 植物篇

心亂如麻
be very distraught

※這個單元54個中文成語，全部與「植物」
有關，環環相扣，可以一個接一個背。

Unit 7 植物篇

📖 中英文一起背，背至 2 分鐘以內，終生不忘記。

1. 花團錦簇　**be blanketed with flowers**
2. 花容月貌　**as pretty as a picture**
3. 花言巧語　**sweet-talk**
4. 草草了事　**carelessly get through** *sth.*
5. 草莽英雄　**a Robin Hood**
6. 草菅人命　**kill at will**
7. 麻木不仁　**have a heart of stone**
8. 緣木求魚　**get blood from a stone**
9. 枯木逢春　**get a new lease on life**

10. 樹大招風　**under the magnifying glass**
11. 樹大根深　**a pillar of society**
12. 樹碑立傳　**commemorate** *sb.*
13. 花枝招展　**be all dressed up**
14. 粗枝大葉　**a scatter-brain**
15. 細枝末節　**minor details**
16. 葉落歸根　**Ashes to ashes, dust to dust.**
17. 葉落知秋　**a sign of things to come**
18. 葉公好龍　**a hypocrite**

19. 松柏之志　**unwavering faith**
20. 松柏長青　**enduring**
21. 松鶴延齡　**live long and prosper**
22. 竹報平安　**send a letter home**
23. 竹籃打水　**all in vain**
24. 竹苞松茂　**hope your family prospers**
25. 望梅止渴　**a fruitless exercise**
26. 鹽梅之寄　**trust** *sb.* **with** *one's* **life**
27. 妻梅子鶴　**a hermit**

28.	柳暗花明	**Every cloud has a silver lining.**
29.	柳下借陰	**under the aegis of**
30.	柳眉倒豎	**go ballistic**
31.	落地生根	**put down roots**
32.	斬草除根	**exterminate**
33.	錯節盤根	**complicated**
34.	三顧茅廬	**call on** *sb.* **repeatedly**
35.	初出茅廬	**a newbie**
36.	頓開茅塞	**suddenly see the light**

37.	滄海桑田	**a sea change**
38.	收之桑榆	**a blessing in disguise**
39.	造福桑梓	**give back to the community**
40.	心亂如麻	**be very distraught**
41.	快刀斬麻	**cut the Gordian knot**
42.	殺人如麻	**commit innumerable murders**
43.	瓜田李下	**shady circumstances**
44.	瓜熟蒂落	**when the timing is right**
45.	瓜剖豆分	**cut into pieces**

46.	魚米之鄉	**a land flowing with milk and honey**
47.	無米之炊	**can't make bricks without straw**
48.	柴米油鹽	**daily necessities**
49.	自食其果	**As you make your bed, so you must lie on it.**
50.	互爲因果	**be in correlation with**
51.	開花結果	**bear fruit**
52.	種豆得豆	**You reap what you sow.**
53.	兩耳塞豆	**have blinders on**
54.	燃萁煮豆	**infighting**

37.「植物──花草木」的中文成語英譯

下面的成語，每三個成語為一組。第一組皆是「花」字開頭、第二組皆是「草」字開頭、第三組皆是「木」字在第二個字的結構，很好背。九個中文和英文成語一起背，背至 20 秒，終生不忘記。

花團錦簇	**be blanketed with flowers**
花容月貌	**as pretty as a picture**
花言巧語	**sweet-talk**

草草了事	**carelessly get through** *sth.*
草莽英雄	**a Robin Hood**
草菅人命	**kill at will**

麻木不仁	**have a heart of stone**
緣木求魚	**get blood from a stone**
枯木逢春	**get a new lease on life**

【背景說明】

1. 花*ㄏㄨㄚ*團*ㄊㄨㄢ*錦*ㄐㄧㄣ*簇*ㄘㄨ*

「錦」是一種絲織品;「簇」叢聚。這句成語形容「五彩繽紛,十分鮮艷多彩的景象」,英文說成:*be blanketed with flowers*,意思是「被一張像是花做成的毯子給覆蓋」,有沒有很「花團錦簇」的感覺?【blanket〔ˋblæŋkɪt〕*v.* 以毯覆蓋】例如:The valley will *be blanketed with flowers* in spring. (這山谷到了春天會**花團錦簇**。)
【valley〔ˋvælɪ〕*n.* 山谷】

> *be blanketed with flowers*
> = be covered with flowers

Unit 7 植物篇

2. 花*ㄏㄨㄚ*容*ㄖㄨㄥ*月*ㄩㄝ*貌*ㄇㄠ*

形容女子「長得跟花一樣美麗,跟月亮一樣明媚」,也就是「非常美麗」。類似的成語有「國色天香」、「傾城傾國」,英文說成:*as pretty as a picture*「美得像一幅畫」。例如:She is *as pretty as a picture* and it is hard to take your eyes off her. (她長得**花容月貌**,很難讓人不注視她。)

> *as pretty as a picture*
> = a picture of beauty

3. 花*ㄏㄨㄚ*言*ㄧㄢ*巧*ㄑㄧㄠ*語*ㄩ*

「巧」虛浮不實際。原指「誇張修飾,內容空泛的言語」,後指「用來騙人的虛偽動聽的話」,英文說成:*sweet-talk*,就是「用動聽的言語來說服某人做某事」。【sweet-talk〔ˋswit͵tɔk〕*v.* 以甜言蜜語欺騙 (人)】

例如：The sales clerk *sweet-talked* me into buying another pair of shoes. (店員**花言巧語**，企圖說服我再買一雙鞋子。) *sweet-talk* 也可以改成名詞，變成 sweet talk。例如：How could you believe his sweet talk? (你怎麼會相信他的花言巧語？)

> *sweet-talk*
> = soft-soap
>
> soft-soap〔'sɔft'sop〕*v.* 以恭維的話巧妙地籠絡 (人)；
> 　討好 (某人)

4. 草ㄘㄠˇ草ㄘㄠˇ了ㄌㄧㄠˇ事ㄕˋ

「草草」草率、馬虎；「了」結束。這個成語意指「不認眞地、草率地把事情做完」，英文說成：*carelessly get through sth.*。【*get through* 辦完】例如：He *carelessly got through his work* so that he could go home earlier.
(他**草草了事**，只爲了能早點回家。)【*so that* 以便於】

5. 草ㄘㄠˇ莽ㄇㄤˇ英ㄧㄥ雄ㄒㄩㄥˊ

意近「綠林好漢」。「草莽」草叢。這句成語意指「在山林中出沒，強盜中的著名人物」。每個文化都有草莽英雄，比方說《水滸傳》裡的梁山好漢，台灣的廖添丁，或是英國民間傳說中的羅  賓漢，這類「草莽英雄」英文說成：*a Robin Hood*。
例如：What we need is *a Robin Hood* who will take from the rich and give to the poor. (我們所需要的是一個劫富濟貧的**草莽英雄**。)

a Robin Hood

= a vigilante

vigilante〔ˌvɪdʒəˈlæntɪ〕*n.* 治安維持者

（ = *someone who takes the law into his own hands* ）

6. 草菅人命

「草菅」野草。字面的意思是「把人民的性命當作是野草」，引申為「不重視人命，任意加以殘害」，英文説成：*kill at will*「隨你高興，想殺就殺」就是「草菅人命」。【*at will* 隨心所欲地】例如：The troops were *killing at will* on the streets.（軍隊在大街上恣意殺人，**草菅人命**。）

> *kill at will*
> = kill with impunity

impunity〔ɪmˈpjunətɪ〕*n.* 免除（懲罰）

7. 麻木不仁

「不仁」沒有感覺。字面的意思是「肢體麻痺，沒有感覺」，引申為「對所發生的事情反映遲鈍或漠不關心」，英文説成：*have a heart of stone*，如果有一顆「石頭做成的心」，就會對外界發生的事沒有任何的反應，非常冷漠，那就是「麻木不仁」。例如：Those who *have a heart of stone* care nothing about what is happening around them.（**麻木不仁**的人根本不在乎身旁發生了什麼事。）

> *have a heart of stone*
> = be indifferent
> = be cold-blooded

indifferent〔ɪnˈdɪfərənt〕*adj.* 冷漠的
cold-blooded〔ˈkoldˈblʌdɪd〕*adj.* 冷血的；不動感情的

8. 緣ㄩㄢ木ㄇㄨ求ㄑㄧㄡ魚ㄩ

「緣」沿著、順著。字面的意思是「沿著樹幹爬到樹上去抓魚」，比喻「做事方法或方向不對，最後一定會徒勞無功」，英文說成：*get blood from a stone*「想從石頭中抽血出來」，就是辦事方法錯誤，也就是「緣木求魚」。例如：The real problem is the quality of the product, so reviewing its marketing strategy is like trying to *get blood from a stone*. (真的有問題的是產品品質，檢討銷售策略就像是**緣木求魚**。)【review〔rɪˈvju〕*v.* 再檢查 strategy〔ˈstrætədʒɪ〕*n.* 策略】

> ***get blood from a stone***
> = beat a dead horse
>
> beat〔bit〕*v.* 打
> ***beat a dead horse*** 鞭打死馬令其馳騁；徒勞無功

9. 枯ㄎㄨ木ㄇㄨ逢ㄈㄥ春ㄔㄨㄣ

字面的意思是「枯乾的樹木到了春天又恢復了生氣」，引申為「垂危的病人或是事物又獲得了新生機或是希望」，英文說

成：*get a new lease on life*（得到新的生機或活力；煥然一新）。【lease〔lis〕*n.* 租約】如果一個人的生命或是一件事能像是租房子一樣能拿到新的租約，那就是「枯木逢春」。例如：He had been suffering from the disease for years, but the medication gave him *a new lease on life*. (他生病好多年，這種藥讓他**枯木逢春**。)

> ***get a new lease on life***【美式用法】
> = get a new lease of life【英式用法】

38. 「植物──樹枝葉」的中文成語英譯

　　下面三組成語各有「樹」、「枝」、「葉」，順序記法爲「樹枝有葉」。三個一組，第一組爲「樹」開頭、第二組「枝」在第二個字、第三組爲「葉」開頭。除了樹、枝、葉字面意思，還可以學到引申的含意。

樹大招風	under the magnifying glass
樹大根深	a pillar of society
樹碑立傳	commemorate *sb.*

花枝招展	be all dressed up
粗枝大葉	a scatter-brain
細枝末節	minor details

葉落歸根	Ashes to ashes, dust to dust.
葉落知秋	a sign of things to come
葉公好龍	a hypocrite

【背景説明】

1. 樹_{ㄕㄨˋ}大_{ㄉㄚˋ}招_{ㄓㄠ}風_{ㄈㄥ}

字面意思是「樹長得高大時容易受到風吹」，比喻「個人名聲太大，容易招來妒嫉毀謗」，英文説成：*under the magnifying glass*，字面意思是「在放大鏡之下」，引申爲「受到嚴厲的檢視」。【magnify〔'mægnə,faɪ〕*v.* 放大 *magnifying glass* 放大鏡】例如：As a famed singer, every aspect of his life is *under the magnifying glass*.

（身爲知名歌手，他的一舉一動都

容易樹大招風。）

famed〔femd〕*adj.* 知名的

aspect〔'æspɛkt〕*n.* 方面

2. 樹_{ㄕㄨˋ}大_{ㄉㄚˋ}根_{ㄍㄣ}深_{ㄕㄣ}

字面意思是「樹長得高大，樹根便入地很深」，比喻「勢力強大，根基牢固」，英文説成：*a pillar of society*，字面意思是「社會的柱子」，引申爲「社會的支柱」，就是「樹大根深」。【pillar〔'pɪlə〕*n.* 柱子】例如：As a successful entrepreneur, John is *a pillar of society*.（約翰身爲成功的企業家，樹大根深。）

【entrepreneur〔,ɑntrəprə'nɝ〕*n.* 企業家】

> *a pillar of society*
> = a pillar of the community
> community〔kə'mjunətɪ〕*n.* 社區

3. 樹碑立傳

「樹」立;「碑」石碑;「立」建立;「傳」傳記。意思是
「將某人的功績刻在石碑或寫成傳記,使他的名聲世代流
傳下去」,相當於英文:*commemorate sb.*（紀念某人）。
【commemorate〔kə'mɛməˌret〕*v.* 紀念】例如:The
exhibition is intended to *commemorate the two
national heroes* who died defending our country.
（這展覽是為了替這兩位國家英雄**樹碑立傳**,因為他們
為國犧牲。）【exhibition〔ˌɛksə'bɪʃən〕*n.* 展覽
be intended to 目的是為了　　defend〔dɪ'fɛnd〕*v.* 保衛】

4. 花枝招展

「花枝」花木的枝葉;「招展」隨風擺動的樣子。形容花木
的枝葉隨風搖擺,景致美好,比喻「女子打扮得豔麗動人」,
英文說成:*be all dressed-up*,意思是「精心打扮」,就是
「花枝招展」。【dressed-up〔'drɛstˌʌp〕*adj.* 精心打扮的】
例如:Mary *was all dressed-up* for the
party.（瑪麗為了派對打扮得**花枝招展**。）

> *be all dressed-up*
> = be gorgeously dressed
> gorgeously〔'gɔrdʒəslɪ〕*adv.* 華美地

5. 粗枝大葉

字面意思是「樹木的根枝粗壯,葉子很大片」,比喻「簡略
或概括」,現多指「工作粗糙,做事不認真、不細緻」,英文
說成:*a scatter-brain*〔'skætəˌbren〕*n.* 糊里糊塗的人;
思想不集中的人。

例如：He struck me as *a scatter-brain*.（我覺得他是個**粗枝大葉**的人。）【struck〔strʌk〕*v.* 給人的印象為（strike 的過去式和過去分詞）】這個字可以把它拆開來背，scatter〔'skætɚ〕有「散佈；撒」的意思，brain 是「頭腦」，頭腦散開的人，當然是很糊塗的人。

6. 細枝末節

「細」、「末」，微小；「節」環節。字面的意思是「細小的樹枝，微末的環節」，比喻「極小且無關緊要的事情」，英文說成：*minor details*，意思是「小細節」，就是「細枝末節」。【minor〔'maɪnɚ〕*adj.* 小的；不重要的　　detail〔'ditel〕*n.* 細節；瑣事】例如：Don't focus on the *minor details*.（不要專注在**細枝末節**上。）【*focus on*　專注於】

> *minor details*
> = small details
> = mere trivia
>
> mere〔mɪr〕*adj.* 僅僅；不過（是）
> trivia〔'trɪvɪə〕*n.* 瑣事

7. 葉落歸根

亦做「落葉歸根」。「歸」回。字面的意思是「樹葉長在樹上，枯黃後仍是掉落到根處。」比喻「事物有一定的歸宿。」英文說成：*Ashes to ashes*, *dust to dust*. 字面上是「灰歸灰，塵歸塵。」比喻「回到原處」，就是「葉落歸根。」【ash〔æʃ〕*n.* 灰；灰燼　　dust〔dʌst〕*n.* 灰塵；灰土】例如：On her deathbed, my mother asked me to have her buried in her hometown. After all, *ashes to ashes and dust to dust*.（母親臨終時，要我把她葬在她的故鄉。畢竟，人還是得**葉落歸根**。）

deathbed〔ˈdɛθˌbɛd〕*n.* 臨終時　　bury〔ˈbɛrɪ〕*v.* 埋葬
hometown〔ˈhomˌtaʊn〕*n.* 故鄉　　*after all* 畢竟；終究

8. 葉落知秋

字面的意思是「葉子掉下來，就知道秋天來了」，比喻「由微小的跡象，可推知事物的發展和變化」，英文說成：*a sign of things to come*，意思是「事物來臨的跡象」，就是「葉落知秋」。【sign〔saɪn〕*n.* 跡象】例如：Your boyfriend's indifference is *a sign of things to come*. He is going to dump you. (葉落知秋，妳男友的冷淡代表他即將拋棄妳。)

indifference〔ɪnˈdɪfərəns〕
　n. 漠不關心；冷淡
dump〔dʌmp〕*v.* 拋棄

9. 葉公好龍

春秋時代，有一位楚國貴族受封於葉縣，被稱為葉公，葉公愛龍成癖，上界的天龍聽說人間有如此喜歡龍的人，就決定來拜訪葉公。但是葉公看到天龍後，嚇得魂飛魄散，可見他並沒有真的愛龍。故此成語比喻「人說一套，做一套，口是心非」，英文說成：*a hypocrite*〔ˈhɪpəˌkrɪt〕*n.* 偽君子。例如：Don't believe what he says. He is just *a hypocrite*. (別相信他所說的，他只是葉公好龍。)
葉公的「葉」，來自地名，「葉」縣古音為「ㄕㄜˋ」，現在多唸「ㄧㄝˋ」，故教育部成語中將本成語注音為「葉ㄍㄜˊ」公好龍。

39.「植物--松竹梅」的中文成語英譯

下面三組成語為「松」、「竹」、「梅」，它們是所謂的「歲寒三友」，在冬天依然保持頑強的生命力。三個一組，第一組為「松」開頭、第二組為「竹」開頭、第三組為「梅」在第二個字。

松柏之志	**unwavering faith**
松柏長青	**enduring**
松鶴延齡	**live long and prosper**

竹報平安	**send a letter home**
竹籃打水	**all in vain**
竹苞松茂	**hope your family prospers**

望梅止渴	**a fruitless exercise**
鹽梅之寄	**trust** *sb.* **with** *one's* **life**
妻梅子鶴	**a hermit**

【背景說明】

1. 松柏之志

「松柏」松樹跟柏樹，兩樹皆長青不凋，為志操堅貞的象
徵；「志」志節。字面意思是「松柏般的志節」，比喻「堅
貞不移的志節」，英文說成：*unwavering faith*，字面意
思是「不動搖的信念」，就是「松柏之志」。【unwavering
〔ʌnˈwevərɪŋ〕*adj.* 不動搖的；堅定的　　faith〔feθ〕*n.*
信念】例如：We should have an *unwavering faith* in
justice and fairness. (我們對於正義和公正應懷有**松柏之
志**。)【justice〔ˈdʒʌstɪs〕*n.* 正義
fairness〔ˈfɛrnɪs〕*n.* 公正】

unwavering faith
= steadfast resolution

steadfast〔ˈstɛdˌfæst〕*adj.* 不變的
resolution〔ˌrɛzəˈluʃən〕*n.* 決心

2. 松柏長青

「松柏」四季皆綠的喬木。字面意思是「像松樹和柏樹
一樣，永遠青翠」。比喻「永不衰老、凋謝」，英文說成：
enduring〔ɪnˈdjʊrɪŋ〕*adj.* 持久的。例如：I wish you
an *enduring* business. (祝你的事業**松柏長青**。)
【business〔ˈbɪznɪz〕*n.* 事業】

enduring
= everlasting

everlasting〔ˌɛvəˈlæstɪŋ〕*adj.* 永遠的

3. 松鶴延齡

「松鶴」松樹與鶴，古來象徵長壽；「延」延長。用來「祝人如松、鶴般長壽」，相當於英文：*live long and prosper*，意思是「活得久而且成功」。【prosper〔'prɑspɚ〕*v.* 繁榮；成功】例如：I hope you *live long and prosper*.
（願你**松鶴延齡**。）

4. 竹報平安

「竹報」舊時的家信。比喻「報平安的家信」，翻譯成英文：*send a letter home*，意思是「寄信回家」，就是「竹報平安」。例如："*Send a letter home*" is a benediction Chinese say in Spring Festival.（**竹報平安**是中國人過新年時候的祝福語。）

5. 竹籃打水

字面意思是「用竹籃去打水」，竹籃有洞，打的水都會流走，故比喻「用錯方法，徒勞無功」，英文說成：*all in vain*，意思是「全部都白費」。【vain〔ven〕*adj.* 無效的　*in vain*徒勞無功】例如：His efforts turned out to be *all in vain*.
（他的努力最終只是**竹籃打水**。）【effort〔'ɛfɚt〕*n.* 努力 *turn out* 結果成為】同義的說法為：of no avail，表示「沒有效用」。【avail〔ə'vel〕*n.* 效用】例如：My attempts to explain were of no avail.（我試著要解釋，但卻是**竹籃打水**。）【attempt〔ə'tɛmpt〕*n.* 嘗試】

> *all in vain*
> = of no avail
> = to no avail
> = without success
> *to no avail* 徒勞；無用

6. 竹苞松茂

「苞」茂盛。字面意思是「松竹繁茂」，因爲竹子叢生，松葉隆冬而不凋，根基穩固而又枝葉繁茂，比喻「家門興盛」，英文説成：*hope your family prospers*，意思是「希望你的家庭興盛」。【prosper〔'prɑspɚ 〕*v.* 繁榮】例如：I *hope your family prospers* and lives long.（祝您家門**竹苞松茂**、長長久久。）

7. 望梅止渴

字面意思是「看著梅子就可以止渴」，因爲梅子酸，人想吃梅子就會垂涎，因而止渴。比喻「用空想安慰自己或他人」，英文説成：*a fruitless exercise*，字面意思是「無益的活動」，表示「只能空想」，就是「望梅止渴」。【fruitless〔'frutlɪs 〕*adj.* 沒結果的；無益的　　exercise〔'ɛksɚ‚saɪz 〕*n.* 活動】例如：Your plan is *a fruitless exercise*. It won't solve the main problem.（你的計劃是**望梅止渴**，解決不了主要的問題。）同義的説法：a donkey's carrot，意思是「驢子的胡蘿蔔」。【donkey〔'dɑŋkɪ 〕*n.* 驢子　　carrot〔'kærət 〕*n.* 胡蘿蔔】典故來自於伊索寓言：一位農夫要讓驢子向前走，在它身上綁了一支竿子，竿子前端垂吊了一支胡蘿蔔，如此一來，儘管驢子一直往前走要吃到胡蘿蔔，但卻看得到，吃不到，便是中文説的「望梅止渴」。例如：The prize is only a donkey's carrot.（只能看著那獎賞**望梅止渴**了。）【prize〔praɪz 〕*n.* 獎賞】

> *a fruitless exercise*
> = a futile exercise
> = a donkey's carrot
> futile〔'fjutl̩ 〕*adj.* 無益的

8. 鹽梅之寄

「鹽梅」鹽和梅子，鹽味鹹，梅味酸，均爲調味所需，用來比喻「國家所需的賢才」；「寄」寄託。意思是「可以寄託的國家賢才」，比喻「可託付重任」，英文說成：*trust sb. with one's life*，字面意思是「託付生命」，連生命都可以託付，就是「鹽梅之寄」。【trust〔trʌst〕v. 託付】例如：The boss *trusts Ryan with his life*. (萊恩是老闆的**鹽梅之寄**。)

> *trust sb. with one's life*
> = entrust *sb.* with a great task
>
> entrust〔ɪn'trʌst〕v. 委託　　task〔tæsk〕n. 工作

9. 妻梅子鶴

字面意思是「把梅當作妻子，把鶴當成孩子」，比喻「清高或隱居」，英文說成：*a hermit*〔'hɝmɪt〕n. 隱士。例如：He lives *a hermit*'s life away from the hustle and bustle of the city. (他過著**妻梅子鶴**的生活，遠離城市的熙熙攘攘。)

hustle〔'hʌs!〕n. 忙碌　　bustle〔'bʌs!〕n. 忙亂
hustle and bustle 熙熙攘攘

> *a hermit*
> = a recluse
>
> recluse〔'rɛklus,rɪ'klus〕n. 隱居者

40. 「植物─柳根茅」的中文成語英譯

　　下面的成語，每三個成語爲一組。第一組皆是
「柳」字開頭、第二組皆是「根」字結尾、第三組
皆是「茅」字在第三個字的結構，很好背。九個中
文和英文成語一起背，背至 20 秒，終生不忘記。

柳暗花明	**Every cloud has a silver lining.**
柳下借陰	**under the aegis of**
柳眉倒豎	**go ballistic**

落地生根	**put down roots**
斬草除根	**exterminate**
錯節盤根	**complicated**

三顧茅廬	**call on** *sb.* **repeatedly**
初出茅廬	**a newbie**
頓開茅塞	**suddenly see the light**

【背景説明】

1. 柳ㄌㄡˇ暗ㄢˋ花ㄏㄨㄚ明ㄇㄧㄥˊ

通常説成「柳暗花明又一村」。「暗」沒有光、不明亮的陰暗
處。字面的意思是「從濃密的柳樹蔭下到繁花似錦的地方」，
引申爲「曲折艱辛的逆境中遇到機會或是轉機」，英文諺語説
成：*Every cloud has a silver lining*.（烏雲背後有銀邊；
否極泰來。）【lining〔ˈlaɪnɪŋ〕*n.* 內裡】silver lining 是指
烏雲有銀邊的內裡，即陽光躲在背後，引申爲「光明前途；
漸入佳境之希望」。例如：Don't worry. Everything will
work out just fine. *Every cloud has a silver lining*.
（別擔心，事情會很順利，一定會**柳暗花明**的。）
【*work out* 解決；有…的結果　　fine〔faɪn〕*adv.* 很好】

2. 柳ㄌㄡˇ下ㄒㄧㄚˋ借ㄐㄧㄝˋ陰ㄧㄣˉ

字面的意思是「在柳樹底下乘涼」，引申爲「請求別人的保護
或庇護」，英文可用：*under the aegis of*。【aegis〔ˈidʒɪs〕
n. 庇護】希臘神話中，aegis 是宙斯的盾，用羊皮做成，所
以這個英文片語，有一種召喚宙斯到自己的身邊保護自己
的感覺。例如：These companies are trying to operate
under the aegis of the government.（這些公司試圖想**柳下
借陰**，在政府的庇護下營運。）【operate〔ˈɑpəˌret〕*v.* 營運】

> *under the aegis of*
> = under the wing of
> = under the protection of
> = under the auspices of

under the wing of 在…的庇護下；在…的照顧下
auspices〔ˈɔspɪsɪz〕*n. pl.* 保護；援助

3. 柳ㄌㄧㄡˇ眉ㄇㄟˊ倒ㄉㄠˋ豎ㄕㄨˋ

「柳眉」女子細長如柳樹葉般的眉毛。這個成語形容「女子發怒時聳眉怒目的樣子」，英文說成：***go ballistic***，也就是「像飛彈亂衝般地發怒」。ballistic〔bəˈlɪstɪk〕*adj.* 彈道的，在此作「非常生氣的」解，一般字典查不到，但美國人常用。例如：Mary ***went ballistic*** when she discovered that her boyfriend had cheated on her. (瑪麗發現男朋友劈腿時氣得**柳眉倒豎**。)【***cheat on sb.*** 劈腿】

> ***go ballistic***
> = lose *one's* temper
> = throw a fit
>
> fit〔fɪt〕*n.* (情緒)突發　　***throw a fit*** 大吃一驚；大怒

4. 落ㄌㄨㄛˋ地ㄉㄧˋ生ㄕㄥ根ㄍㄣ

「落」停留。字面的意思是「落在地上的種子往下生根」，引申為「開始在某地長期安家落戶」，英文說成：***put down roots***。例如：A large number of immigrants ***put down roots*** here a long time ago. (很久以前許多外來移民在這裡**落地生根**。)【immigrant〔ˈɪməgrənt〕*n.* 外來移民】

> ***put down roots***
> = set up home
> = settle
>
> settle〔ˈsɛtḷ〕*v.* 安頓；定居

5. 斬ㄓㄢˇ草ㄘㄠˇ除ㄔㄨˊ根ㄍㄣ

除草時要連根拔除，引申為「除去禍根，以防後患」，英文說成：***exterminate***〔ɪkˈstɜməˌnet〕*v.* 根除。這個字可以用來指清除像是螞蟻、蟑螂、老鼠之類的生物，也可用來指人。

例如：It is almost impossible to *exterminate* terrorists all over the world. (要把全世界的恐怖份子都**斬草除根**幾乎是不可能的事。)【terrorist〔'tɛrərɪst〕 *n.* 恐怖份子】

> *exterminate*
> = annihilate
> = get rid of
> = do away with

annihilate〔ə'naɪəˌlet〕 *v.* 殲滅；徹底消滅
get rid of 除去；擺脫　　*do away with* 除去；廢除

6. 錯節盤根

亦作「盤根錯節」。「錯」交錯；「盤」蜷曲。字面的意思是「樹木的根枝盤旋交錯」，用以形容「事物的複雜跟困難」，英文說成：*complicated*〔'kɑmpləˌketɪd〕 *adj.* 複雜的。例如：Many big shots were caught in the *complicated* corruption scandal.(許多大人物被抓到涉入這起**錯節盤根**的貪污醜聞。)【*big shot* 大人物　　corruption〔kə'rʌpʃən〕 *n.* 貪污　scandal〔'skændl̩〕 *n.* 醜聞】

7. 三顧茅廬

「顧」拜訪；「茅廬」小草屋。原指劉備拜訪延攬諸葛亮的故事，後指「誠心誠意，一再邀請」，英文說成：*call on sb. repeatedly*「再三地拜訪某人」。【*call on* 拜訪　repeatedly〔rɪ'pitɪdlɪ〕 *adv.* 反覆地；再三地】例如：The coach *called on the player repeatedly*, trying to get him on the team. (教練**三顧茅廬**，企圖讓這位選手加入隊伍。)

8. 初ㄔㄨ出ㄔㄨ茅ㄇㄠ廬ㄌㄨ

「茅廬」小草屋。形容「剛離開學校或家庭出來工作的人，通常是指沒經驗的人」，俗稱「菜鳥」，英文說成：*a newbie*。newbie〔'njubi〕*n.* 新手，這個字是新字，一般字典查不到，在 The American Heritage Dictionary p.1184 中有出現，現在美國人常用，可翻成「新手」或「網路新手」。例如：The course is especially designed for *a newbie* in the workforce.（這課程是專門設計給**初出茅廬**的職場新鮮人。）

> *a newbie*
> = a beginner
> = a novice
> novice〔'nɑvɪs〕*n.* 新手

9. 頓ㄉㄨㄣ開ㄎㄞ茅ㄇㄠ塞ㄙㄜ

亦作「茅塞頓開」。「茅」茅草。字面的意思是「塞住心中的茅草突然暢通了」，用以指「本來想不通的事情突然明白了」，英文說成：*suddenly see the light*「黑暗中突然看到一縷光線」，也就是「突然了解了」（= *suddenly understand*）。這個片語具有宗教意味，對許多宗教來說，每個人都是航行在黑暗中的船隻，而宗教就代表黑暗中的光明，所以 suddenly see the light 也有「突然篤信某個宗教」的意思。例如：My friend had been trying to explain the theory for ten minutes when I *suddenly saw the light*.（我朋友在解釋這個理論十分鐘之後，我才**頓開茅塞**。）【theory〔'θiərɪ〕*n.* 理論】如果想用句子來表達「頓開茅塞」，A sudden thought hit me. 是不錯的選擇。【hit〔hɪt〕*v.* 被…想起】

41. 「植物－－桑麻瓜」的中文成語英譯

　　下面的成語，每三個為一組，第一組皆是「桑」字在第三個字、第二組皆是「麻」字結尾、第三組皆是「瓜」字開頭的結構，很好背。九個中文和英文成語一起背，背至 20 秒，終生不忘記。

滄海桑田	a sea change
收之桑榆	a blessing in disguise
造福桑梓	give back to the community

心亂如麻	be very distraught
快刀斬麻	cut the Gordian knot
殺人如麻	commit innumerable murders

瓜田李下	shady circumstances
瓜熟蒂落	when the timing is right
瓜剖豆分	cut into pieces

【背景說明】

1. 滄_{ㄘㄤ}海_{ㄏㄞˇ}桑_{ㄙㄤ}田_{ㄊㄧㄢˊ}

「滄海」大海；「桑田」種桑樹的田。泛指田地，字面的意思是「從大海變成農田，又從農田變成大海」，引申形容「世間的事變化很大」，英文說成：***a sea change***（驚人的變化），此用法來自莎士比亞（William Shakespeare）的《暴風雨》（The Tempest）一劇。【tempest〔ˈtɛmpɪst〕*n.* 暴風雨】例如：The entire village went through ***a sea change*** and I could hardly recognize it.（整座村莊歷經**滄海桑田**，我幾乎認不得了。）【entire〔ɪnˈtaɪr〕*adj.* 全部的 ***go through*** 經歷　recognize〔ˈrɛkəɡˌnaɪz〕*v.* 認出】

> ***a sea change***
> = a major change
> = a radical change

major〔ˈmedʒɚ〕*adj.* 重大的
radical〔ˈrædɪkl̩〕*adj.* 徹底的

2. 收_{ㄕㄡ}之_ㄓ桑_{ㄙㄤ}榆_{ㄩˊ}

常說成「失之東隅，收之桑榆」。「東隅」東方日出的地方，指早晨；「桑」、「榆」夕陽餘暉灑在桑樹及榆樹樹梢，指黃昏。這個成語的意思是「一開始在一方面失敗了，最後在另一方面取得成功」。英文可用：***a blessing in disguise***，也就是「偽裝的幸福」。【blessing〔ˈblɛsɪŋ〕*n.* 幸福　disguise〔dɪsˈɡaɪz〕*n.* 偽裝】例如：He lost his job but regained his health. It was ***a blessing in disguise***.（雖然他丟了工作，但是重新恢復了健康，可謂**收之桑榆**。）

3. 造_{ㄗㄠˋ}福_{ㄈㄨˊ}桑_{ㄙㄤ}梓_{ㄗˇ}

「桑梓」家鄉，古時候常在家門前種桑樹以養蠶，梓樹以製做器具，所以後來「桑梓」就用來泛指家鄉。這個成語意指「為家鄉造福」，英文說成：*give back to the community*，也就是「做一些事來回饋社區」。【community〔kə'mjunətɪ〕*n.* 社區】例如：He *gave back to the community* by sponsoring some of the local events. (他贊助了一些當地的活動來**造福桑梓**。)【sponsor〔'spɑnsɚ〕*v.* 贊助】

4. 心_{ㄒㄧㄣ}亂_{ㄌㄨㄢˋ}如_{ㄖㄨˊ}麻_{ㄇㄚˊ}

「麻」一團亂麻。比喻「心裡像一團亂麻」，也就是「心裡非常地煩亂」，英文說成：*be very distraught*。【distraught〔dɪ'strɔt〕*adj.* 心煩意亂的】例如：She *was very distraught* because her child was missing. (她**心亂如麻**，因為她的小孩走失了。)

> *be very distraught*
> = be very upset
> upset〔ʌp'sɛt〕*adj.* 心煩的；生氣的

5. 快_{ㄎㄨㄞˋ}刀_{ㄉㄠ}斬_{ㄓㄢˇ}麻_{ㄇㄚˊ}

「麻」一團亂麻。「快刀斬亂麻」的成語版，也就是「做事果決，能馬上採取有效且快速的方式來解決複雜的問題」，英文說成：*cut the Gordian knot*。【Gordian〔'gɔrdɪən〕*n.* 哥帝爾斯　knot〔nɑt〕*n.* 結　*the Gordian knot* 哥帝爾斯難結；難題；難事】Gordian knot 是希臘神話中一個綁得很死的繩結，亞歷山大大帝 (Alexander the Great) 征服佛里幾亞 (Phrygia) 時看到這個繩結，但是弄了半天還解不開，索性一刀把它斬斷，神諭指出，能解開此結者會成

為統治全亞洲的帝王，後來亞歷山大大帝也真的統御了歐亞非三洲，神諭果然成真，所以 Gordian knot 也可以用來形容難以解決的問題。例如：If you don't *cut the Gordian knot* right now, soon the problem will be out of control. (如果現在你不**快刀斬麻**，之後這個問題很快就會失控。)【*out of control* 失去控制】

6. 殺人如麻

「麻」一團亂麻。比喻「殺的人多到數不清，多到像亂麻一樣」。英文說成：*commit innumerable murders*「犯下多起謀殺案」，也就是「殺人如麻」。【commit〔kə'mɪt〕*v.* 犯 (罪)　　innumerable〔ɪ'njumərəbḷ〕*adj.* 數不清的　murder〔'mɝdɚ〕*n.* 謀殺 (案)】例如：The police are after the drug dealer who has *committed innumerable murders*. (警方正在追捕那**殺人如麻**的毒販。)

【*be after sb.* 追捕某人　　*drug dealer* 毒販】

commit innumerable murders
= kill countless people
countless〔'kaʊntlɪs〕*adj.* 無數的

7. 瓜田李下

此成語源自一首古樂府詩中之詩句「瓜田不納履，李下不整冠」，意思是「不要在瓜田裡彎腰提你的鞋子，人家會以為你要偷瓜；也不要在李子樹下整理帽子，人家會以為你要偷摘李子」，引申為「要注意自己的行為，不要引起別人誤會」，英文說成：*shady circumstances*，也就是「可疑的狀況」。

【shady〔'ʃedɪ〕*adj.* 可疑的；有問題的　　circumstance〔'sɝkəm,stæns〕*n.* 情況】

例如：If you get too close to your clients, people may think you are making money under *shady circumstances*. (如果你跟你的客戶太親密，別人可能會覺得你賺的錢有**瓜田李下**之嫌。) 【client〔'klaɪənt〕*n.* 客戶】

> *shady circumstances*
> = fishy circumstances
> fishy〔'fɪʃɪ〕*adj.* 可疑的

8. 瓜熟蒂落

意近「水到渠成」。「蒂」花或瓜類水果跟枝莖相連的部份。字面的意思是「瓜熟了，瓜蒂自然就會脫落」，引申為「只要時機成熟，事情自然會成功」，英文説成：*when the timing is right*，也就是「當時機對的時候」。例如：*When the timing is right*, nothing is impossible. (當**瓜熟蒂落**時，沒有什麼事情是不可能的。)

> *when the timing is right*
> = when everything falls into place
> *fall into place* 按所希望的方式發生；步入正軌

9. 瓜剖豆分

「剖」破開。字面的意思是「瓜被破開，豆子從豆莢裡裂出」，用以比喻「國土被分割」，英文説成：*cut into pieces*，也就是「被切成一片一片」。例如：After the war, the country was *cut into pieces* and taken over by several world powers. (這個國家在戰後被**瓜剖豆分**，由好幾個世界強權接管。)【*take over* 接管 powers〔'pauəz〕*n. pl.* 強國】

> *cut into pieces*
> = cut into chunks
> chunk〔tʃʌŋk〕*n.* 塊狀物

42.「植物--米果豆」的中文成語英譯

下面的成語跟植物有關。第一組皆是「米」在第二個字、第二組皆是「果」結尾、第三組皆是「豆」結尾的結構。背至 20 秒，終生不忘記。

魚米之鄉	a land flowing with milk and honey
無米之炊	can't make bricks without straw
柴米油鹽	daily necessities

自食其果	As you make your bed, so you must lie on it.
互為因果	be in correlation with
開花結果	bear fruit

種豆得豆	You reap what you sow.
兩耳塞豆	have blinders on
燃萁煮豆	infighting

Unit 7 植物篇

【背景説明】

1. 魚ⁱ米ⁱ之ⁱ鄉ⁱ

字面的意思是「盛產魚和稻米的地方」，引申為「豐饒的土地」，英文説成：*a land flowing with milk and honey*，也就是「盛產牛奶跟蜂蜜的土地」。【flowing〔'floɪŋ〕*adj.* 充滿的】此説法源自舊約聖經中所指之應許之地，也就是神答應要給猶太人的一片土地。牛奶和蜂蜜是西方人的主食之一，就跟魚和米對我們的意義一樣。例如：This place is *a land flowing with milk and honey.*（這個地方是個魚米之鄉。）

> *a land flowing with milk and honey*
> = a land of abundance
> = a fertile land

abundance〔ə'bʌndəns〕*n.* 豐富；充足
fertile〔'fɝtḷ〕*adj.* 肥沃的

2. 無ⁱ米ⁱ之ⁱ炊ⁱ

常説成「巧婦難為無米之炊」，字面的意思是「廚藝高強的婦女，沒有米也做不出飯來」，引申為「做事缺乏必要條件，再厲害也難以達成任務」，英文説成：*can't make bricks without straw*。【brick〔brɪk〕*n.* 磚頭　　straw〔strɔ〕*n.* 稻草】古時候要做磚頭需要稻草，沒有稻草就沒辦法做磚頭了，也就是「巧婦難為無米之炊」。例如：We need more people. We *can't make bricks without straw.*（我們需要更多的人力，否則我們難做無米之炊。）

3. 柴ᢊ米ᢔ油ᢐ鹽ᢏ

開門七件事「柴、米、油、鹽、醬、醋、茶」，這七樣東西
為古代平民百姓每天生活的目標，因此這個成語意指「一
日三餐的生活必需品」，英文說成：*daily necessities*，也
就是「每日必需品」。【necessities〔nəˈsɛsətɪz〕*n. pl.* 必需
品】例如：This traditional market has all your *daily
necessities*.（這個傳統市場有你每日所需的**柴米油鹽**。）

> *daily necessities*
> = livelihood matters
> livelihood〔ˈlaɪvlɪˌhʊd〕*n.* 生活；生計
> matters〔ˈmætəz〕*n. pl.* 事物

4. 自ᢏ食ᢐ其ᢊ果ᢖ

亦作「自食惡果」，意近「自作自受」。字面的意思是「自己
吃自己種的果子」，引申為「自己做了壞事之後，就應該受
到應有的損失或懲罰」，英文說成：*As you make your bed,
so you must lie on it*. 也就是「既然床是自己鋪的，那自己
就要睡。」例如：Don't come crying to me. *As you
make your bed, so you must lie on it*.（不要哭著跑來找
我，這是你**自食其果**。）也可用動詞片語 suffer the
consequences of *one's* actions 來表達「自食惡果」。
【consequences〔ˈkɑnsəˌkwɛnsɪz〕*n. pl.* 後果】例如：
You'll have to suffer the consequences of your actions
if you don't pull back now.（如果你現在不停止，那之後
你就得**自食其果**。）【*pull back* 決定不做】

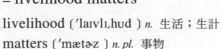

5. 互為因果

「因」原因；「果」結果。這個成語意指「原因和結果相互有關聯」，英文說成：***be in correlation with***。【correlation〔ˌkɔrəˈleʃən〕*n.* 相互關係】例如：Health is believed to ***be in correlation with*** poverty. (貧窮和健康被認定有**互為因果**的關係。)【poverty〔ˈpɑvətɪ〕*n.* 貧窮】這個片語也會以動詞片語 correlate with 的形式出現。【correlate〔ˈkɔrəˌlet〕*v.* 使互相關聯】例如：I think smoking and cancer correlate with each other. (我認為抽煙和癌症互為因果。)

6. 開花結果

字面的意思是「播種耕耘過後結出了花朵或果實」，引申為「辛勞的工作後取得了成果」，英文說成：***bear fruit***，也就是「結出果實」。【bear〔bɛr〕*v.* 結 (果)，三態變化為：bear-bore-borne】例如：Most of his crazy ideas never ***bore fruit***. (他大部分的瘋狂想法都未能**開花結果**。)

> ***bear fruit***
> = yield results
> yield〔jild〕*v.* 產生

7. 種豆得豆

常說成「種瓜得瓜，種豆得豆」，意指「好的行為有好的結果；不好的行為有不好的結果」，英文說成：***You reap what you sow***.「你播了怎麼樣的種子，收割的時候，就會長出怎麼樣的果實。」【reap〔rip〕*v.* 收割　sow〔so〕*v.* 播種】例如：

If you work hard enough, of course you will get into a good college. ***You reap what you sow***. （如果你夠努力，當然可以進一間好大學，這就是所謂的**種豆得豆**。）

> ***You reap what you sow***.
> = You get what you give.

8. 兩ㄌㄧㄤˇ耳ㄦˇ塞ㄙㄞ豆ㄉㄡˋ

源自「兩豆塞耳，不聞雷霆。」字面的意思是「用豆子塞住耳朵，即使聲音大如雷聲也聽不見」，引申為「被局部或短暫的現象迷惑，而無法看清大局」，英文說成：***have blinders on***。【blinders〔ˈblaɪndɚz〕*n. pl.*（馬的）眼罩】例如：You must have ***had blinders on*** to believe her. （你會相信她說的話，真的是**兩耳塞豆**。）

9. 燃ㄖㄢˊ萁ㄑㄧˊ煮ㄓㄨˇ豆ㄉㄡˋ

亦做「煮豆燃萁」。源自三國曹丕、曹植兄弟相殘的故事，曹丕要曹植在七步之內作出一首詩，作不出來便要賜死，後來曹植七步做出一首詩以諷刺曹丕。「燃」燒；「萁」豆莖。字面的意思是「燃燒豆莖來煮豆子」，豆莖跟豆子都從同一條根生出來的，為何要彼此戕害呢？引申指「自相殘殺」，英文說成：***infighting***〔ˈɪnˌfaɪtɪŋ〕*n.* 內鬥。例如：Political ***infighting*** broke out in the party and tore it apart. （一場**燃萁煮豆**的政治內鬥爆發，使這個政黨分裂。）

political〔pəˈlɪtɪkl̩〕*adj.* 政治的
break out 爆發　　party〔ˈpɑrtɪ〕*n.* 政黨
tear apart 使分裂

Unit 7 成果驗收

一面唸出中文成語，一面說英文。

1. 花團錦簇 _____
2. 花容月貌 _____
3. 花言巧語 _____
4. 草草了事 _____
5. 草莽英雄 _____
6. 草菅人命 _____
7. 麻木不仁 _____
8. 緣木求魚 _____
9. 枯木逢春 _____

10. 樹大招風 _____
11. 樹大根深 _____
12. 樹碑立傳 _____
13. 花枝招展 _____
14. 粗枝大葉 _____
15. 細枝末節 _____
16. 葉落歸根 _____
17. 葉落知秋 _____
18. 葉公好龍 _____

19. 松柏之志 _____
20. 松柏長青 _____
21. 松鶴延齡 _____
22. 竹報平安 _____
23. 竹籃打水 _____
24. 竹苞松茂 _____
25. 望梅止渴 _____
26. 鹽梅之寄 _____
27. 妻梅子鶴 _____

28. 柳暗花明 _____
29. 柳下借陰 _____
30. 柳眉倒豎 _____
31. 落地生根 _____
32. 斬草除根 _____
33. 錯節盤根 _____
34. 三顧茅廬 _____
35. 初出茅廬 _____
36. 頓開茅塞 _____

37. 滄海桑田 _____
38. 收之桑榆 _____
39. 造福桑梓 _____
40. 心亂如麻 _____
41. 快刀斬麻 _____
42. 殺人如麻 _____
43. 瓜田李下 _____
44. 瓜熟蒂落 _____
45. 瓜剖豆分 _____

46. 魚米之鄉 _____
47. 無米之炊 _____
48. 柴米油鹽 _____
49. 自食其果 _____
50. 互為因果 _____
51. 開花結果 _____
52. 種豆得豆 _____
53. 兩耳塞豆 _____
54. 燃萁煮豆 _____

Unit 7 植物篇

UNIT **8** 自然篇

秋風落葉
make a clean sweep of

※這個單元54個中文成語，全部與「自然」
　有關，環環相扣，可以一個接一個背。

Unit 8 自然篇

📖 中英文一起背，背至 2 分鐘以內，終生不忘記。

1.	春寒料峭	the chill of early spring
2.	春暖花開	Spring has come and the flowers are in bloom.
3.	春光明媚	a bright spring day
4.	春風滿面	beam with satisfaction
5.	春風化雨	inspirational teaching
6.	春暉寸草	a parent's love
7.	春宵一刻	magical moment
8.	春意闌珊	the final days of spring
9.	春華秋實	April showers bring May flowers.
10.	夏雨雨人	a godsend
11.	夏爐冬扇	like bringing sand to the beach
12.	夏日可畏	a tyrant
13.	熱火朝天	in full swing
14.	熱情洋溢	brim with enthusiasm
15.	熱淚盈眶	*One's* eyes brim with tears.
16.	汗流浹背	sweat like a pig
17.	汗馬功勞	distinguished service
18.	汗牛充棟	enough books to fill a library
19.	秋高氣爽	crisp autumn weather
20.	秋水伊人	feel nostalgic
21.	秋月春風	golden years
22.	秋風落葉	make a clean sweep of
23.	秋毫無犯	highly disciplined
24.	秋後算帳	square up later
25.	一日三秋	Absence makes the heart grow fonder.
26.	多事之秋	troubled times
27.	各有千秋	Each has its merits.

28.	冬暖夏涼	warm in winter and cool in summer
29.	冬溫夏清	be attentive to *one's* parents
30.	冬日可愛	a ray of sunshine
31.	寒冬臘月	in the dead of winter
32.	寒氣逼人	There is a nip in the air.
33.	寒風刺骨	The cold wind cuts *one* to the bone.
34.	冷若冰霜	cold as ice
35.	冷眼旁觀	look on indifferently
36.	冷嘲熱諷	mock and ridicule

37.	風土人情	local customs and practices
38.	風雲人物	man of the hour
39.	風華正茂	in *one's* prime
40.	雨過天晴	The storm subsides and the sky clears.
41.	雨後春筍	pop up like weeds
42.	雨恨雲愁	cannot tear *oneself* away from
43.	雪上加霜	one disaster after another
44.	雪中送炭	timely assistance
45.	雪窗螢火	burn the midnight oil

46.	山珍海味	a luxurious feast
47.	山高水長	of lasting influence
48.	山窮水盡	come to a dead end
49.	海闊天空	nothing but blue skies
50.	海誓山盟	a solemn pledge of love
51.	海納百川	open-minded
52.	天怒人怨	an uproar
53.	天從人願	by the grace of God
54.	天倫之樂	the happiness of family union

Unit 8 自然篇

43. 「春」開頭的中文成語英譯

　　這一單元，是以「自然」為主題的成語。首先，以大家最熟悉的「季節」開始。這九個成語，都是以「春」開頭的成語，描述春天各式各樣的情景，和其引申的意思。

春寒料峭	the chill of early spring
春暖花開	Spring has come and the flowers are in bloom.
春光明媚	a bright spring day

春風滿面	beam with satisfaction
春風化雨	inspirational teaching
春暉寸草	a parent's love

春宵一刻	magical moment
春意闌珊	the final days of spring
春華秋實	April showers bring May flowers.

【背景説明】

1. 春^{ㄔㄨㄣ}寒^{ㄏㄢ}料^{ㄌㄧㄠ}峭^{ㄑㄧㄠ}

「料峭」微寒。形容「早春薄寒侵人肌骨」，英文説成：
the chill of early spring，意思是「春天刺骨的天氣」，
就是「春寒料峭」。【chill〔tʃɪl〕*n.* 寒冷】例如：Even
in *the chill of early spring*, John wears shorts when
he goes out. (即使**春寒料峭**，約翰只穿短褲就出門。)
【shorts〔ʃɔrts〕*n. pl.* 短褲】

2. 春^{ㄔㄨㄣ}暖^{ㄋㄨㄢ}花^{ㄏㄨㄚ}開^{ㄎㄞ}

形容「春光和煦宜人，百花紛紛綻放」，英文説成：*Spring
has come and the flowers are in bloom.* 意思是「春天來
了，花朵盛開。」就是中文「春暖花開」。【bloom〔blum〕
n. 開花；花開期　　*in bloom* 花朵盛開】例如：It is
pleasant to see that *spring has come and the flowers
are in bloom.* (很高興可以看到**春暖花開**的景象。)
【pleasant〔'plɛznt〕*adj.* 令人愉快的】

> *Spring has come and the flowers are in bloom.*
> = There are wonderful flowers everywhere in
>   the warm spring.
>
> wonderful〔'wʌndəfəl〕*adj.* 很棒的

3. 春光明媚

「明媚」美好、可愛。形容「春景妙麗動人」，英文説成：*a bright spring day*，意思是「生氣蓬勃的春天」。【bright〔braɪt〕*adj.* 生氣蓬勃的】例如：On such *a bright spring day*, we may go sightseeing in the mountains. (在這春光明媚的一天，我們可以去山裡看風景。)

sightseeing〔ˈsaɪtˌsiɪŋ〕*n.* 遊覽；觀光
go sightseeing 遊覽；觀光

> *a bright spring day*
> = a bright and beautiful day in spring
> = a fine spring day

4. 春風滿面

字面意思是「春風吹拂滿臉上」，形容「滿臉笑容，心情喜悅或得意的表情」，英文説成：*beam with satisfaction*，意思是「感到滿足而笑」，就是「春風滿面」。【beam〔bim〕*v.* 堆滿笑容　　satisfaction〔ˌsætɪsˈfækʃən〕*n.* 滿意；滿足】例如：Knowing that he had passed the exam, he *beamed with satisfaction*. (得知他已通過考試，他一副春風滿面的樣子。)

> *beam with satisfaction*
> = be full of joy
> = be radiant with happiness

radiant〔ˈrediənt〕*adj.* 容光煥發的；笑容滿面的

5. 春`ㄔㄨㄣ`風`ㄈㄥ`化`ㄏㄨㄚˋ`雨`ㄩˇ`

「春風」春風吹拂，化育萬物；「化雨」雨水灌育草木。
指「適合草木生長的和風及雨水」，比喻「師長和藹親切的
教導」，英文說成：***inspirational teaching***，字面意思是
「鼓舞人心的教導」，引申為「春風化雨」。【inspirational
〔ˌɪnspəˈreʃənḷ〕*adj.* 鼓舞人心的】例如：Thanks to Prof.
Smith's ***inspirational teaching***, I can achieve success
today. (多虧史密斯教授的**春風化雨**，我才有今天的成就。)
【***thanks to*** 多虧；由於　　achieve〔əˈtʃiv〕*v.* (經努力
而) 獲得　　success〔səkˈsɛs〕*n.* 成功】

6. 春`ㄔㄨㄣ`暉`ㄏㄨㄟ`寸`ㄘㄨㄣˋ`草`ㄘㄠˇ`

此成語也可說成「寸草春暉」，源自唐代孟郊「遊子吟」：
誰言寸草心，報得三春暉。「春暉」春天的陽光，比喻
「父母」；「寸草」小草，比喻「子女」。意指「父母恩情
深重，子女難以報答」，英文說成：***a parent's love***，字
面意思是「父母親的愛」，引申為「春暉寸草」。例如：
It's hard to repay ***a parent's love***. (我們難以回報父母
親的**春暉寸草**。)【repay〔rɪˈpe〕*v.* 回報】

7. 春`ㄔㄨㄣ`宵`ㄒㄧㄠ`一`ㄧ`刻`ㄎㄜˋ`

「春宵」春夜，比喻「美好歡樂時光」。原本說成：春宵一
刻值千金，比喻「春夜歡樂時光美好可貴」。英文成語為：
magical moment，字面意思是「神奇的一刻」，引申為
「春宵一刻」。【magical〔ˈmædʒɪkḷ〕*adj.* 神奇的】例如：
We should cherish these ***magical moments***. (我們要珍
惜這**春宵一刻**。)【cherish〔ˈtʃɛrɪʃ〕*v.* 珍惜】

8. 春意闌珊

「闌珊」黯淡，凋落。意思是「春天的景象衰敗凋殘」，指
「春天將盡」，英文說成：*the final days of spring*，意思
是「春天最後的日子」，就是「春意闌珊」。例如：On *the
final days of spring*, I cannot but feel a sense of loss.
（一片**春意闌珊**，我不免感到失落。）【*cannot but* 不得
不；忍不住　*a sense of loss* 失落感】

> *the final days of spring*
> = the last days of spring
> = the declining days of spring
>
> decline〔dɪ'klaɪn〕*v.* 衰退

9. 春華秋實

「華」花，意指開花；「實」果實。原本說成：「春發其華，
秋收其實。」本意為「春天開花，秋天結果的自然景象」，
引申比喻「努力與成果過程的因果關係」，即有「春華」才
有「秋實」之意。英文諺語說成：*April showers bring
May flowers.* 字面意思是「四月陣雨帶來五月花開。」
【shower〔'ʃaʊɚ〕*n.* 陣雨】四月正是下春雨的時候，很
潮溼又老是陰天，但是下雨會有其好處，就是看到五月
的花朵盛開。如此的因果關係，引申為「春華秋實」。
例如：Don't be so frustrated. *April showers bring
May flowers.*（別這麼喪氣，終究會有**春華秋實**的一天。）
【frustrated〔'frʌstretɪd〕*adj.* 挫敗的】

44. 「夏、熱、汗」的中文成語英譯

　　背完了「春」開頭的成語，接下來背跟夏天
有關的成語。夏天很熱，容易流汗，所以這九
個成語依序爲「夏」、「熱」、「汗」。都是夏
天的情景。

夏雨雨人	a godsend
夏爐冬扇	like bringing sand to the beach
夏日可畏	a tyrant

熱火朝天	in full swing
熱情洋溢	brim with enthusiasm
熱淚盈眶	*One's* eyes brim with tears.

汗流浹背	sweat like a pig
汗馬功勞	distinguished service
汗牛充棟	enough books to fill a library

Unit 8　自然篇

【背景說明】

1. 夏ㄒㄧㄚ雨ㄩ雨ㄩ人ㄖㄣ

第一個「雨」是名詞，指「雨水」；第二個「雨」是動詞，指「下雨」。有如夏天的雨落在人身上，比喻「及時給人幫助」，相當於英文：***a godsend*** (ˈɡɑdˌsɛnd) *n.* 天賜之物。神送給你的東西，就如中文說乾旱時有天降甘霖一樣，表示「即時的幫助」，就是「夏雨雨人」。例如：When I had no one to turn to, John lent me a hand to fix my computer. His help was ***a godsend***. (當我無人可以求助時，約翰幫我修理好了電腦。他的幫助真是**夏雨雨人**。)

turn to 求助於　　***lend sb. a hand*** 幫助某人
fix (fɪks) *v.* 修理

> ***a godsend***
> = timely help
> timely (ˈtaɪmlɪ) *adj.* 及時的

2. 夏ㄒㄧㄚ爐ㄌㄨ冬ㄉㄨㄥ扇ㄕㄢ

字面意思是「夏天生火爐，冬天搧扇子」，比喻「做事不符合當時的需要，費了力氣而得不到好處」，英文說成：***like bringing sand to the beach***，字面意思是「就如帶沙到海灘去」，去海灘玩還帶著沙去，豈不是白費力氣的行為，引申為「沒有意義；徒勞無功」的意思。例如：Don't give her stationery as a present. It's ***like bringing sand to the beach***. (不要送她文具作為禮物，那就像**夏爐冬扇**。)

【stationery (ˈsteʃənˌɛrɪ) *n.* 文具】

3. 夏ㄒㄧㄚ日ㄖ可ㄎㄜˇ畏ㄨㄟˋ

意思是「夏天酷熱的太陽那麼可怕」，比喻「爲人嚴厲，令人畏懼」，英文説成：*a tyrant*〔'taɪrənt〕*n.* 蠻橫的人；暴君。tyrant 常常是用來意指「暴虐的君主」，但也可以引申爲「嚴厲而讓人害怕的人」，就像暴君一樣。例如：His father is *a tyrant* who insists on total silence at the dinner table.

（他父親眞是**夏日可畏**，堅持在飯桌吃飯時不准説話。）

【*insist on*　堅持　　silence〔'saɪləns〕*n.* 沉默；安靜】

4. 熱ㄖㄜˋ火ㄏㄨㄛˇ朝ㄔㄠˊ天ㄊㄧㄢ

字面意思是「熾熱的火焰向著天燃燒」，形容「群衆性的活動情緒熱烈，氣氛高漲」，英文説成：*in full swing*，字面意思是「搖擺到最高處」，引申爲「活躍；如火如荼」。

【swing〔swɪŋ〕*n.* 搖擺】例如：They are *in full swing* to prepare for the party.（他們正**熱火朝天**地籌備派對。）

5. 熱ㄖㄜˋ情ㄑㄧㄥˊ洋ㄧㄤˊ溢ㄧˋ

表示「熱烈的情感充分地流露出來」，英文説成：*brim with enthusiasm*，字面意思是「充滿著熱情」，就是「熱情洋溢」。

【brim〔brɪm〕*v.* 充滿　　*brim with* 充滿　　enthusiasm〔ɪn'θjuzɪˌæzəm〕*n.* 熱情】例如：Even though my teacher is fifty years old, she still *brims with enthusiasm*.

（即使我的老師已經五十歲了，她依然**熱情洋溢**。）

> *brim with enthusiasm*
> = glow with enthusiasm
> glow〔glo〕*v.* 發光；發熱

6. 熱(ㄖㄜˋ)淚(ㄌㄟˋ)盈(ㄧㄥˊ)眶(ㄎㄨㄤ)

「盈」充滿；「眶」眼眶。形容「心情激動得眼眶充滿了淚水」，英文說成：*One's eyes brim with tears*. 字面意思是「眼睛充滿著淚水」，就是「熱淚盈眶」。【brim〔brɪm〕*v.* 充滿】例如：Her *eyes brimmed with tears* when she was declared champion. (被宣佈為冠軍時，她**熱淚盈眶**。)【declare〔dɪˈklɛr〕*v.* 宣佈　champion〔ˈtʃæmpɪən〕*n.* 冠軍】同義的說法有：Tears well up in *one's* eyes. 意思是「眼淚在眼睛裡湧起」，也是「熱淚盈眶」的意思。【tear〔tɪr〕*n.* 淚水　well〔wɛl〕*v.* 湧出】例如：Alice felt tears well up in her eyes when she waved good-bye to her parents. (跟她父母揮手道別時，艾莉絲熱淚盈眶。)【wave〔wev〕*v.* 揮手表示】

> *One's eyes brim with tears*.
> = *One's* eyes fill with tears.
> = *One's* eyes run over with tears.

fill〔fɪl〕*v.* 充滿　　***run over*** 溢出；滿出

7. 汗(ㄏㄢˋ)流(ㄌㄧㄡˊ)浹(ㄐㄧㄚ)背(ㄅㄟˋ)

「浹」溼透。指「汗流很多，溼透了背部」。英文說成：*sweat like a pig*，字面上是「像豬一樣流汗」，一般認為豬是又髒又臭的動物，流了很多汗，就會給人又髒又臭的感覺，引申為「汗流浹背」的意思。【sweat〔swɛt〕*v.* 流汗　*n.* 汗】例如：It's hot out here. I'm *sweating like a pig*. (這裡很熱，我都**汗流浹背**了。)

> *sweat like a pig*
> = sweat profusely
> = be soaked with sweat

profusely〔prə'fjuslɪ〕*adv.* 大量地

soak〔sok〕*v.* 使溼透

8. 汗馬功勞

「汗馬」使戰馬辛苦勞累而流汗，比喻征戰辛苦。原本指「征戰的功勞」，現在指「辛勤工作做出的貢獻」，英文説成：*distinguished service*，字面意思是「傑出的貢獻」，就是「汗馬功勞」。【distinguished〔dɪ'stɪŋgwɪʃt〕*adj.* 卓越的 service〔'sɝvɪs〕*n.* 貢獻】例如：He was promoted due to his *distinguished service*.（他因立下**汗馬功勞**而升遷。）【promote〔prə'mot〕*v.* 使升遷　*due to* 由於】

9. 汗牛充棟

「汗牛」指運送書籍時，以牛負載，累得出汗；「棟」房子；「充棟」指書籍繁多，堆滿整幢房屋。故「汗牛充棟」形容「書籍極多」，相當於英文：*enough books to fill a library*，字面意思是「書多到足以填滿圖書館」，就是中文的「汗牛充棟」。例如：The professor has *enough books to fill a library*.（那教授的書籍**汗牛充棟**。）【professor〔prə'fɛsɚ〕*n.* 教授】

45. 「秋」的中文成語英譯

　　背完了「夏」的中英文成語，這個單元要背和「秋」相關的成語。前六個成語是以「秋」開頭，後三個則是以「秋」結尾、背完了這些成語，會發現自己更了解「秋天」了。

秋高氣爽	crisp autumn weather
秋水伊人	feel nostalgic
秋月春風	golden years

秋風落葉	make a clean sweep of
秋毫無犯	highly disciplined
秋後算帳	square up later

一日三秋	Absence makes the heart grow fonder.
多事之秋	troubled times
各有千秋	Each has its merits.

【背景説明】

1. 秋ㄑ高ㄍ氣ㄑ爽ㄕ

形容「深秋天空清朗，氣候涼爽」，英文説成：*crisp autumn weather*，意思是「天氣涼爽的秋天」，就是「秋高氣爽」。【crisp〔krɪsp〕*adj.* 涼爽的；清新的】例如：Let's go hiking and enjoy *the crisp autumn weather*.（我們一起去爬山，並享受這**秋高氣爽**的天氣吧。）【*go hiking* 去爬山】

> *crisp autumn weather*
> = the clear and crisp days of autumn
> clear〔klɪr〕*adj.* 晴朗的

2. 秋ㄑ水ㄕ伊一人ㄖ

「伊人」那個人，多指女性。此語出自詩經：「所謂伊人，在水一方」，字面意思是「在水的那一邊，有讓人思念的人」，比喻「面對景物而思念人」，英文説成：*feel nostalgic*，意思是「感到懷舊的；想起過往的」。【nostalgic〔nɑs'tældʒɪk〕*adj.* 懷舊的】例如：When I visit my hometown, I cannot but *feel nostalgic* about my first love.（當我回到家鄉，我不禁**秋水伊人**想起我的初戀。）【hometown〔'hom'taʊn〕*n.* 家鄉　　*cannot but* 不禁　　*first love* 初戀】

3. 秋ㄑ月ㄩㄝ春ㄔ風ㄈ

字面意思是「皎潔的秋月，和煦的春風」，比喻「美好的時光、景致」，相當於英文：*golden years*，字面意思是「黃金時光」，而黃金象徵美好，因此比喻為「美好的時光」。【golden〔'goldn̩〕*adj.* 金色的；極好的】

例如：My father likes to talk about the *golden years* he spent with his best friends. (我父親喜歡講述他年輕時，跟好朋友一起度過的**秋月春風**。)

4. 秋_{ㄑㄧㄡ}風_{ㄈㄥ}落_{ㄌㄨㄛ}葉_{ㄧㄝ}

秋風吹起，樹葉凋零，比喻「勢力強大，掃除一切」，相當於英文：*make a clean sweep of*，意思是「完全掃除」，就是「秋風落葉」。【sweep〔swip〕*n. v.* 清掃】例如：Our powerful army *made a clean sweep of* the enemy.
(我們強大的軍隊如**秋風落葉**般把敵人殲滅。)
【army〔'ɑrmɪ〕*n.* 軍隊　　enemy〔'ɛnəmɪ〕*n.* 敵人】

> *make a clean sweep of*
> = sweep away
> = clean off

clean off 清除掉

5. 秋_{ㄑㄧㄡ}毫_{ㄏㄠ}無_ㄨ犯_{ㄈㄢ}

「秋毫」秋天鳥獸所生的細毛。指「連細微的秋毫都不侵犯」，比喻「對任何東西都不侵犯、不動用」，相當於英文：*highly disciplined*，意思是「非常守紀律的」，就是「秋毫無犯」。【highly〔'haɪlɪ〕*adv.* 非常地　　disciplined〔'dɪsəplɪnd〕*adj.* 守紀律的】例如：When the armies marched across the town, they were *highly disciplined*.
(當軍隊行軍經過這座小鎮時，他們**秋毫無犯**。)
【march〔mɑrtʃ〕*v.* 行軍】

Unit 8 自然篇

6. 秋‹ᵈ後‹ᵒᵘ算‹ᵘᵃⁿ帳‹ᵘᵃⁿᵍ

字面意思是「秋收後結清欠帳」，比喻「等待時機進行報
復」，英文說成：*square up later*，原來的意思是「之
後結帳」，引申為「報復」，就是「秋後算帳」。【square
〔skwɛr〕v. 結清　　*square up* 結清；報仇】例如：
I am afraid that he will *square up* with me *later*.
（我害怕他會找我**秋後算帳**。）

> *square up later*
> = settle accounts afterwards
> settle〔'sɛtḷ〕v. 結算　　account〔ə'kaʊnt〕n. 帳目
> *settle accounts* 結帳；復仇
> afterwards〔'æftə·wə·dz〕adv. 之後

7. 一ᵢ日ᵈ三ᵃⁿ秋‹ᵒᵘ

「三秋」三年。也可說成「一日不見，如隔三秋」，表示
「雖只一日不見，卻好像隔了三年的時間」，比喻「思念
心切」，英文諺語為：*Absence makes the heart grow
fonder.* 意思是「分離讓愛更深；離別更增思念之情。」
就是「一日三秋」。【absence〔'æbsns〕n. 不在；缺席
fond〔fɑnd〕adj. 喜愛的】例如：A: He's only been
gone one day and I miss him already. B: *Absence
makes the heart grow fonder*.（A：他才離開一天，我
已經開始想念他了。B：猶如**一日三秋**吧。）

8. 多事之秋

「秋」時期。意思是「發生很多事變的時期」，形容「國家不安定」，英文説成：***troubled times***，意思是「不安定的時期」，就是「多事之秋」。【troubled〔'trʌbḷd〕*adj.* 不安的；動亂的　　times〔taɪmz〕*n.* 時代】例如：These are ***troubled times*** for our country.（我們國家正臨**多事之秋**。）

> ***troubled times***
> = a year of many troubles
> = an eventful year

eventful〔ɪ'vɛntfəl〕*adj.* 變故多的；多事的

9. 各有千秋

「千秋」千年。引申爲「久遠」，各有其長期存在的價值，比喻「各有各的長處，各有各的特色」，英文説成：***Each has its merits.*** 字面意思是「各有各的優點。」就是「各有千秋。」【merit〔'mɛrɪt〕*n.* 優點】例如：It's hard to determine the winner. ***Each has its merits.***（很難決定誰是贏家。他們**各有千秋**。）【determine〔dɪ't͡ʒmɪn〕*v.* 決定】另外，如果「各有千秋」指的是二個人，也可以用：Each has his/her merits.

Each has its merits.
= Each has its strong points.
strong point 優點

46. 「冬、寒、冷」的中文成語英譯

　　背完了「秋」開頭的中英文成語，最後進入到跟「冬」相關的成語，順序是「冬」、「寒」、「冷」，就是「冬天很寒冷」的順序。背完這九個，就背完春夏秋冬的成語了。

冬暖夏涼	**warm in winter and cool in summer**
冬溫夏清	**be attentive to** *one's* **parents**
冬日可愛	**a ray of sunshine**

寒冬臘月	**in the dead of winter**
寒氣逼人	**There is a nip in the air.**
寒風刺骨	**The cold wind cuts** *one* **to the bone.**

冷若冰霜	**cold as ice**
冷眼旁觀	**look on indifferently**
冷嘲熱諷	**mock and ridicule**

Unit 8　自然篇

【背景説明】

1. 冬(ㄉㄨㄥ)暖(ㄋㄨㄢ)夏(ㄒㄧㄚ)涼(ㄌㄧㄤ)

意思是「冬天溫暖，夏天涼爽」，英文説成：*warm in winter and cool in summer*。例如：This house is *warm in winter and cool in summer*. (這棟房子**冬暖夏涼**。)

2. 冬(ㄉㄨㄥ)溫(ㄨㄣ)夏(ㄒㄧㄚ)清(ㄑㄧㄥ)

字面意思是「冬天使父母溫暖，夏天使父母涼爽」，指「爲人子女注重侍奉雙親的禮節」，英文説成：*be attentive to one's parents*，意思是「對父母很體貼」，就是「**冬溫夏清**」。【attentive 〔əˋtɛntɪv〕*adj.* 體貼的；注意的　　*be attentive to* 　對…體貼；注意】例如：John is praised for *being attentive to his parents*. (約翰對父母**冬溫夏清**，而因此受到讚賞。)【praise 〔prez〕*v.* 稱讚】

3. 冬(ㄉㄨㄥ)日(ㄖ)可(ㄎㄜ)愛(ㄞ)

意思是「冬天的太陽，使人感到溫暖」，比喻「爲人和藹可親」，英文説成：*a ray of sunshine*，字面意思是「一道陽光」，陽光讓人感到舒服、溫暖，所以引申爲「**冬日可愛**」。【ray 〔re〕*n.* 光線】例如：Alice is *a ray of sunshine* that dispels our cloudy mood. (愛麗絲爲人**冬日可愛**，化解我們憂鬱的心情。)【dispel 〔dɪˋspɛl〕*v.* 消除；驅散　　cloudy 〔ˋklaʊdɪ〕*adj.* 陰天的；憂鬱的　mood 〔mud〕*n.* 心情】

> ***a ray of sunshine***
> = amiable
> = affable

amiable〔'emɪəbḷ〕*adj.* 和藹的
affable〔'æfəbḷ〕*adj.* 和善的；好親近的

4. 寒冬臘月

「臘月」指農曆十二月。寒冬臘月「指最寒冷的十二月天」，相當於英文：***in the dead of winter***，字面意思是「冬天最寂靜的時候」，引申為「萬物一切都沒活動的時刻」，也就是「寒冬臘月」。【the dead 最寂靜的時候】例如：***In the dead of winter***, we sit around the stove. (**寒冬臘月**時，我們圍爐而坐。)【stove〔stov〕*n.* 火爐；暖爐】

> ***in the dead of winter***
> = in freezing winter

freezing〔'frizɪŋ〕*adj.* 極冷的

5. 寒氣逼人

「逼人」侵襲。形容「極為寒冷」，英文說成：***There is a nip in the air***. 字面意思是「空氣會咬人」，引申為「空氣很寒冷」，就是「寒氣逼人」。【nip〔nɪp〕*n.* 捏；咬；寒冷】例如：Carry a coat; ***there is a nip in the air*** today.
(帶件大衣吧，今天**寒氣逼人**。)
【carry〔'kærɪ〕*v.* 攜帶　　coat〔kot〕*n.* 大衣】

Unit 8　自然篇

6. 寒風刺骨

字面意思是「寒冷的風刺入骨髓」，形容「極度寒冷」，英文說成：*The cold wind cuts one to the bone*. 字面意思是「寒冷的風切到骨頭。」就是「寒風刺骨。」【*to the bone* 入骨；刺骨】例如：No exaggeration. *The cold wind cuts me to the bone*. (一點也不誇張，我真的感到**寒風刺骨**。)【exaggeration〔ɪgˌzædʒəˈreʃən〕*n.* 誇大】

> *The cold wind cuts one to the bone*.
> = The cold wind penetrates *one's* bones.
> = The wind is piercingly cold.

penetrate〔ˈpɛnəˌtret〕*v.* 穿透
piercingly〔ˈpɪrsɪŋlɪ〕*adv.* 刺透地

7. 冷若冰霜

字面意思是「冷得像冰霜一樣」，比喻「待人接物毫無感情，像冰霜一樣冷」，英文說成：*cold as ice*，例如：Lisa is always *cold as ice*. Nothing seems to excite her.
(麗莎總是**冷若冰霜**。似乎沒有事情能使她興奮。) 倘若要說「對某人冷若冰霜」，則可說成：give *sb*. the cold shoulder，字面意思是「給某人冷的肩膀」，肩膀應該是給人依靠的地方，所以，給別人冷的肩膀引申為「冷淡」，就是「冷若冰霜」。例如：After being dumped by her ex-boyfriend, she gave suitors the cold shoulder.
(被她前男友拋棄後，她對追求者都冷若冰霜。)
【dump〔dʌmp〕*v.* 拋棄；丟　suitor〔ˈsutɚ〕*n.* 追求者】

> *give sb. the cold shoulder*
> = treat *sb*. coldly
> treat〔trit〕*v.* 對待　　coldly〔ˈkoldlɪ〕*adv.* 冷淡地

8. 冷^{ㄌㄥˇ}眼^{ㄧㄢˇ}旁^{ㄆㄤˊ}觀^{ㄍㄨㄢ}

「冷眼」冷靜的眼光。形容「用冷靜的眼光在旁觀察」，比喻「漠不關心」，翻譯成英文是：*look on indifferently*，意思是「在旁邊冷淡地看著」，就是「冷眼旁觀」。【*look on* 旁觀　indifferently〔ɪnˈdɪfərəntlɪ〕*adv.* 冷淡地】例如：People *looked on indifferently* when a woman was robbed. (當一名婦人被搶時，旁人只是冷眼旁觀。)【rob〔rɑb〕*v.* 搶劫】

> *look on indifferently*
> = look on coldly
> = watch indifferently

9. 冷^{ㄌㄥˇ}嘲^{ㄔㄠˊ}熱^{ㄖㄜˋ}諷^{ㄈㄥˇ}

「冷」不熱情，引申為「嚴峻」；「熱」溫度高，引申為「辛辣」。形容「尖酸、刻薄的嘲笑和諷刺」，英文說成：*mock and ridicule*，意思是「嘲笑及戲弄」，就是「冷嘲熱諷」。【mock〔mɑk〕*v.* 嘲笑　ridicule〔ˈrɪdɪˌkjul〕*v.* 嘲笑；戲弄】例如：It's wrong to *mock and ridicule* others. (對他人冷嘲熱諷是不對的。)同義的說法：dig at，dig〔dɪg〕是「挖；刺」，對他人又挖又刺，就是中文「挖苦」的意思，也就是「冷嘲熱諷」。例如：He likes to dig at his co-workers. (他很喜歡對他的同事冷嘲熱諷。)【co-worker〔ˈkoˈwɜkɚ〕*n.* 同事】dig 也可以當名詞，所以也可以說成：take a dig at。

> *mock and ridicule*
> = dig at
> = take a dig at

47. 「風、雨、雪」的中文成語英譯

　　背完了「春、夏、秋、冬」的中英文成語，一定很有成就感。現在背其他大自然現象的成語：各以「風」、「雨」、「雪」開頭，都是常見的景象。

風土人情	local customs and practices
風雲人物	man of the hour
風華正茂	in *one's* prime

雨過天晴	The storm subsides and the sky clears.
雨後春筍	pop up like weeds
雨恨雲愁	cannot tear *oneself* away from

雪上加霜	one disaster after another
雪中送炭	timely assistance
雪窗螢火	burn the midnight oil

【背景説明】

1. 風ㄈ土ㄊ人ㄖ情ㄑ

「風土」山川、風俗、氣候等總稱;「人情」人的性情、習慣。也可寫成「風土民情」,表示「一地的鄉土風俗」,英文説成:***local customs and practices***,意思是「當地的風俗與慣例」,就是「風土人情」。【local 〔'lokl 〕*adj.* 當地的　　custom 〔'kʌstəm 〕*n.* 習俗　　practice 〔'præktɪs 〕*n.* 慣例】例如:We have to adapt to the ***local customs and practices*** of the town. (我們必須適應這小鎮的**風土人情**。)

【adapt 〔 ə'dæpt 〕*v.* 適應　　***adapt to*** 適應】

> ***local customs and practices***
> = local conditions and customs
> conditions 〔 kən'dɪʃənz 〕*n. pl.* 情況;環境

2. 風ㄈ雲ㄩ人ㄖ物ㄨ

「風雲」比喻快速發展變化的形勢、環境。這個成語表示「得勢並影響大局的人物」,英文説成:***man of the hour***,字面意思是「某特定時候的人」,引申爲「某個時空下的代表人物」,就是「風雲人物」。【hour 〔 aʊr 〕*n.* 某一時刻】例如:Kevin was the ***man of the hour*** in college as student council president. (凱文身爲學生會主席,是大學裡的**風雲人物**。)

council 〔'kaʊnsl 〕*n.* 會議
president 〔'prɛzədənt 〕*n.* 主席

> **man of the hour**
> = man of the day
> = influential man

the day 那時代；當時　　**man of the day** 當代名人
influential〔ˌɪnfluˈɛnʃəl〕*adj.* 有影響力的

3. 風ㄈㄥ華ㄏㄨㄚ正ㄓㄥ茂ㄇㄠˋ

「風」風采;「華」才華;「茂」旺盛。表示「正值青春
煥發、風采動人和才華橫溢的時候」,形容「年輕有爲,
才華橫溢」,相當於英文:*in one's prime*,字面意思是
「在最佳狀態」,就是「風華正茂」。例如:*In her prime,*
she was a successful business owner.（在她風華正茂
時,她成爲成功的老闆。）
successful〔səkˈsɛsfəl〕*adj.* 成功的
owner〔ˈonɚ〕*n.* 老闆;物主

> **in one's prime**
> = in the flower of youth

flower〔ˈflauɚ〕*n.* 精華;最盛時　　youth〔juθ〕*n.* 青春

4. 雨ㄩˇ過ㄍㄨㄛˋ天ㄊㄧㄢ晴ㄑㄧㄥˊ

表示「下過雨後天空放晴」,英文説成:*The storm subsides
and the sky clears.* 意思是「暴風雨消退,且天空放晴。」
【storm〔stɔrm〕*n.* 暴風雨　　subside〔səbˈsaɪd〕*v.*
消退　　clear〔klɪr〕*v.* 變晴朗】例如:After *the storm
subsided and the sky cleared*, everything looked fresh
again.（雨過天晴後,一片清新。）
【fresh〔frɛʃ〕*adj.* 清新的】

5. 雨ㄩˇ後ㄏㄡˋ春ㄔㄨㄣ筍ㄙㄨㄣˇ

字面意思是「春筍在雨後長得又多又快」，比喻「事物在某一時期新生之後大量湧現，迅速發展」，英文說成：*pop up like weeds*，字面意思是「如雜草般湧現」，引申爲「大量迅速出現」，就是「雨後春筍」。【*pop up* 湧現　　weed〔wid〕*n.* 雜草　　*like weeds* 大量地】例如：Last year, Internet cafés *popped up like weeds*. (去年，網咖如雨後春筍般湧現。)【café〔kə'fe〕*n.* 咖啡店 *Internet café* 網路咖啡店】

6. 雨ㄩˇ恨ㄏㄣˋ雲ㄩㄣˊ愁ㄔㄡˊ

字面意思是「惹人愁恨的雲和雨」，比喻「男女間離別之情」，翻譯成英文：*cannot tear oneself away from*，意思是「無法分離」，就是「雨恨雲愁」。【tear〔tɛr〕*v.* 撕開；分裂】例如：Lily planned to go abroad to study, but she *could not tear herself away from* her boyfriend. (莉莉打算出國唸書，但她想到要和男友分離，不禁有種雨恨雲愁的感傷。)

【abroad〔ə'brɔd〕*adv.* 去國外】

> *cannot tear oneself away from* 無法離開
> = be reluctant to part with
> = be unable to part with

reluctant〔rɪ'lʌktənt〕*adj.* 不情願的
part〔part〕*v.* 分開
part with 捨棄；割捨；和…分手

7. 雪ㄒㄩㄝ上ㄕㄤ加ㄐㄧㄚ霜ㄕㄨㄤ

雪害加上霜害，是害上加害。比喻「禍患接踵而至，使傷害加重」，英文說成：*one disaster after another*，意思是「一個接一個的災害」，就是「雪上加霜」。【disaster〔dɪzˈæstɚ〕*n.* 災害；災難　　*one after another* 一個接一個】例如：The people suffered from *one disaster after another*; an earthquake and a heavy storm followed by flood. （人們遭受地震、強烈暴風雨以及洪水的侵襲，真是**雪上加霜**。）
suffer from 遭受　　earthquake〔ˈɝθˌkwek〕*n.* 地震
storm〔stɔrm〕*n.* 暴風雨　　flood〔flʌd〕*n.* 洪水

8. 雪ㄒㄩㄝ中ㄓㄨㄥ送ㄙㄨㄥ炭ㄊㄢ

字面意思是「在下雪天送炭給人取暖」，比喻「在人艱困危急之時，給予適時的援助」，英文說成：*timely assistance*，意思是「及時的幫助」，就是「雪中送炭」。【timely〔ˈtaɪmlɪ〕*adj.* 及時的；適時的　　assistance〔əˈsɪstəns〕*n.* 幫助】例如：I really appreciated your *timely assistance*. （我很感激你**雪中送炭**。）【appreciate〔əˈpriʃɪˌet〕*v.* 感激】

9. 雪ㄒㄩㄝ窗ㄔㄨㄤ螢ㄧㄥ火ㄏㄨㄛ

「雪窗」白雪映在窗上；「螢火」螢火蟲發出來的光。比喻「勤學苦讀」，英文說成：*burn the midnight oil*，字面意思是「點夜燈」，引申為「熬夜；開夜車苦讀」(= *study very hard*)，就是「雪窗螢火」。【burn〔bɝn〕*v.* 燃燒 midnight〔ˈmɪdˌnaɪt〕*adj.* 午夜的　　oil〔ɔɪl〕*n.* 油】例如：To finish the project in time, I'll have to *burn the midnight oil*. （為能夠及時完成計畫，我得**雪窗螢火**努力了。）【project〔ˈprɑdʒɛkt〕*n.* 計畫　　*in time* 及時】

48. 「山、海、天」的中文成語英譯

　　背完了「風、雨、雲」開頭的中英文成語，
最後進入「山、海、天」開頭的成語。不論是
山、海還是天，對人類來說都是寬廣、無邊無
際的自然景觀，所以他們也就有類似的引申之
意。

山珍海味	a luxurious feast
山高水長	of lasting influence
山窮水盡	come to a dead end

海闊天空	nothing but blue skies
海誓山盟	a solemn pledge of love
海納百川	open-minded

天怒人怨	an uproar
天從人願	by the grace of God
天倫之樂	the happiness of family union

Unit 8　自然篇

【背景説明】

1. 山珍海味

   字面意思是「山野和海裡出產的各種珍貴食品」。泛指「豐富的菜肴」，英文説成：***a luxurious feast***，意思是「奢華的饗宴」，就是「山珍海味」。【luxurious〔lʌgˈʒʊrɪəs〕*adj.* 豪華的；奢侈的　feast〔fist〕*n.* 盛宴】例如：At the fancy restaurant, we enjoyed *a luxurious feast*.
   （在這家高級餐廳裡，我們享用**山珍海味**。）
   【fancy〔ˈfænsɪ〕*adj.* 昂貴的；時髦的】

2. 山高水長

   字面意思是「像山一樣的高聳，如水一樣的長流」，比喻「人品高潔，流傳久遠」，英文説成：***of lasting influence***，字面意思是「有持久的影響力」，也就是「山高水長」。
   【lasting〔ˈlæstɪŋ〕*adj.* 持久的　influence〔ˈɪnflʊəns〕*n.* 影響力】例如：His integrity makes him a man *of lasting influence*.（他的清高正直**山高水長**。）
   【integrity〔ɪnˈtɛgrətɪ〕*n.* 清高；正直】

3. 山窮水盡

   字面意思是「山和水都到了盡頭」，比喻「無路可走，陷入絕境」。英文説成：***come to a dead end***，字面意思是「到了盡頭」，引申為「到了絕境」，也就是「山窮水盡」。【***dead end*** 盡頭；困境】例如：We have *come to a dead end*, with no way out.（我們已經**山窮水盡**，沒有任何法子了。）

同義的說法是：be at *one's* wit's end，字面意思是「在智慧的末端」，引申為「沒有法子了」，也就是「山窮水盡」。【wit〔wɪt〕*n.* 智慧】例如：I have tried many times, now I am at my wit's end. (我已經試過好幾次了，現在我真的山窮水盡了。)

> ***come to a dead end***
> = be at *one's* wit's end
> = be at the end of *one's* rope
> = be at the end of *one's* tether

rope〔rop〕*n.* 繩索
tether〔'tɛðɚ〕*n.* (拴牲畜的) 繫繩
be at the end of *one's* ***rope/tether***　到了窮途末路

4. 海闊天空

字面意思是「像海洋一樣遼闊，向天空一樣無邊無際」，比喻「心胸開闊、心情開朗」，相當於英文：***nothing but blue skies***，字面意思是「只有藍色的天空」，引申為「視野的廣大」，就是「海闊天空」。【***nothing but*** 只有】例如：Leave your troubles behind, and you will see ***nothing but blue skies***. (把你的煩惱拋到腦後，你就會感到**海闊天空**。)
【***leave behind*** 遺留；忘記　　trouble〔'trʌbḷ〕*n.* 煩惱】

5. 海誓山盟

「誓」誓言；「盟」盟約。多指「男女之間，誓言盟約如山海般堅固持久，永恆不變」，英文說成：***a solemn pledge of love***，字面意思是「嚴肅莊重的愛的誓言」，就是「海誓山盟」。

【solemn〔'saləm〕*adj.* 嚴肅的；莊重的　　pledge
〔plɛdʒ〕*n.* 誓言】例如：John made *a solemn pledge of*
love to Mary.（約翰對瑪莉許下**海誓山盟**，要永遠愛她。）

6. 海ㄏㄞˇ納ㄋㄚˋ百ㄅㄞˇ川ㄔㄨㄢ

「納」容納，包容。字面意思是「大海廣納從各地流入的
河川」，形容「人有大度量」，英文說成：*open-minded*
〔'opən'maɪndɪd〕*adj.* 心胸寬闊的；無偏見的。例如：
In order to improve, we have to be *open-minded*
to different ideas.（為了進步，我們必須**海納百川**，接
受不同的想法。）
【improve〔ɪm'pruv〕*v.* 改善；進步】

> *open-minded*
> = broad-minded
> = liberal

broad〔brɔd〕*adj.* 寬的
liberal〔'lɪbərəl〕*adj.* 心胸寬大的；開明的

7. 天ㄊㄧㄢ怒ㄋㄨˋ人ㄖㄣˊ怨ㄩㄢˋ

字面意思是「上天憤怒，人民怨恨」，形容「禍害深廣，作
惡多端，而爆發的積怨」，英文說成：*an uproar*，字面意
思是「騷動」，引申為「不滿」，就是「天怒人怨」。【uproar
〔'ʌp,ror〕*n.* 公憤；騷動】例如：The new policy caused
an uproar among the people.（那新政策造成**天怒人怨**。）
【policy〔'paləsɪ〕*n.* 政策】

8. 天從人願

字面意思是「上天順應人的意願」，比喻「事態發展順心如意」，英文說成：*by the grace of God*，字面意思是「承蒙上帝的恩典」，就是「天從人願」。【grace〔gres〕*n.* 恩典】例如：We finally succeeded *by the grace of God*.（**天從人願**，我們最後成功了。）【succeed〔sək'sid〕*v.* 成功】有時，我們也會說「天不從人願」，表示「事情發展不順利」，英文可說成：Things did not go *one's* way. 例如：We did our best, but things did not go our way. We lost the game in the end.（我們盡力了，但天不從人願，我們比賽最後還是輸了。）

9. 天倫之樂

「倫」關係；「天倫」父子、兄弟等親屬關係。形容「骨肉團聚的歡樂」，英文說成：*the happiness of family union*。【union〔'junjən〕*n.* 聯合】例如：Whenever I go abroad, I cannot but think of my parents because I miss *the happiness of family union*.（每當

我出國，我不由得想起我的父母，因為我很想念我們的**天倫之樂**。）

abroad〔ə'brɔd〕*adv.* 到國外

cannot but 忍不住；不得不　　*think of* 想到

miss〔mɪs〕*v.* 想念

Unit 8 成果驗收

一面唸出中文成語，一面說英文。

1. 春寒料峭	_____	28. 冬暖夏涼	_____
2. 春暖花開	_____	29. 冬溫夏清	_____
3. 春光明媚	_____	30. 冬日可愛	_____
4. 春風滿面	_____	31. 寒冬臘月	_____
5. 春風化雨	_____	32. 寒氣逼人	_____
6. 春暉寸草	_____	33. 寒風刺骨	_____
7. 春宵一刻	_____	34. 冷若冰霜	_____
8. 春意闌珊	_____	35. 冷眼旁觀	_____
9. 春華秋實	_____	36. 冷嘲熱諷	_____
10. 夏雨雨人	_____	37. 風土人情	_____
11. 夏爐冬扇	_____	38. 風雲人物	_____
12. 夏日可畏	_____	39. 風華正茂	_____
13. 熱火朝天	_____	40. 雨過天晴	_____
14. 熱情洋溢	_____	41. 雨後春筍	_____
15. 熱淚盈眶	_____	42. 雨恨雲愁	_____
16. 汗流浹背	_____	43. 雪上加霜	_____
17. 汗馬功勞	_____	44. 雪中送炭	_____
18. 汗牛充棟	_____	45. 雪窗螢火	_____
19. 秋高氣爽	_____	46. 山珍海味	_____
20. 秋水伊人	_____	47. 山高水長	_____
21. 秋月春風	_____	48. 山窮水盡	_____
22. 秋風落葉	_____	49. 海闊天空	_____
23. 秋毫無犯	_____	50. 海誓山盟	_____
24. 秋後算帳	_____	51. 海納百川	_____
25. 一日三秋	_____	52. 天怒人怨	_____
26. 多事之秋	_____	53. 天從人願	_____
27. 各有千秋	_____	54. 天倫之樂	_____

UNIT 9 特殊結構篇

偷偷摸摸
on the sly

※這個單元54個中文成語，全部與「特殊結構」
有關，環環相扣，可以一個接一個背。

Unit 9 特殊結構篇

📖 中英文一起背，背至 2 分鐘以內，終生不忘記。

1. 原原本本　**from beginning to end**
2. 堂堂正正　**upright**
3. 安安穩穩　**stable**
4. 轟轟烈烈　**vigorous**
5. 風風雨雨　**gossip**
6. 沸沸揚揚　**give rise to much discussion**
7. 吞吞吐吐　**hem and haw**
8. 偷偷摸摸　**on the sly**
9. 戰戰兢兢　**walk on eggshells**

10. 謙謙君子　**a modest, self-disciplined gentleman**
11. 彬彬有禮　**urbane**
12. 面面俱到　**cover all the bases**
13. 井井有條　**be shipshape**
14. 孜孜不倦　**diligently**
15. 循循善誘　**teach with skill and patience**
16. 芸芸眾生　**all living things**
17. 念念不忘　**always remember**
18. 津津樂道　**talk with great enthusiasm**

19. 神乎其神　**fantastic**
20. 聞所未聞　**never heard of**
21. 數不勝數　**countless**
22. 天外有天　**There is always somebody better.**
23. 精益求精　**always striving to improve**
24. 人無完人　**Nobody is perfect.**
25. 防不勝防　**impossible to guard against**
26. 忍無可忍　**be pushed to *one's* limit**
27. 痛定思痛　**Lesson learned.**

28.	得意洋洋	walk on air
29.	神采奕奕	in good spirits
30.	含情脈脈	full of tender affection
31.	人才濟濟	There is a wealth of talents.
32.	大名鼎鼎	celebrated
33.	小心翼翼	with extreme caution
34.	千里迢迢	far far away
35.	風塵僕僕	be travel-worn and weary
36.	飢腸轆轆	as hungry as a wolf

37.	有始有終	finish what *one* started
38.	盡心盡力	take great pains
39.	克勤克儉	hard-working and frugal
40.	多才多藝	multi-talented
41.	活靈活現	vivid
42.	無拘無束	free and easy
43.	畢恭畢敬	hat in hand
44.	獨來獨往	a lone wolf
45.	暴飲暴食	overindulge in food

46.	就事論事	discuss *sth.* on its own merits
47.	人云亦云	parrot
48.	以訛傳訛	circulate erroneous reports
49.	應有盡有	everything under the sun
50.	討價還價	haggle over the price
51.	出爾反爾	go back on *one's* word
52.	將計就計	beat one at *one's* own game
53.	見怪不怪	become hardened to *sth.*
54.	自然而然	come very naturally

Unit 9 特殊結構篇

49.「AABB」型的中文成語英譯

　　下面的成語排列結構為 AABB 的形式，好奇這些疊字成語的英文怎麼說嗎？看下去就對了！這些成語結構特殊，好記又好玩，背至 20 秒，終生不忘記。

原原本本	**from beginning to end**
堂堂正正	**upright**
安安穩穩	**stable**

轟轟烈烈	**vigorous**
風風雨雨	**gossip**
沸沸揚揚	**give rise to much discussion**

吞吞吐吐	**hem and haw**
偷偷摸摸	**on the sly**
戰戰兢兢	**walk on eggshells**

【背景説明】

1. 原原本本

   意指「忠實地」、「一模一樣地」，英文説成：***from beginning to end***，也就是「從開始到結尾」。例如：The New York Times reported what I said ***from beginning to end***.（紐約時報**原原本本**地將我説的話給報導出來。）

   > ***from beginning to end***
   > = exactly as it is

2. 堂堂正正

   字面的意思是「排列整齊」，引申爲「爲人處世光明磊落、剛正不阿」，英文説成：***upright*** 〔'ʌp,raɪt〕*adj.* 正直的；誠實的。例如：An ***upright*** person like Tom never cheats.（像湯姆這樣**堂堂正正**的人，絕不會欺騙人。）

   > ***upright***
   > = virtuous
   > = incorruptible

   virtuous 〔'vɝtʃʊəs〕*adj.* 有品德的
   incorruptible 〔,ɪnkə'rʌptəbl̩〕*adj.* 不腐敗的；清廉的

3. 安安穩穩

   意指「穩定」、「沒有太大的變化」，英文説成：***stable*** 〔'stebl̩〕*adj.* 穩定的。例如：Parents always want their children to live a ***stable*** life with a steady income.（父母親都希望小孩能過一個有固定收入的**安安穩穩**的生活。）
   steady 〔'stɛdɪ〕*adj.* 穩定的；固定的
   income 〔'ɪn,kʌm〕*n.* 收入

> *stable*
> = secure
> = balanced

secure〔sɪ'kjur〕*adj.* 安全的；穩固的
balanced〔'bælənst〕*adj.* 平衡的；穩定的

4. 轟ㄏㄨㄥ轟ㄏㄨㄥ烈ㄌㄧㄝ烈ㄌㄧㄝ

「轟轟」巨大的聲響；「烈烈」火焰熊熊燃燒的樣子。這個成語是用以形容「聲勢浩大」或「驚天動地」，英文說成：
vigorous〔'vɪgərəs〕*adj.* 精力充沛的；猛烈的。例如：
Their friendship accelerated into a
vigorous romance.（他們的友誼很快
就發展成為一場**轟轟烈烈**的戀愛。）

【accelerate〔æk'sɛlə,ret〕*v.* 加速】

> *vigorous*
> = vibrant

vibrant〔'vaɪbrənt〕*adj.* 充滿活力的

5. 風ㄈㄥ風ㄈㄥ雨ㄩˇ雨ㄩˇ

原意指「刮風下雨」，引申為「謠言紛飛」的意思，英文說成：
gossip〔'gɑsəp〕*n.* 流言蜚語；閒話；八卦。例如：*Gossip*
went around that the manager had been sacked.（經理
被解雇一事弄得**風風雨雨**。）【sack〔sæk〕*v.* 解雇】「風風雨
雨」也可用以指「困難」或「障礙」，這時可以用 ups and
downs 來表示。例如：They have their ups and downs
like every couple.（他們跟其他情侶一樣，都經歷過**風風雨**
雨。）【couple〔'kʌpḷ〕*n.* 夫妻；情侶】

$$\begin{cases} \textit{\textbf{gossip}} \\ = \text{rumor} \\ = \text{groundless talk} \end{cases}$$

rumor〔'rumɚ〕 *n.* 謠言

groundless〔'graʊndlɪs〕 *adj.* 無根據的

6. 沸ㄈㄟ沸ㄈㄟ揚ㄧ揚ㄧ

「沸沸」熱水翻騰的樣子;「揚揚」
喧鬧的樣子。用以形容「人聲喧鬧
的狀況」或是「熱烈討論的樣子」,

英文説成:***give rise to much discussion*** 來指這種狀況。
【***give rise to*** 造成】例如:The superstar's scandal
gave rise to much discussion all over the forum.
(這位超級巨星的醜聞在論壇上鬧得**沸沸揚揚**。)

scandal〔'skændl̩〕 *n.* 醜聞

forum〔'forəm〕 *n.* (網路) 論壇

$$\begin{cases} \textit{\textbf{give rise to much discussion}} \\ = \text{give rise to animated discussion} \\ = \text{give rise to heated discussion} \end{cases}$$

animated〔'ænə,metɪd〕 *adj.* 熱烈的

heated〔'hitɪd〕 *adj.* 激烈的

7. 吞ㄊㄨㄣ吞ㄊㄨㄣ吐ㄊㄨ吐ㄊㄨ

形容一個人講話時「欲言又止」,好像説話有顧慮一樣,英
文説成:***hem and haw***【hem〔hɛm〕*v.* (懷疑、警告、或
引起人家注意) 發出嗯的一聲　　haw〔hɔ〕*v.* (猶豫) 發
出啊的一聲】來表示。例如:Peter ***hemmed and hawed***
without giving a clear answer.(彼得講話**吞吞吐吐**,不
給一個明確的答案。)

> *hem and haw*
> = stutter
> = stumble over *one's* words

stutter〔'stʌtɚ〕*v.* 結結巴巴
stumble〔'stʌmbl̩〕*v.* 絆倒

8. 偷ᵗᵒᵘ偷ᵗᵒᵘ摸ᵐᵒ摸ᵐᵒ

比喻一個人躡手躡腳的「像小偷一樣」，英文説成：*on the sly*。【sly〔slaɪ〕*adj.* 狡猾的　　*on the sly* 鬼鬼祟祟地；偷偷地】例如：Bill and Susan have been seeing each other *on the sly* for a while. (比爾跟蘇珊已經**偷偷摸摸**交往了一陣子了。)【*be seeing sb.* 和某人交往】

> *on the sly*
> = like a thief in the night
> = in a sneaky way

sneaky〔'snikɪ〕*adj.* 鬼鬼祟祟的

9. 戰ᵗˢᵃⁿ戰ᵗˢᵃⁿ兢ᵗˢⁱⁿ兢ᵗˢⁱⁿ

「戰戰」恐懼發抖的樣子；「兢兢」小心謹慎的樣子。引申為做事「因為害怕出錯而小心謹慎」，英文説成：*walk on eggshells*，來表達出類似的意思。【eggshell〔'ɛg,ʃɛl〕*n.* 蛋殼　　*walk on eggshells* 戰戰兢兢地行事】例如：The employees feel like they have to *walk on eggshells* when the boss is around. (員工們在老闆出現的時候都顯得**戰戰兢兢**的。)

> *walk on eggshells*
> = have *one's* heart in *one's* mouth
> = shake in *one's* boots

have one's heart in one's mouth 提心吊膽
shake〔ʃek〕*v.* 發抖　　boots〔buts〕*n. pl.* 靴子
shake in one's boots 嚇得發抖

50.「AABC」型的中文成語英譯

下面的成語結構排列爲 AABC 的形式，也就是前兩個字重疊，後兩個字不同，一面體會中文成語之美，一面學英文，眞是一舉兩得。

謙謙君子	a modest, self-disciplined gentleman
彬彬有禮	urbane
面面俱到	cover all the bases

井井有條	be shipshape
孜孜不倦	diligently
循循善誘	teach with skill and patience

芸芸眾生	all living things
念念不忘	always remember
津津樂道	talk with great enthusiasm

Unit 9　特殊結構篇

【背景說明】

1. 謙_{く一ㄢ}謙_{く一ㄢ}君_{ㄐㄩㄣ}子_{ㄗˇ}

用以形容一個人「謙恭有禮」且「嚴以律己」，英文說成：
a modest, self-disciplined gentleman「一位謙虛、自律
的紳士」。【modest〔ˈmɑdɪst〕*adj.* 謙虛的　disciplined
〔ˈdɪsəplɪnd〕*adj.* 遵守紀律的】例如：*A modest,
self-disciplined gentleman* never brags about his
achievements. (一位**謙謙君子**是不會誇耀他的成就的。)
brag〔bræg〕*v.* 自誇；誇耀
achievements〔əˈtʃivmənts〕*n. pl.* 成就

2. 彬_{ㄅㄧㄣ}彬_{ㄅㄧㄣ}有_{一ㄡˇ}禮_{ㄌㄧˇ}

意指一個人「溫文儒雅有禮貌」，英文說成：*urbane*
〔ɝˈben〕*adj.* 文雅的。如：Mothers were talking about
how to raise an *urbane* kid. (媽媽們正在討論如何教養
出一個**彬彬有禮**的孩子。)【raise〔rez〕*v.* 養育】

3. 面_{ㄇㄧㄢˋ}面_{ㄇㄧㄢˋ}俱_{ㄐㄩˋ}到_{ㄉㄠˋ}

比喻「照顧到各個方面與細節」，英文說成：*cover all the
bases*「照顧到每個部份」。【cover〔ˈkʌvɚ〕*v.* 涵蓋
bases〔ˈbesɪz〕*n. pl.* 基礎；細節問題】例如：This book
covers all the bases of skin care. (這本書對如何照顧皮
膚介紹得**面面俱到**。) 如果想要以形容詞的形式來表達「面
面俱到」，可以用 all-inclusive〔ˈɔlɪnˈklusɪv〕*adj.* 包括一
切的。例如：He proposed an all-inclusive approach
to improving the quality of education. (他提出了一個
面面俱到的方法，來改善教育品質。)

propose〔prə'poz〕*v.* 提出
approach〔ə'protʃ〕*v.* 方法

> ***cover all the bases***
> = cover every detail
> detail〔'ditel〕*n.* 細節
>
> ***all-inclusive***
> = all-embracing
> all-embracing〔'ɔlɛm'bresɪŋ〕*adj.* 包羅萬象的

4. 井⁴₁井⁴₁有⁴條⁴₂

意指「整齊有秩序」，英文說成：***be shipshape***〔'ʃɪp,ʃep〕
adj. 整齊的。這個片語完整的說法是：be shipshape and
Bristol fashion。【Bristol〔'brɪstḷ〕*n.* 布里斯托（英國西南
部港市）　　fashion〔'fæʃən〕*n.* 方式】這個片語起源自
英國的 Bristol 這個港口，這個港口的潮汐落差很大，高
達 13 公尺，因此船上的東西都必須綁綁好，要不然退潮
時有些大船容易擱淺，船上的東西會摔壞，所以船停進這
個港口時都必須確保 be shipshape，也就是貨物要綁好。
例如：The housemaid made sure everything ***was***
shipshape before the master came back.（女傭在主
人回來之前，要確定一切都**井井有條**。）
【housemaid〔'haʊs,med〕*n.* 女傭】

> ***be shipshape***
> = be in perfect order
> = be in apple-pie order
> ***in order*** 整齊；井然有序
> ***in apple-pie order*** 整整齊齊的

5. 孜ㄗ孜ㄗ不ㄅㄨˋ倦ㄐㄩㄢˋ

「孜孜」勤勉、不懈怠;「不倦」不知疲倦。這句成語意指「在工作或是學習方面勤奮不懈」,英文說成:*diligently* (ˈdɪlədʒəntlɪ) *adv.* 勤奮地。例如:In order to pass the entrance test, he studied *diligently* every day. (爲了通過入學考試,他每天**孜孜不倦**地讀書。)

【entrance (ˈɛntrəns) *n.* 入學】

> *diligently*
> = industriously
> industriously (ɪnˈdʌstrɪəslɪ) *adv.* 勤奮地

6. 循ㄒㄩㄣˊ循ㄒㄩㄣˊ善ㄕㄢˋ誘ㄧㄡˋ

「循循」有次序、有組織;「善」擅長;「誘」引導、教導。此成語意指「相當擅長引導他人進行學習」,英文說成:*teach with skill and patience*「技巧高超且有耐心地教導」。【patience (ˈpeʃəns) *n.* 耐心】例如:A good teacher should always *teach with skill and patience*. (一位好老師應該總是能**循循善誘**。)

7. 芸ㄩㄣˊ芸ㄩㄣˊ眾ㄓㄨㄥˋ生ㄕㄥ

這是個帶有濃厚佛教色彩的成語,「芸芸」眾多;「眾生」所有的生物。佛教用以指「一切有生命的東西」,後也有人用以指「眾多的平凡人」,英文說成:*all living things*「所有的生物」。例如:*All living things* have a circle of life. Life and death are both natural parts of the natural world. (**芸芸眾生**皆有一個生命週期。生與死都是自然界無可避免的一部份。)【circle (ˈsɝkl̩) *n.* 週期;循環】

> *all living things*
> = all mortal beings

mortal〔'mɔrtl̩〕*adj.* 必死的；難逃一死的
being〔'biɪŋ〕*n.* 生物

8. 念ㄋㄧㄢˋ念ㄋㄧㄢˋ不ㄅㄨˋ忘ㄨㄤˋ

「念念」意指「一次又一次地想起」。這個成語的意思是
「一直無法忘記且牢記於心」，英文說成：***always
remember***「總是記得」。例如：He ***always remembers***
the time he spent with his crush.（他總是**念念不忘**他
跟熱戀對象相處的那段時光。）

【crush〔krʌʃ〕*n.* 熱戀的對象】

> ***always remember***
> = think constantly of
> = never forget
> constantly〔'kɑnstəntlɪ〕*adv.* 不斷地

9. 津ㄐㄧㄣ津ㄐㄧㄣ樂ㄌㄜˋ道ㄉㄠˋ

津津「有滋味、有趣味的樣子」；樂道「喜歡評論」。這句成語
意指「很有興趣不停地在講某件事」，英文說成：***talk with
great enthusiasm***「很有熱忱地講著」。【enthusiasm
〔ɪn'θjuzɪˌæzəm〕*n.* 熱忱】例如：He
talked with great enthusiasm about
how he started his own business
while he was young.（他**津津樂道**
說著他年輕時創業的故事。）

> ***talk with great enthusiasm***
> = rave with great enthusiasm
> = enthuse with great energy
> rave〔rev〕*v.* 激烈地說　　enthuse〔ɪn'θjuz〕*v.* 熱情地說
> energy〔'ɛnɚdʒɪ〕*n.* 活力

Unit 9　特殊結構篇

51. 「ABCA」型的中文成語英譯

下面的成語結構排列為 ABCA 的形式，也就是前後兩個字相同，中間兩個字不同的成語，將這些成語的中英文背至 20 秒，就能終生不忘記。

神乎其神	fantastic
聞所未聞	never heard of
數不勝數	countless

天外有天	There is always somebody better.
精益求精	always striving to improve
人無完人	Nobody is perfect.

防不勝防	impossible to guard against
忍無可忍	be pushed to *one's* limit
痛定思痛	Lesson learned.

【背景説明】

1. 神_ず乎_を其_ず神_ず

「神」神奇；「乎」語助詞，表感嘆。這句成語用來形容某人或某事「神奇到了極點，不可思議」，英文説成：***fantastic*** 〔 fæn'tæstɪk 〕*adj.* 驚人的；很棒的，也就是「夢幻到了極點，簡直就是神的等級」。例如：Even though the story was so ***fantastic***, I couldn't help but wonder if some of it were true. (即使這個故事**神乎其神**，我還是不禁懷疑有些部份是不是眞的。)

【***couldn't help but + V.*** 忍不住；不得不】

> ⎧ ***fantastic***
> ⎨ = incredible
> ⎩ = fabulous
> incredible 〔 ɪn'krɛdəbḷ 〕*adj.* 令人難以置信的
> fabulous 〔'fæbjələs 〕*adj.* 極好的

2. 聞_ず所_を未_を聞_ず

「聞」聽到、聽説。這句成語意指「聽到了從來沒有聽過的事」，所以也可以用以形容事物「新奇罕見」，英文説成：***never heard of***「從來沒有聽過」。【***hear of*** 聽説】例如：I have ***never heard of*** a flying car. (飛天車眞是**聞所未聞**。)

> ***never heard of***
> = never heard about
> ***hear about*** 聽説

3. **數不勝數**

「數」計算。此成語意指「數量多到難以計算」，英文說成：***countless*** 〔'kaʊntlɪs 〕*adj.* 數不清的；無數的。例如：***Countless*** children are hooked on video games nowadays. (現在有**數不勝數**的小孩子沉迷電玩遊戲。)
be hooked on 沉迷於 (= *be addicted to*)
video games 電玩遊戲

> ***countless***
> = incalculable
> = innumerable

incalculable 〔 ɪn'kælkjələbḷ 〕*adj.* 數不盡的；無法計算的
innumerable 〔 ɪ'njumərəbḷ 〕*adj.* 數不盡的；無數的

4. **天外有天**

一般我們說「人外有人，天外有天」，意思就是「強中自有強中手，一山還有一山高」，此成語告誡我們平常為人處事必須謙虛，英文說成：***There is always***

somebody better. (總是有比較棒的人。) 例如：No matter how good you think you are, ***there is always somebody better***. (無論你覺得自己有多棒，總是人外有人，**天外有天**。)【*no matter* 無論】

5. **精益求精**

意指「已經很完美了，但是要求更完美」，英文說成：***always strive to improve*** 「一直努力要改善」。【strive 〔 straɪv 〕*v.* 努力　improve 〔 ɪm'pruv 〕*v.* 改善】

例如：A good company is ***always striving to improve*** its products. (優秀的企業總是不斷地使自己的產品**精益求精**。)

> ***always strive to improve***
> = keep on improving
> ***keep on*** 持續

6. 人ㄖˊ無ㄨˊ完ㄨㄢˊ人ㄖˊ

「完」完美。「金無足赤，人無完人」，意指天底下沒有百分之百的純金，也沒有完美無缺的人。「足赤」足金，全金。英文說成：***Nobody is perfect***. (沒有人是完美的。) 例如：Because ***nobody is perfect*** in this world, we have to learn to forgive others. (因為在這個世界上**人無完人**，所以我們必須學會原諒別人。)

> ***Nobody is perfect***.
> = No one is without defects.
> = To err is human.
> defect〔dɪˋfɛkt, ˋdifɛkt〕*n.* 缺點　　err〔ɝ〕*v.* 犯錯
> ***To err is human***.【諺】犯錯是人，寬恕是神。
> (= *To err is human, to forgive divine*.)

7. 防ㄈㄤˊ不ㄅㄨˋ勝ㄕㄥ防ㄈㄤˊ

「防」防備；「勝」盡，完全。這句成語意指「要防備的太多，所以防備不過來」，英文說成：***impossible to guard against*** 「不可能防得住」，就是最能表現出這個中文成語的意思。【guard〔gɑrd〕*v.* 保衛　　***guard against*** 小心防止】例如：It is ***impossible to guard against*** Internet scams. (網路詐騙**防不勝防**。)【scam〔skæm〕*n.* 詐騙】

8. 忍ㄖㄣˇ無ㄨˊ可ㄎㄜˇ忍ㄖㄣˇ

意指「再也無法忍受了」，英文説成：**be pushed to** one's **limit**，如果一個人「被逼到極限了」，那就是「忍無可忍」了。【push〔puʃ〕v. 推；逼　limit〔'lɪmɪt〕n. 極限】例如：He **was pushed to his limit** by his boss' unfair treatment and quit. (他因老闆的不公平對待**忍無可忍**而辭職了。)

unfair〔ʌn'fɛr〕adj. 不公平的
treatment〔'tritmənt〕n. 對待
quit〔kwɪt〕v. 辭職

> **be pushed to the limit**
> = be at the limit of one's patience
> = be driven beyond endurance

patience〔'peʃəns〕n. 耐心
drive〔draɪv〕v. 逼迫；迫使
endurance〔ɪn'djurəns〕n. 忍耐；耐心

9. 痛ㄊㄨㄥˋ定ㄉㄧㄥˋ思ㄙ痛ㄊㄨㄥˋ

「定」平息。這句成語意思是「在過去的傷痛平靜了以後，再追想當時所受的痛苦」，含有警惕反省的意味。英文説成：**Lesson learned.** 也就是「學到教訓了。」【lesson〔'lɛsn̩〕n. 課程；教訓】例如：**Lesson learned.** The whole basketball team now knows why they were defeated. (**痛定思痛**後，這個籃球隊知道爲什麼他們會被打敗。)【defeat〔dɪ'fit〕v. 打敗】這句英文諺語的完整説法是：A lesson learned is a lesson earned.【earn〔ɝn〕v. 獲得】如果想用動詞片語的話，learn a lesson (學到教訓) 就是你的選擇。

52.「**ABCC**」型的中文成語英譯

下面的成語結構排列為 ABCC 的形式，也就是
前面兩個字不同，後面兩個字相同的成語，將中英
文成語背至 20 秒，就終生不忘記。

得意洋洋	**walk on air**
神采奕奕	**in good spirits**
含情脈脈	**full of tender affection**

人才濟濟	**There is a wealth of talents.**
大名鼎鼎	**celebrated**
小心翼翼	**with extreme caution**

千里迢迢	**far far away**
風塵僕僕	**be travel-worn and weary**
飢腸轆轆	**as hungry as a wolf**

Unit 9　特殊結構篇

【背景説明】

1. 得_{ㄉㄜ}意_ㄧ洋_{ㄧㄤ}洋_{ㄧㄤ}

「洋洋」得意的樣子。這句成語是形容「十分高興」的樣子，英文説成：***walk on air***，就是「踩著空氣而行」，引申爲「興高采烈；得意洋洋」。例如：He was ***walking on air*** after winning a laptop in a raffle.（他抽獎抽中一台筆記型電腦後，**得意洋洋**。）【laptop〔'læp,tɑp〕 *n.* 筆記型電腦 raffle〔'ræfl〕 *n.* 抽獎】另外，「得意洋洋」也有「沾沾自喜」的意思，可説成：smug〔smʌg〕 *adj.* 自鳴得意的或 complacent〔kəm'plesṇt〕 *adj.* 自滿的】。例如：I can't stand his smug attitude.（我無法忍受他得意洋洋的樣子。）

【stand〔stænd〕 *v.* 忍受　attitude〔'ætə,tjud〕 *n.* 態度】

> ***walk on air***
> = be extremely happy
> extremely〔ɪk'strimlɪ〕 *adv.* 非常地

2. 神_{ㄕㄣ}采_{ㄘㄞ}奕_ㄧ奕_ㄧ

「奕奕」精神煥發的樣子。這句成語形容「容光煥發，很有精神」，英文説成：***in good spirits***「心情很好」，就是「神采奕奕」。【spirits〔'spɪrɪts〕 *n. pl.* 心情；興致】例如：The elders were singing the national anthem ***in good spirits***.（老人們**神采奕奕**地唱著國歌。）

【elder〔'ɛldə〕 *n.* 長者　anthem〔'ænθəm〕 *n.* 國歌】

> ***in good spirits***
> = in good fettle
> fettle〔'fɛtl〕 *n.* 身心的狀態
> ***in good fettle*** 精神奕奕；身體狀態極好

Unit 9 特殊結構篇

3. 含ㄏㄢˊ情ㄑㄧㄥˊ脈ㄇㄛˋ脈ㄇㄛˋ

「脈脈」兩眼凝視。這句成語比喻「默默地用眼神來表達感情」的樣子，英文說成：*full of tender affection*，「充滿溫柔情愛」的表情。【tender〔ˈtɛndɚ〕*adj.* 溫柔的 affection〔əˈfɛkʃən〕*n.* 愛】例如：I still can't forget her eyes, so *full of tender affection*.
（我仍然難以忘懷她**含情默默**的眼神。）

4. 人ㄖㄣˊ才ㄘㄞˊ濟ㄐㄧˇ濟ㄐㄧˇ

「濟濟」眾多。這句成語形容「才華洋溢的人很多」，英文說成：*There is a wealth of talents*.【*a wealth of* 很多；豐富的　talent〔ˈtælənt〕*n.* 有才能的人：人才】例如：*There is a wealth of talents* employed by Apple.
（蘋果電腦公司裡**人才濟濟**。）
【employ〔ɪmˈplɔɪ〕*v.* 雇用】

5. 大ㄉㄚˋ名ㄇㄧㄥˊ鼎ㄉㄧㄥˇ鼎ㄉㄧㄥˇ

「鼎鼎」盛大。這句成語意思是「名氣很響、很大」，同義的成語為「赫赫有名」，英文說成：*celebrated*〔ˈsɛlə͵bretɪd〕*adj.* 著名的。例如：His father is a *celebrated* banker.
（他爸爸是一位**大名鼎鼎**的銀行家。）
【banker〔ˈbæŋkɚ〕*n.* 銀行家】

> *celebrated*
> = famous
> = well-known

6. 小_{ㄒㄧㄠ}心_{ㄒㄧㄣ}翼_{ㄧˋ}翼_{ㄧˋ}

「翼翼」嚴肅謹慎。這句成語形容「非常謹慎小心，一點都不敢疏忽」，英文說成：***with extreme caution***「非常嚴謹地」。【extreme〔ɪk'strim〕*adj.* 極度的　　caution〔'kɔʃən〕*n.* 謹慎】例如：He approached the door ***with extreme caution***.（他小心翼翼地接近那道門。）【approach〔ə'protʃ〕*v.* 接近】如果想用形容詞來形容一個人「小心翼翼」，可以用 cautious〔'kɔʃəs〕*adj.* 謹慎的。例如：He is a very cautious driver.（他開車非常小心翼翼。）

> ***with extreme caution***
> = with great care
> care〔kɛr〕*n.* 注意
> ***with care*** 小心地；謹慎地

7. 千_{ㄑㄧㄢ}里_{ㄌㄧ}迢_{ㄊㄧㄠˊ}迢_{ㄊㄧㄠˊ}

「迢迢」遙遠。這句成語用來形容「路途像千里這般地這麼遙遠」，英文說成：***far far away***，也就是「很遠很遠的地方」。例如：She came from ***far far away*** to Egypt to see the magnificent pyramids.（他千里迢迢地來到埃及，為了看壯觀的金字塔。）【magnificent〔mæg'nɪfəsn̩t〕*adj.* 壯麗的　　pyramid〔'pɪrəmɪd〕*n.* 金字塔】如果想要用名詞片語來表達「千里迢迢」，可以用 a great distance（很遠的距離）。

> ***far far away***
> = afar
> afar〔ə'fɑr〕*adv.* 在遠方

8. 風ㄈㄥ塵ㄔㄣˊ僕ㄆㄨˊ僕ㄆㄨˊ

「風塵」大風及塵土；「僕僕」趕路勞累的樣子。這句成語
形容古時候的旅人，經常會因爲刮風及煙塵而搞得灰頭土
臉，後來用來形容旅途勞累，英文說成：*be travel-worn
and weary*，也就是「因旅行而勞累和疲倦」。【travel-worn
(ˈtrævl͵worn) *adj.* 旅行得疲乏的　　weary (ˈwɪrɪ) *adj.*
疲勞的 (注意發音)】例如：He *was travel-worn and weary*
from the red-eye flight, which he took in order to come
back and celebrate his wife's birthday. (他風塵僕僕搭夜
班飛機回來，爲了慶祝他太太的生日。)【red-eye (ˈrɛd͵aɪ)
adj. 夜班飛機的　　flight (flaɪt) *n.* 班機】

> ***be travel-worn and weary***
> = be fatigued with the journey
> fatigue (fəˈtig) *v.* 使疲勞　　journey (ˈdʒɝnɪ) *n.* 旅程

9. 飢ㄐㄧ腸ㄔㄤˊ轆ㄌㄨˋ轆ㄌㄨˋ

「飢腸」飢餓的肚子；「轆轆」爲一狀
聲詞，形容空腹的鳴叫聲。「飢腸轆轆」
意指「肚子餓得咕嚕咕嚕叫」，英文說
成：*as hungry as a wolf*「像一匹飢
餓的狼」，也就是「非常餓」。例如：The kid is always *as
hungry as a wolf* when he gets home from school.
(這孩子每次放學回來都飢腸轆轆的。)

> ⎧ ***as hungry as a wolf***
> ⎨ = as hungry as a horse
> ⎪ = as hungry as a bear
> ⎩ = as hungry as a hunter
> bear (bɛr) *n.* 熊　　hunter (ˈhʌntɚ) *n.* 獵人

53. 「ABAC」型的中文成語英譯

　　下面的成語結構排列爲 ABAC 的形式，也就是第一跟第三個字相同，第二跟第四個字不同的成語，等不及了嗎？讓我們繼續看下去吧，這些成語保證背至 20 秒，終生不忘記。

有始有終	finish what *one* started
盡心盡力	take great pains
克勤克儉	hard-working and frugal

多才多藝	multi-talented
活靈活現	vivid
無拘無束	free and easy

畢恭畢敬	hat in hand
獨來獨往	a lone wolf
暴飲暴食	overindulge in food

【背景說明】

1. 有ㄧˇ始ㄕˇ有ㄧˇ終ㄓㄨㄥ

   字面的意思是「有開始也有結尾」，引申爲「做一件事情的時候能堅持到底，不會半途而廢」，英文說成：*finish what one started*，也就是「做完你一開始想做的事」。例如：Our teacher told us to *finish what we started* in spite of difficulties. (我們老師告誡我們，做事情要**有始有終**，不管遇到什麼困難。) 【*in spite of* 儘管 】

   > *finish what one started*
   > = carry things through
   > = stick with it
   >
   > *carry through* 貫徹；完成
   > *stick with* 堅持

2. 盡ㄐㄧㄣˋ心ㄒㄧㄣ盡ㄐㄧㄣˋ力ㄌㄧˋ

   「盡」完全。這句成語的意思是「盡全力」或「費盡心力」，英文說成：*take great pains*「下很多苦功」。【pains〔penz〕*n. pl.* 辛苦】例如：He *took great pains* to make us comfortable. (他**盡心盡力**讓我們感到舒適。)

   > *take great pains*
   > = spare no efforts
   > = go all out
   > = do *one's* best
   >
   > spare〔spɛr〕*v.* 節約；吝惜
   > *spare no efforts* 不遺餘力
   > *go all out* 盡全力　　*do one's best* 盡力

3. 克ㄎㄜˋ勤ㄑㄧㄣˊ克ㄎㄜˋ儉ㄐㄧㄢˇ

「克」能夠。這句成語的意思是「能夠勤勞，又能節儉」，英文說成：*hard-working and frugal*，也就是「工作努力又能省吃儉用」。【frugal〔'frugḷ〕*adj.* 節儉的】例如：My grandmother is *hard-working and frugal* and she never wastes any food.（我奶奶是一個**克勤克儉**的人，她從來不浪費任何食物。）

> *hard-working and frugal*
> = industrious and thrifty
> industrious〔ɪn'dʌstrɪəs〕*adj.* 勤勉的
> thrifty〔'θrɪftɪ〕*adj.* 節儉的

4. 多ㄉㄨㄛ才ㄘㄞˊ多ㄉㄨㄛ藝ㄧˋ

「才」才能；「藝」技藝。這句成語形容一個人「具有多方面的才能和技藝」，英文說成：*multi-talented*「多重才華的」，就是中文的「多才多藝」。【multi-為表「多」的字首 talented〔'tæləntɪd〕*adj.* 有才能的】例如：Jay Chou is a *multi-talented* star. He sings well, plays many musical instruments and has acted in many movies.（周杰倫是一個**多才多藝**的藝人，不只歌唱得好，還會多種樂器，又演了很多電影。）【instrument〔'ɪnstrəmənt〕*n.* 樂器　act〔ækt〕*n.* 表演；演出】

> *multi-talented*
> = well-rounded
> = versatile
> well-rounded〔'wɛl'raʊndɪd〕*adj.* 多才多藝的
> versatile〔'vɝsətḷ〕*adj.* 多才多藝的

5. 活ㄏㄨㄛˊ靈ㄌㄧㄥˊ活ㄏㄨㄛˊ現ㄒㄧㄢˋ

形容「神情逼眞，使人感覺好像親眼看到一般」，英文說成：
vivid (ˈvɪvɪd) *adj.* 逼眞的；栩栩如生的，就是「活靈活現」。
例如：He gave a ***vivid*** description of what it was like
to stay in a haunted house.（他把住在鬼屋的經驗描述得
活靈活現。）【description〔dɪˈskrɪpʃən〕*n.* 描述
haunted〔ˈhɔntɪd〕*adj.* 鬧鬼的】

> ***vivid***
> = graphic
> graphic〔ˈgræfɪk〕*adj.* 逼眞的；生動的

6. 無ㄨˊ拘ㄐㄩ無ㄨˊ束ㄕㄨˋ

「拘、束」限制、約束。這句成語的意思是「自由自在沒有
牽掛擔憂」，英文說成：***free and easy***，就是「自由而且輕
鬆」。【easy〔ˈizɪ〕*adj.* 輕鬆的】例如：I still remember
clearly the ***free and easy*** days of my childhood.（我
仍然記得那**無拘無束**的童年時光。）

> ***free and easy***
> = carefree
> carefree〔ˈkɛrˌfri〕*adj.* 無憂無慮的

7. 畢ㄅㄧˋ恭ㄍㄨㄥ畢ㄅㄧˋ敬ㄐㄧㄥˋ

「畢」完全、十分。這個成語形容一個人的態度「完全沒有
一點怠慢，十分恭敬」，英文說成：***hat in hand***。西方人一
進屋子裡或是遇人時，都會把帽子脫下來拿在手上，敬個禮
表示禮貌，這樣子的感覺是不是很畢恭畢敬？所以我們就可
以用 ***hat in hand*** 來表達這個成語的意思。【***hat in hand***
把帽子（像按在胸前似地）拿在手裡（表示敬意）】

例如：He came *hat in hand* to apologize after our falling-out. (大吵一架之後，他**畢恭畢敬**地來道歉。)
apologize (ə'pɑlə,dʒaɪz) v. 道歉
falling-out ('fɔlɪŋ,aut) n. 吵架

> *hat in hand*
> = with humility
> humility (hju'mɪlətɪ) n. 謙遜

8. 獨ㄉㄨˊ來ㄌㄞˊ獨ㄉㄨˊ往ㄨㄤˇ

「獨」單獨、獨自。這句成語的意思是「獨身來往，不與人為伍」，英文說成：*a lone wolf*，也就是「一匹孤獨的狼」。
【lone (lon) adj. 孤單的；孤獨的　wolf (wulf) n. 狼】
狼一般都是單獨行動，而不愛成群結隊，因此 a lone wolf 就可以用來形容一個人「獨來獨往」，也就是所謂的「獨行俠」。例如：He is *a lone wolf* and doesn't have many friends. (他老是**獨來獨往**，沒什麼朋友。)

> *a lone wolf*
> = a loner
> loner ('lonɚ) n. 獨來獨往的人

9. 暴ㄅㄠˋ飲ㄧㄣˇ暴ㄅㄠˋ食ㄕˊ

「暴」猛、急。這句成語的意思是「吃得又猛又急，使身體失調」，英文說成：*overindulge in food*「在食物方面過度放任自己」，就是「暴飲暴食」。【overindulge (,ovɚɪn'dʌldʒ) v. 過度放任；過度沉溺】例如：*Overindulging in food* is bad for your health. (**暴飲暴食**對身體健康有害。)

> *overindulge in food*
> = binge on food
> binge (bɪndʒ) v. 無節制地沉溺；狂吃 < on >

54.「ABCB」型的中文成語英譯

下面的成語結構排列為 ABCB 的形式，將中英
文成語一起背，背至 20 秒內，終生不忘。

就事論事	discuss *sth.* on its own merits
人云亦云	parrot
以訛傳訛	circulate erroneous reports

應有盡有	everything under the sun
討價還價	haggle over the price
出爾反爾	go back on *one's* word

將計就計	beat *one* at *one's* own game
見怪不怪	become hardened to *sth.*
自然而然	come very naturally

【背景說明】

1. 就ㄐㄧㄡˋ事ˋ論ㄌㄨㄣˋ事ˋ

「就」按照；「論」討論、談論。這句成語的意思是「按照事情本身的性質或狀況來評定是非對錯」，英文說成：*discuss sth. on its own merits*，也就是「排除外在因素或情緒，按照事情本身的是非對錯來討論」。【merits〔ˊmɛrɪts〕*n. pl.* 是非；曲直】例如：We are supposed to *discuss the case on its own merits* rather than get swayed by emotions. （我們應該要**就事論事**，不要受情緒影響。）

be supposed to 應該

sway〔swe〕*v.* 使動搖

emotion〔ɪˊmoʃən〕*n.* 情緒

> *discuss sth. on its own merits*
> = discuss *sth.* as it stands
> *as it stands* 按照現狀；照這情形（= *as things stand*）

2. 人ㄖㄣˊ云ㄩㄣˊ亦ㄧˋ云ㄩㄣˊ

「云」說；「亦」也。這句成語的意思是「人家怎麼說，自己就跟著怎麼說，完全沒有思考，只會隨聲附和」，英文說成：*parrot*〔ˊpærət〕*v.* 像鸚鵡式地盲目模仿，鸚鵡只會模仿別人說話而不知道話語原本的意思，也就是「人云亦云」。例如：Don't just *parrot* what others said. You had better have your own opinions. （不要只是**人云亦云**，你最好要有自己的看法。）parrot 在英文中不僅可以拿來當動詞，也可以當名詞來形容「人云亦云」的人，例如：He is a parrot with no mind of his own. （他是一個**人云亦云**，沒有自己想法的人。）

parrot
= repeat without understanding
repeat〔rɪ'pit〕*v.* 重複地說

3. 以ˇ訛ˊ傳ˊ訛ˊ

「以」拿、把;「訛」錯誤、謬誤。這句成語的意思是「把本來不正確的話傳出去,越錯越離譜」,英文說成:*circulate erroneous reports*,也就是「散播錯誤的傳聞」。【circulate〔'sɝkjə,let〕*v.* 使流傳;散布　erroneous〔ɪ'ronɪəs〕*adj.* 不正確的　report〔rɪ'port〕*n.* 報導;傳聞】例如:The government urged people to stop *circulating erroneous reports* which might create panic. (政府呼籲民眾停止以訛傳訛,以免造成恐慌。)【urge〔ɝdʒ〕*v.* 力勸　create〔krɪ'et〕*v.* 創造;製造　panic〔'pænɪk〕*n.* 恐慌】

circulate erroneous reports
= circulate false information
false〔fɔls〕*adj.* 錯誤的

4. 應ˋ有ˇ盡ˋ有ˇ

「盡」全部。這句成語的意思是「應該有的全部都有,一樣都不缺」,用以形容「很齊全」,英文說成:*everything under the sun*。【*under the sun* 世界上】例如:The new shopping mall offers *everything under the sun*. (這間新大賣場裡賣的東西應有盡有。)

everything under the sun
= endless selection
endless〔'ɛndlɪs〕*adj.* 無窮盡的;無數的
selection〔sə'lɛkʃən〕*n.* 被挑選出的人或物;精選品

5. 討價還價

「討」索取。這句成語意思是「買賣東西，客人想要用低價買進，老闆想要用高價賣出，雙方反覆議價」，英文說成：*haggle over the price*，也就是「在價錢上討論不休」。【haggle〔'hægḷ〕v. 討價還價；爭論】例如：A lot of people *haggle over the price* with the vendors in the night market. (很多人會在夜市跟攤販**討價還價**。)
【vendor〔'vɛndə〕n. 小販　　*night market* 夜市】

> *haggle over the price*
> = bargain over the price
> bargain〔'bɑrgɪn〕v. 討價還價

6. 出爾反爾

「爾」你；「反」通「返」，意指返回。原意是指「你怎麼待人處世，人家就怎麼對你」，後引申形容一個人「言行反覆無常，說話自相矛盾」，英文說成：*go back on one's word*「違背諾言」，也就是「出爾反爾」。例如：My landlord *went back on her word*, refusing to renew my lease. (我的房東**出爾反爾**，拒絕跟我續約。)
landlord〔'lænd,lɔrd〕n. 房東　　renew〔rɪ'nju〕v. 更新 lease〔lis〕n. 租約

> *go back on one's word*
> = break one's word
> *break one's word* 不守諾言

7. 將計就計

「將」用；「就」隨。這句成語的意思是「利用對方的計策，反過來對付對方」，英文說成：*beat one at one's own game*「以對方擅長的手法來反擊對方；以其人之道還治其人之身」。
【game〔gem〕n. 花招；詭計；計謀】

例如：That company sent a spy here. I think we should just play along and *beat them at their own game*. (那間公司派了間諜過來。我想我們就繼續演戲，**將計就計**。)

【*play along* 假裝同意；配合】

> *beat one at one's own game*
> = use *one's* own strategy against *one*
> = counterplot

strategy〔'strætədʒɪ〕*n.* 策略
surpass〔sə'pæs〕*v.* 勝過；超越
counterplot〔'kaʊntəˌplɑt〕*v.* 以計破計；將計就計

8. 見怪不怪

意指「見到怪異的現象不會大驚小怪」，英文說成：*become hardened to sth.*，意思是「對某事已司空見慣，麻木了」。

【harden〔'hɑrdn〕*v.* 使麻木】例如：It used to be only girls wearing make-up. But now everyone has *become hardened to* the sight of made-up boys. (以前只有女生才會化粧，但是現在大家看到化粧的男生已經**見怪不怪**了。)

make-up〔'mekˌʌp〕*n.* 化粧品　　*wear make-up* 有化粧
sight〔saɪt〕*n.* 看見　　made-up〔'medˈʌp〕*adj.* 化粧的

> *become hardened to sth.*
> = become inured to *sth.*

inure〔ɪn'jʊr〕*v.* 使習慣

9. 自然而然

「自然」自由發展。這句成語的意思是「出於自然之勢，沒有外力干預而出現的結果」，英文說成：*come very naturally*，也就是「自然地就發生了」。【come〔kʌm〕*v.* 出現；發生】例如：She was born with musical talent, so piano *came very naturally* to her. (她很有音樂方面的天份，**自然而然**就會彈鋼琴了。)

Unit 9 成果驗收

一面唸出中文成語，一面說英文。

1. 原原本本 ＿＿＿＿＿＿
2. 堂堂正正 ＿＿＿＿＿＿
3. 安安穩穩 ＿＿＿＿＿＿
4. 轟轟烈烈 ＿＿＿＿＿＿
5. 風風雨雨 ＿＿＿＿＿＿
6. 沸沸揚揚 ＿＿＿＿＿＿
7. 吞吞吐吐 ＿＿＿＿＿＿
8. 偷偷摸摸 ＿＿＿＿＿＿
9. 戰戰兢兢 ＿＿＿＿＿＿

10. 謙謙君子 ＿＿＿＿＿＿
11. 彬彬有禮 ＿＿＿＿＿＿
12. 面面俱到 ＿＿＿＿＿＿
13. 井井有條 ＿＿＿＿＿＿
14. 孜孜不倦 ＿＿＿＿＿＿
15. 循循善誘 ＿＿＿＿＿＿
16. 芸芸眾生 ＿＿＿＿＿＿
17. 念念不忘 ＿＿＿＿＿＿
18. 津津樂道 ＿＿＿＿＿＿

19. 神乎其神 ＿＿＿＿＿＿
20. 聞所未聞 ＿＿＿＿＿＿
21. 數不勝數 ＿＿＿＿＿＿
22. 天外有天 ＿＿＿＿＿＿
23. 精益求精 ＿＿＿＿＿＿
24. 人無完人 ＿＿＿＿＿＿
25. 防不勝防 ＿＿＿＿＿＿
26. 忍無可忍 ＿＿＿＿＿＿
27. 痛定思痛 ＿＿＿＿＿＿

28. 得意洋洋 ＿＿＿＿＿＿
29. 神采奕奕 ＿＿＿＿＿＿
30. 含情脈脈 ＿＿＿＿＿＿
31. 人才濟濟 ＿＿＿＿＿＿
32. 大名鼎鼎 ＿＿＿＿＿＿
33. 小心翼翼 ＿＿＿＿＿＿
34. 千里迢迢 ＿＿＿＿＿＿
35. 風塵僕僕 ＿＿＿＿＿＿
36. 飢腸轆轆 ＿＿＿＿＿＿

37. 有始有終 ＿＿＿＿＿＿
38. 盡心盡力 ＿＿＿＿＿＿
39. 克勤克儉 ＿＿＿＿＿＿
40. 多才多藝 ＿＿＿＿＿＿
41. 活靈活現 ＿＿＿＿＿＿
42. 無拘無束 ＿＿＿＿＿＿
43. 畢恭畢敬 ＿＿＿＿＿＿
44. 獨來獨往 ＿＿＿＿＿＿
45. 暴飲暴食 ＿＿＿＿＿＿

46. 就事論事 ＿＿＿＿＿＿
47. 人云亦云 ＿＿＿＿＿＿
48. 以訛傳訛 ＿＿＿＿＿＿
49. 應有盡有 ＿＿＿＿＿＿
50. 討價還價 ＿＿＿＿＿＿
51. 出爾反爾 ＿＿＿＿＿＿
52. 將計就計 ＿＿＿＿＿＿
53. 見怪不怪 ＿＿＿＿＿＿
54. 自然而然 ＿＿＿＿＿＿

Unit 9 特殊結構篇

UNIT 10 接龍篇

舟車勞頓
travel-worn

※這個單元54個中文成語，全部與「接龍」
有關，環環相扣，可以一個接一個背。

Unit 10 接龍篇

📖 中英文一起背，背至 2 分鐘以內，終生不忘記。

1.	金玉良言	**invaluable advice**
2.	言而無信	**break** *one's* **word**
3.	信手拈來	**write without stopping to reflect**
4.	來日方長	**There will be a time for that.**
5.	長驅直入	**drive straight into**
6.	入木三分	**penetrating**
7.	分秒必爭	**Every second counts.**
8.	爭先恐後	**make a headlong rush**
9.	後患無窮	**lead to endless trouble**

10.	木已成舟	**What's done cannot be undone.**
11.	舟車勞頓	**travel-worn**
12.	頓挫抑揚	**cadence**
13.	揚眉吐氣	**hold** *one's* **head up high**
14.	氣味相投	**be two of a kind**
15.	投其所好	**cater to** *one's* **taste**
16.	好大喜功	**be over-ambitious**
17.	功成身退	**retire after making** *one's* **mark**
18.	退避三舍	**avoid** *sb.* **like the plague**

19.	水落石出	**get to the bottom of**
20.	出生入死	**risk** *one's* **life**
21.	死裡逃生	**escape by the skin of** *one's* **teeth**
22.	生龍活虎	**full of vim and vigor**
23.	虎背熊腰	**strong and stout**
24.	腰纏萬貫	**very rich**
25.	貫徹始終	**stick with it to the end**
26.	終身大事	**a great event in** *one's* **life**
27.	事半功倍	**get twice the result with half the effort**

28.	火上澆油	pour gasoline on the fire
29.	油頭粉面	a dandy
30.	面壁功深	the pinnacle of success
31.	深入人心	enjoy popular support
32.	心安理得	have a clear conscience
33.	得意忘形	have *one's* head turned by success
34.	形影不離	hand in glove with *sb.*
35.	離鄉背井	leave *one's* native place
36.	井然有序	in apple-pie order

37.	日新月異	alter from day to day
38.	異想天開	have *one's* head in the clouds
39.	開源節流	increase revenues and reduce expenditures
40.	流連忘返	linger on
41.	返老還童	discover the fountain of youth
42.	童叟無欺	operate *one's* business honestly
43.	欺善怕惡	bully the weak and fear the firm
44.	惡有惡報	reap as *one* has sown
45.	報李投桃	return the favor

46.	月黑風高	a dark and windy night
47.	高朋滿座	a great gathering of distinguished guests
48.	座無虛席	be packed to the rafters
49.	席捲天下	achieve world domination
50.	下不爲例	not be repeated
51.	例行公事	routine business
52.	事在人爲	Where there is a will, there is a way.
53.	爲人師表	be a model for others
54.	表裡如一	*One's* deeds accord with *one's* words.

Unit 10 接龍篇

55. 「金」開頭的接龍中文成語英譯

　　最後一個單元,是用接龍的方式把成語串聯在一起。修辭學上叫作「頂針法」,也就是每個成語的最尾字,就是下個成語的開頭字。如:「金玉良言」的「言」接「言而無信」,以此類推。

金玉良言	**invaluable advice**
言而無信	**break *one's* word**
信手拈來	**write without stopping to reflect**

來日方長	**There will be a time for that.**
長驅直入	**drive straight into**
入木三分	**penetrating**

分秒必爭	**Every second counts.**
爭先恐後	**make a headlong rush**
後患無窮	**lead to endless trouble**

【背景説明】

1. 金ㄐㄧㄣ玉ㄩˋ良ㄌㄧㄤˊ言ㄧㄢˊ

「金玉」黃金跟美玉;「良言」好話。字面意思是「如黃金和美玉般的好話」,比喻「珍貴的勸告或教誨」,英文説成:*invaluable advice*,意思是「無價的勸告」,就是「金玉良言」。【invaluable〔ɪnˈvæljəbḷ〕*adj.* 無價的;十分寶貴的 advice〔ədˈvaɪs〕*n.* 勸告】例如:I always take my mentor's words as *invaluable advice*. (我總是認爲我良師説的話都是**金玉良言**。)【mentor〔ˈmɛntɚ〕*n.* 良師】

> *invaluable advice*
> = precious teaching
> = precious words
>
> precious〔ˈprɛʃəs〕*adj.* 珍貴的

2. 言ㄧㄢˊ而ㄦˊ無ㄨˊ信ㄒㄧㄣˋ

表示「說話沒有信用」,英文説成:*break one's word*,字面意思是「打破自己説的話」,引申爲「違背諾言」,就是「言而無信」。【break〔brek〕*v.* 打破;違反　word〔wɝd〕*n.* 諾言】例如:I am sad that you *broke your word*. (我很難過你居然**言而無信**。) 反義説法爲:keep one's word,意思是「遵守諾言」,表示「言而有信」。例如:He always keeps his word. (他總是言而有信。)

> *break one's word*
> = break one's promise
> promise〔ˈprɑmɪs〕*n.* 諾言

3. 信手拈來

「信手」隨手;「拈」用手指捏取東西。字面意思是隨手很輕鬆地就拿到,表示「應用自如,毫不費力」,現在用來比喻「寫文章時能自由純熟地選用詞語或運用典故,不太需要思考」,英文說成:*write without stopping to reflect*,意思是「寫作時不用停下來思考」,就是「信手拈來」。

【reflect〔rɪ'flɛkt〕*v.* 思考;反省】例如:He can *write without stopping to reflect*. No wonder he is a productive writer. (他寫文章可以信手拈來,難怪他是個多產的作家。)

no wonder 難怪
productive〔prə'dʌktɪv〕*adj.* 多產的

write without stopping to reflect
= write freely without too much hesitation
hesitation〔,hɛzə'teʃən〕*n.* 猶豫

4. 來日方長

「來日」未來的日子;「方」正、還。字面意思是「未來的日子還很長」,表示「將來還有機會」,英文說成:*There will be a time for that.* 字面意思是「未來還有時間可以做那件事情。」就是「來日方長。」例如:Don't worry about the matter. *There will be a time for that.* (不要擔心那件事,來日方長。)

【*worry about* 擔心　　matter〔'mætə〕*n.* 事情】

There will be a time for that.
= There is ample time ahead.
ample〔'æmpl〕*adj.* 充足的;大量的
ahead〔ə'hɛd〕*adv.* 在將來 (= *in the future*)

5. 長^{ㄔㄤˊ}驅^{ㄑㄩ}直^{ㄓˊ}入^{ㄖㄨˋ}

「驅」快跑;「長驅」不停頓地策馬快跑;「直入」一直往前。字面意思是「長距離不停頓地快速前進」,用來表示「軍隊以不可抵擋的氣勢前進,深入敵方心臟」,英文說成:*drive straight into*,意思是「直接衝進去」。【drive〔draɪv〕v. 駕駛;快速行動　straight〔stret〕adv. 直接;馬上】例如:Our army *drove straight into* enemy territory and wiped them out. (我們的軍隊**長驅直入**攻進敵人陣地,並且一舉殲滅他們。)

enemy〔'ɛnəmɪ〕n. 敵人

territory〔'tɛrə,torɪ〕n. 領土　　*wipe out* 殲滅

6. 入^{ㄖㄨˋ}木^{ㄇㄨˋ}三^{ㄙㄢ}分^{ㄈㄣ}

「入木」進入木頭;「三分」三分深。成語的典故是:相傳王羲之在木板上寫字,木工刻時,發現字跡透入木板三分深。形容書法極有筆力,現多比喻「分析問題很深刻」,英文說成:*penetrating*〔'pɛnə,tretɪŋ〕adj. 有穿透力的;精闢的。例如:The movie critic always makes a *penetrating* comment. (那影評的評論總是**入木三分**。)

critic〔'krɪtɪk〕n. 評論家

comment〔'kɑmɛnt〕n. 評論

penetrating
{ = keen
{ = incisive

keen〔kin〕adj. 尖銳的

incisive〔ɪn'saɪsɪv〕adj. 銳利的;(言辭)鋒利的

7. 分ㄈㄣ秒ㄇㄧㄠ必ㄅㄧ爭ㄓㄥ

字面意思是「每一分每一秒都要爭取」，形容「時間抓得很緊」，英文説成：*Every second counts.* 字面意思是「每秒都很重要。」就是「分秒必爭。」【second〔'sɛkənd〕*n.* 秒　count〔kaunt〕*v.* 重要】例如：Hurry up! *Every second counts.* (快點！現在**分秒必爭**。)

> *Every second counts.*
> = Every moment counts.
> moment〔'momənt〕*n.* 片刻

8. 爭ㄓㄥ先ㄒㄧㄢ恐ㄎㄨㄥ後ㄏㄡ

「爭先」爭著在前；「恐後」唯恐落後。意思是「競相爭先，唯恐落後。」英文説成：*make a headlong rush*，意思是「頭向前地衝」，就是「爭先恐後」。【headlong〔'hɛd‚lɔŋ〕*adj.* 頭向前的　rush〔rʌʃ〕*n.* 衝】例如：People *made a headlong rush* to buy the latest cell phone. (大家**爭先恐後**地搶購最新的手機。)

【latest〔'letɪst〕*adj.* 最新的　*cell phone* 手機】

9. 後ㄏㄡ患ㄏㄨㄢ無ㄨ窮ㄑㄩㄥ

「患」困難、憂患；「窮」結束。意思是「以後的禍害不會結束」，英文説成：*lead to endless trouble*，意思是「造成無盡的麻煩」，就是「後患無窮」。【*lead to* 造成　endless〔'ɛndlɪs〕*adj.* 無盡的】例如：Deforestation will *lead to endless trouble*. (濫砍森林會**後患無窮**。)

【deforestation〔dɪ‚fɔrəs'teʃən〕*n.* 砍伐森林；濫伐】

56.「木」開頭的接龍中文成語英譯

　　背完了以「金」開頭成語接龍，現在背以「木」
開頭的成語接龍。從「木已成舟」開始，接續
「舟車勞頓」，再來「頓挫抑揚」，如此下去，
共九個。

木已成舟	**What's done cannot be undone.**
舟車勞頓	**travel-worn**
頓挫抑揚	**cadence**

揚眉吐氣	**hold** *one's* **head up high**
氣味相投	**be two of a kind**
投其所好	**cater to** *one's* **taste**

好大喜功	**be over-ambitious**
功成身退	**retire after making** *one's* **mark**
退避三舍	**avoid** *sb.* **like the plague**

【背景說明】

1. 木已成舟

「舟」船。意思是「樹木已經做成了船」，比喻「事情已成定局，無法挽回。」相當於英文諺語：***What's done cannot be undone.*** 字面意思是「做了就無法恢復。」表示「做了就無法改變了。」【undo〔ʌn'du〕v. 恢復；取消】例如：***What's done cannot be undone.*** You can do nothing about it. (**木已成舟**，你別無他法了。) 同義的諺語是：What's done is done. 意思是「做了就做了。」也是「木已成舟」的意思。

> ***What's done cannot be undone.***
> = What's done is done.

2. 舟車勞頓

「舟車」船跟車；「勞頓」勞累疲倦。形容「旅途疲勞困頓」，英文說成：***travel-worn*** 〔'trævl͵wɔrn〕adj. 因旅行而疲乏的。例如：Being ***travel-worn***, he had a relapse of illness. (由於**舟車勞頓**，他舊病復發。)【relapse〔rɪ'læps〕n. 復發】***travel-worn*** 的 worn 是 wear 的過去分詞，這裡的 wear 不是「穿(衣服)」，而是「使疲乏；使勞累」的意思。所以 ***travel-worn*** 是「因旅行而疲乏」，也就是「舟車勞頓」。

> ***travel-worn***
> = fatigued by a long journey
> fatigued〔fə'tigd〕adj. 疲憊的
> journey〔'dʒɝnɪ〕n. 旅行；旅程

3. 頓挫抑揚

「頓」停頓;「挫」轉折;「抑」降低;「揚」抬高。也可説成「抑揚頓挫」。指「聲音的高低起伏及停頓轉折」,形容「聲音高低起伏,節奏分明,和諧悦耳」,英文説成:*cadence*〔′kedn̩s〕*n.* 頓挫抑揚;韻律。例如:She spoke with a musical *cadence*.(她講起話來**頓挫抑揚**,如音樂一般。)

> *cadence*
> = rising and falling tone
> rising〔′raɪzɪŋ〕*adj.* 上升的
> falling〔′fɔlɪŋ〕*adj.* 下降的　　tone〔ton〕*n.* 語調

4. 揚眉吐氣

「揚眉」揚起眉毛;「吐氣」吐出怨氣。形容「擺脫了長期受壓迫的狀態後高興痛快的樣子」,英文説成:*hold one's head up high*,字面意思是「把頭舉得高高的」,不低頭,引申爲「得意的樣子」,就是「揚眉吐氣」。例如:Now you are out of debt, so you can *hold your head up high*.(現在你不再欠債,你就可以**揚眉吐氣**了。)

【debt〔dɛt〕*n.* 債務　　*out of debt* 無債務纏身】

> *hold one's head up high*
> = stand up with *one's* head high

5. 氣味相投

「氣味」比喻性格或志氣;「投」投合。指「人思想作風相同,彼此很合得來」,英文説成:*be two of a kind*,字面意思是「兩個人是同一個類型」,就是「氣味相投」。

【kind〔kaɪnd〕*n.* 種類】例如：John and Sam are *two of a kind*. (約翰和山姆彼此氣味相投。) 若說成：one of a kind，字面意思是「這個種類只有一個」，則是「獨一無二」的意思。例如：The diamond is one of a kind. (這顆鑽石世上獨一無二。)【diamond〔'daɪəmənd〕*n.* 鑽石】

6. 投其所好

「投」迎合；「其」他或他的；「好」喜好。意思是「迎合他人的喜好」，英文說成：*cater to one's taste*。【cater to 迎合 taste〔test〕*n.* 愛好；品味】例如：Alan loves his girlfriend so much that everything he does *caters to her taste*. (艾倫很愛他的女友，所以他做任何事情都是**投其所好**。)

> *cater to one's taste*
> = cater to *one's* wishes
> wish〔wɪʃ〕*n.* 願望；意願；希望

7. 好大喜功

「好」喜好；「大」大事；「喜」喜愛；「功」功績。意思是「喜歡做大事，立大功」，多用以形容作風「鋪張浮誇、不踏實」，英文說成：*be over-ambitious*〔,ovəæm'bɪʃəs〕*adj.* 過度有野心的；好大喜功的。例如：We should be down-to-earth, instead of *being over-ambitious*. (我們應該腳踏實地，而非**好大喜功**。)

instead of 而非
down-to-earth〔,dauntə'ɝθ〕*adj.* 腳踏實地的；實事求是的

8. 功ㄍㄨㄥ成ㄔㄥˊ身ㄕㄣ退ㄊㄨㄟˋ

「身」自身、自己。意思是「大功告成後，自行引退，不再復出」，英文說成：*retire after making one's mark*，意思是「成功之後引退」。【retire〔rɪ'taɪr〕*v.* 退休；引退 *make one's mark* 成功；成名】例如：The general *retired after making his mark*.（這位將軍**功成身退**了。）【general〔'dʒɛnərəl〕*n.* 將軍】

> *retire after making one's mark*
> = retire after achieving success
> achieve〔ə'tʃiv〕*v.* 達到；獲得

9. 退ㄊㄨㄟˋ避ㄅㄧˋ三ㄙㄢ舍ㄕㄜˋ

「舍」古時行軍計程以三十里爲一舍，「三舍」就是九十里。字面意思是「作戰時，將部隊往後撤退九十里」，比喻「退讓和迴避」，英文說成：*avoid sb. like the plague*，字面意思是「像躲瘟疫般地避開」，引申爲「儘量避開」，就是「退避三舍」。【avoid〔ə'vɔɪd〕*v.* 避開　plague〔pleg〕*n.* 瘟疫】例如：John was a notorious bully. Everyone *avoided him like the plague*.（約翰是個惡名昭彰的惡霸。大家看到他都**退避三舍**。）

notorious〔no'torɪəs〕*adj.* 惡名昭彰的
bully〔'bʊlɪ〕*n.* 惡霸

> *avoid sb. like the plague*
> = keep sb. at arm's length
> length〔lɛŋθ〕*n.* 長度　*at arm's length* 一臂之距
> *keep sb. at arm's length* 對某人退避三舍

57.「水」開頭的接龍中文成語英譯

　　背完「木」開頭的成語接龍，現在要背「水」開頭的成語接龍。從「水落石出」開始，接「出生入死」，然後「死裡逃生」，共九個。

水落石出	**get to the bottom of**
出生入死	**risk** *one's* **life**
死裡逃生	**escape by the skin of** *one's* **teeth**

生龍活虎	**full of vim and vigor**
虎背熊腰	**strong and stout**
腰纏萬貫	**very rich**

貫徹始終	**stick with it to the end**
終身大事	**a great event in** *one's* **life**
事半功倍	**get twice the result with half the effort**

【背景說明】

1. 水_{ㄕㄨㄟˇ}落_{ㄌㄨㄛˋ}石_{ㄕˊ}出_{ㄔㄨ}

   字面意思是「冬季水位下降，使石頭顯露出來」，比喻「事情的真相完全顯露出來」，英文說成：*get to the bottom of*，字面意思是「到達…的底端」，引申為「追究…的真相」，也就是中文的「水落石出」。【*get to* 到達　bottom〔'bɑtəm〕*n.* 底端；原因】例如：The police finally *got to the bottom of* the murder.（警察終於讓這謀殺案**水落石出**。）【murder〔'mɝdə〕*n.* 謀殺】

   > *get to the bottom of*
   > = discover the truth of
   > = find out the cause of
   > *find out* 查明　cause〔kɔz〕*n.* 原因

2. 出_{ㄔㄨ}生_{ㄕㄥ}入_{ㄖㄨˋ}死_{ㄙˇ}

   字面意思是「從出生到死去」，形容「冒著生命危險，不顧個人安危」，英文說成：*risk one's life*「冒生命危險」。【risk〔rɪsk〕*v.* 冒…的危險】例如：The firefighters *risked their lives* to rescue the people stuck in the building.（消防隊員**出生入死**，拯救困在建築物裡的人。）【firefighter〔'faɪr,faɪtə〕*n.* 消防隊員　rescue〔'rɛskju〕*v.* 拯救　*stuck in* 受困於】同義說法有：at the risk of *one's* life「冒生命的危險」，就是「出生入死」。例如：Alan was determined to save his daughter, even at the risk of his life.（即便出生入死，愛倫也堅決要去救他的女兒。）【determined〔dɪ'tɝmɪnd〕*adj.* 堅決的】

3. 死ˇ裡ㄌㄧˇ逃ㄊㄠˊ生ㄕㄥ

字面意思是「從瀕臨死亡的狀態逃離出來而繼續生存」，表示「從極危險的困境中逃脫，倖免於死」，英文說成：*escape by the skin of one's teeth*。by the skin of *one's* teeth 的字面意思是「只差牙齒皮的厚度」，但是實際上牙齒並沒有皮膚覆蓋，所以比喻「很驚險；僥倖」。escape by the skin of *one's* teeth 便是「僥倖逃脫」，就是「死裡逃生」的意思。【escape〔ə'skep〕*v.* 逃脫】例如：It is a miracle that you *escaped by the skin of your teeth*.（你**死裡逃生**，真是奇蹟。）【miracle〔'mɪrəkḷ〕*n.* 奇蹟】

> *escape by the skin of one's teeth*
> = have a narrow escape
> = narrowly escape death
> narrow〔'næro〕*adj.* 勉強的；窄的
> narrowly〔'nærolɪ〕*adv.* 勉強地

4. 生ㄕㄥ龍ㄌㄨㄥˊ活ㄏㄨㄛˊ虎ㄏㄨˇ

「生」有生氣的；「活」有活力的。字面意思是「有生氣的龍和有活力的猛虎」，比喻「活潑矯健；富有生氣」，英文說成：*full of vim and vigor*，意思是「充滿活力跟衝勁」，就是「生龍活虎」。【*full of* 充滿　　vim〔vɪm〕*n.* 精力　　vigor〔'vɪgɚ〕*n.* 活力】例如：With daily exercise, he looks *full of vim and vigor*.（每天運動，因此他看起來**生龍活虎**。）【daily〔'delɪ〕*adj.* 每天的】

> *full of vim and vigor*
> = full of life and energy
> life〔laɪf〕*n.* 生氣；活力

5. 虎背熊腰

字面意思是「背寬厚如虎，腰粗壯如熊」。形容「人身體魁梧健壯」，英文説成：***strong and stout***，意思是「既強壯又結實」，就是「虎背熊腰」。【stout〔staut〕*adj.* 健壯結實的】例如：After some rigorous weight training, John became ***strong and stout***. （做了一些嚴格的重量訓練後，約翰變得**虎背熊腰**。）
rigorous〔'rɪgərəs〕*adj.* 嚴格的
weight〔wet〕*n.* 重量
training〔'trenɪŋ〕*n.* 訓練

6. 腰纏萬貫

「貫」爲古代計算錢幣的單位，一千錢爲一貫；「萬貫」比喻「非常多錢」；「纏」圍繞。意思是在腰間綁了一萬貫錢，形容「非常有錢」，英文説成：***very rich***。例如：Although he is ***very rich***, he is very stingy. （雖然他**腰纏萬貫**，但卻很吝嗇。）【stingy〔'stɪndʒɪ〕*adj.* 吝嗇的】

> ***very rich***
> = extremely wealthy
> extremely〔ɪk'strimlɪ〕*adv.* 非常地
> wealthy〔'wɛlθɪ〕*adj.* 富有的

7. 貫徹始終

「貫」穿過；「徹」徹底；「貫徹」徹底執行。意思是「自始至終，徹底實踐」，英文説成：***stick with it to the end***，字面意思是「堅持到結束」，就是「貫徹始終」。
【***stick with*** 堅持　　　end〔ɛnd〕*n.* 結束】

Unit 10 接龍篇

例如：The policy may not be perfect, but I will *stick with it to the end*. (政策可能不是很完美，但我仍會**貫徹始終**。)【policy〔'pɑləsɪ〕*n.* 政策
perfect〔'pɝfɪkt〕*adj.* 完美的】

8. 終身大事

「終身」一生。意思是「關係一生的事」，多指男女婚嫁。英文説成：*a great event in one's life*，意思是「生命中很重要的事件」，就是「終身大事」。【event〔ɪ'vɛnt〕*n.* 事件】例如：Marriage is *a great event in your life*. Don't take it lightly. (結婚是你的**終身大事**，不要等閒視之。)【marriage〔'mærɪdʒ〕*n.* 婚姻
take it lightly 不重視】

a great event in one's life
= an event of lifelong significance
lifelong〔'laɪfˌlɔŋ〕*adj.* 一輩子的
significance〔sɪg'nɪfəkəns〕*n.* 重要性

9. 事半功倍

「功」功效；「倍」加倍。字面意思是「做一半的事情，卻得到加倍的功效」，形容「做事得法，費力小，收效大」，英文説成：*get twice the result with half the effort*，字面意思是「用一半的努力得到雙倍的結果」，就是「事半功倍」。【effort〔'ɛfət〕*n.* 努力】例如：Following his advice, I *got twice the result with half the effort*. (遵循他的建議，我因此**事半功倍**。)【follow〔'fɑlo〕*v.* 遵循
advice〔əd'vaɪs〕*n.* 建議；忠告】

58. 「火」開頭的接龍中文成語英譯

背完了以「水」開頭的成語接龍，現在要背「火」開頭的成語接龍。從常見的「火上澆油」開始，接續「油頭粉面」、然後「面壁功深」。

火上澆油	**pour gasoline on the fire**
油頭粉面	**a dandy**
面壁功深	**the pinnacle of success**

深入人心	**enjoy popular support**
心安理得	**have a clear conscience**
得意忘形	**have *one's* head turned by success**

形影不離	**hand in glove with *sb*.**
離鄉背井	**leave *one's* native place**
井然有序	**in apple-pie order**

【背景説明】

1. 火 上澆油

「澆」倒。字面意思是「往火上倒油」。倒油只會使火更猛烈，比喻「助長事態的發展」或是「使人更加憤怒」，也可説成「火上加油」，英文説成：***pour gasoline on the fire***，意思是「在火上倒汽油」。【pour〔por〕*v.* 倒；灌　gasoline〔'gæsə,lin〕*n.* 汽油】例如：Stop criticizing. You are ***pouring gasoline on the fire***.（不要再批評了，你只會火上澆油。）【criticize〔'krɪtə,saɪz〕*v.* 批評】

> ***pour gasoline on the fire***
> = add fuel to the fire
> = inflame *one's* anger

fuel〔'fjuəl〕*n.* 燃料
inflame〔ɪn'flem〕*v.* 使燃燒；加劇
anger〔'æŋgə〕*n.* 憤怒

2. 油頭粉面

字面意思是「頭上擦油，臉上塗粉」，表示「人打扮得妖豔粗俗」，英文説成：***a dandy***〔'dændɪ〕*n.* 花花公子；好時髦的男子。例如：John always dresses himself up as ***a dandy*** at every party, but looks disgusting.（每次在派對上，約翰都把自己打扮得油頭粉面，殊不知看起來令人作嘔。）【***dress up*** 打扮　disgusting〔dɪs'gʌstɪŋ〕*adj.* 令人作嘔的】dandy 作爲名詞時有負面涵義，但也可以是形容詞，表示「美好的」，這時是正面的。

3. 面ㄇㄧㄢ壁ㄅㄧ功ㄍㄨㄥ深ㄕㄣ

「面壁」佛家語，指和尚面對牆壁，默坐靜修。字面意思是「和尚面壁靜修，使道行高深」，後比喻「人因長期鑽研，而造詣精深」，英文說成 : *the pinnacle of success*，意思是「成功的頂端」，表示經過歷練，終於達到「面壁功深」的程度。【pinnacle〔'pɪnəkḷ〕*n.* 尖端　　success〔sək'sɛs〕*n.* 成功】例如 : The old man has reached *the pinnacle of success* in the field of antique certification. (這個老先生在古董檢定方面**面壁功深**。)
field〔fild〕*n.* 領域　　antique〔æn'tik〕*n.* 古董
certification〔ˌsɝtɪfə'keʃən〕*n.* 證明；檢定

4. 深ㄕㄣ入ㄖㄨ人ㄖㄣ心ㄒㄧㄣ

字面意思是「深深地進入人的心裡」，形容「某種思想理論、學術主張等能感動人心，並被理解接受」，英文說成 : *enjoy popular support*，意思是「享有大眾的支持」，就是「深入人心」。【popular〔'pɑpjələ〕*adj.* 大眾的　　support〔sə'port〕*n.* 支持】例如 : The idea of democracy has *enjoyed popular support*. (民主思想已**深入人心**。)
【democracy〔dɪ'mɑkrəsɪ〕*n.* 民主】

5. 心ㄒㄧㄣ安ㄢ理ㄌㄧ得ㄉㄜ

「安」安靜、安然；「得」適合。意思是「自認為做的事情合乎情理，心裡很坦然」，英文說成 : *have a clear conscience*，字面意思是「有清白的良心」，表示「問心無愧」，就是「心安理得」。【clear〔klɪr〕*adj.* 清白的　　conscience〔'kɑnʃəns〕*n.* 良心】

Unit 10　接龍篇

例如：I *have a clear conscience* because I do nothing immoral. (我不做不道德的事，所以感到**心安理得**。)
【immoral〔ɪˈmɔrəl〕*adj.* 不道德的】有一句諺語叫做：
A clear conscience laughs at false accusations. 字面意思是「良心清白，可以對誣告一笑置之。」就是中文說的「不做虧心事，不怕鬼敲門。」【false〔fɔls〕*adj.* 錯誤的】
accusation〔ˌækjəˈzeʃən〕*n.* 控告】

6. 得ㄉㄜˊ意ㄧˋ忘ㄨㄤˋ形ㄒㄧㄥˊ

「得意」高興、稱心如意；「形」形態、神態。形容「因達到願望而忘了自己的言行舉止」，英文說成：*have one's head turned by success*，字面意思是「自己被成功給弄昏了頭」，就是「得意忘形」。【*turn one's head* 使某人驕傲自滿；使某人頭暈目眩】例如：Ken *had his head turned by success* and offended many people. (肯因**得意忘形**而冒犯到很多人。)
【offend〔əˈfɛnd〕*v.* 冒犯】

have one's head turned by success
= grow dizzy with success
grow〔gro〕*v.* 變得
dizzy〔ˈdɪzɪ〕*adj.* 頭暈目眩的

7. 形ㄒㄧㄥˊ影ㄧㄥˇ不ㄅㄨˋ離ㄌㄧˊ

「形」形體；「影」影子。字面意思是「如形體和影子一樣不分開」，形容「彼此關係親密，經常在一起」，英文說成：*hand in glove with sb.*，字面意思是「和某人的關係就如手在手套裡」，引申爲「很親密」。【glove〔glʌv〕*n.* 手套】

例如：Sally is really *hand in glove with* Alice. (莎莉和愛麗絲**形影不離**。)

> *hand in glove with* sb.
> = very close to sb.
> close〔klos〕*adj.* 親密的

8. 離ㄌㄧ鄉ㄒㄧㄤ背ㄅㄟˋ井ㄐㄧㄥˇ

「背」離開；「井」古代制度以八户人家爲井，引申爲「鄉里、家宅」。意思是「離開家鄉，到外地生活」，英文說成：*leave one's native place*。【native〔'netɪv〕*adj.* 出生的 *native place* 出生地】例如：Danny *left his native place* in the country to work in a city. (丹尼**離鄉背井**到都市去工作。)

9. 井ㄐㄧㄥˇ然ㄖㄢˊ有ㄧㄡˇ序ㄒㄩˋ

「井然」整齊不亂的樣子；「序」次序。形容「整整齊齊、次序分明、條理清楚」，英文說 成：*in apple-pie order*，字面上是「呈現蘋果派的秩序」，相傳新英格蘭主婦們把蘋果派切成偶數片，然後「井然有序」地放入派鍋裡，一列一列地排放，而衍生此意。【order〔'ɔrdɚ〕*n.* 秩序】例如：Though there were many people in the exhibition, everything was *in apple-pie order*. (雖然展覽會人很多，但一切仍是**井然有序**。)【exhibition〔͵ɛksə'bɪʃən〕*n.* 展覽】

> *in apple-pie order*
> = neat and tidy
> neat〔nit〕*adj.* 整齊的　　tidy〔'taɪdɪ〕*adj.* 整齊的

59.「日」開頭的接龍中文成語英譯

　　背完了以「金、木、水、火」開頭的成語接語，進入到「日」開頭的成語接語，快背完了。

日新月異	alter from day to day
異想天開	have *one's* head in the clouds
開源節流	increase revenues and reduce expenditures

流連忘返	linger on
返老還童	discover the fountain of youth
童叟無欺	operate *one's* business honestly

欺善怕惡	bully the weak and fear the firm
惡有惡報	reap as *one* has sown
報李投桃	return the favor

【背景說明】

1. 日ㅁˋ新ㅜㄣ月ㅐ異ㅡˋ

   「新」更新;「異」不同。字面意思是「每天都在更新,每月都有變化」,指「發展或進步迅速,不斷出現新事物、新氣象」,英文說成:*alter from day to day*,字面意思是「每天都在改變」,就是「日新月異」。【alter〔ˋɔltɚ〕*v.* 改變　*from day to day* (表示變化很快或頻繁) 天天】例如:Technology *alters from day to day* for the better. (科技日新月異,越來越進步。)

   【technology〔tɛkˋnɑlədʒɪ〕*n.* 科技】

   > *alter from day to day*
   > = change rapidly and continuously
   > rapidly〔ˋræpɪdlɪ〕*adv.* 快速地
   > continuously〔kənˋtɪnjuəslɪ〕*adv.* 持續地

2. 異ㅡˋ想ㅜㄤ天ㄊㄢ開ㄎㄞ

   「異」奇異、奇特;「天開」打開天門。比喻「憑空的,根本沒有的事情」,字面意思是「天眞的想要打開天門」,形容「想法非常奇特古怪,不切實際」,英文說成:*have one's head in the clouds*,字面意思是「讓自己的頭埋在雲朵裡」,雲朵會遮蔽視線而看不清楚,所以引申為「做白日夢」,也就是「異想天開」。例如:Don't *have your head in the clouds*. Be realistic. (不要異想天開,實際點吧。)【realistic〔ˌriəˋlɪstɪk〕*adj.* 實際的】反義的說法:get *one's* head out of the clouds,字面意思是「把頭探出雲朵外」,比喻「清醒」。

例如：Get your head out of the clouds and look what you are doing. (清醒點吧，看看你在做什麼。)

> ***have** one's **head in the clouds***
> = let *one's* imagination run wild
> imagination ﹝ ɪ,mædʒə'neʃən ﹞ *n.* 想像力
> wild ﹝ waɪld ﹞ *adv.* 不受控制地
> ***run wild*** 不受約束；失去控制

3. 開^{ㄎㄞ}源^{ㄩㄢ}節^{ㄐㄧㄝ}流^{ㄌㄧㄡ}

「源」水源；「流」水流。字面意思是「開發水源，節制水流」，比喻「增加收入，節省開支」，英文說成：***increase revenues and decrease expenditures***，意思是「增加收入，減少開支」，就是「開源節流」。例如：To become rich, I have to ***increase revenues and decrease expenditures***. (為了變富有，我必須**開源節流**。)

increase ﹝ ɪn'kris ﹞ *v.* 增加
revenue ﹝ 'rɛvə,nju ﹞ *n.* 收入
decrease ﹝ dɪ'kris ﹞ *v.* 減少
expenditure ﹝ ɪk'spɛndɪtʃɚ ﹞ *n.* 花費；支出

> ***increase revenues and decrease expenditures***
> = earn more income and cut expenses
> earn ﹝ ɝn ﹞ *v.* 賺　　income ﹝ 'ɪn,kʌm ﹞ *n.* 收入
> cut ﹝ kʌt ﹞ *v.* 減少　　expense ﹝ ɪk'spɛns ﹞ *n.* 費用

4. 流^{ㄌㄧㄡ}連^{ㄌㄧㄢ}忘^{ㄨㄤ}返^{ㄈㄢ}

「流連」留戀，捨不得離開；「返」回、歸。字面意思是「貪戀沉迷於遊樂而忘了回去」，形容「徘徊、留戀而不忍離去」，英文說成：***linger on***，意思是「流連徘徊」，就是「流連忘

返」。【linger〔'lɪŋɚ〕*v.* 逗留；徘徊】例如：The night fell, and I kept *lingering on* under the starry sky. (夜幕低垂，而我在星空下**流連忘返**。)【starry〔'stɑrɪ〕*adj.* 佈滿星星的】

5. 返ㄈㄢˇ老ㄌㄠˇ還ㄏㄨㄢˊ童ㄊㄨㄥˊ

「返」扭轉；「還」恢復到原來的狀態。意思是「扭轉衰老，回復童年」，形容「老年人充滿活力」，英文説成：*discover the fountain of youth*，字面意思是「找到青春之泉」，引申爲「返老還童」。【discover〔dɪs'kʌvɚ〕*v.* 發現 fountain〔'faʊntn̩〕*n.* 噴泉；泉水　　youth〔juθ〕*n.* 青春】例如：In playing games, the old man seems to *discover the fountain of youth*. (玩遊戲時，那老人似乎**返老還童**一般。)

> *discover the fountain of youth*
> = renew *one's* youth
> = rejuvenate
> renew〔rɪ'nju〕*v.* 更新；恢復
> rejuvenate〔rɪ'dʒuvə,net〕*v.* 恢復活力；返老還童

6. 童ㄊㄨㄥˊ叟ㄙㄡˇ無ㄨˊ欺ㄑㄧ

「童」未成年的孩子；「叟」年老的男人；「欺」矇騙。字面意思是「對兒童和老人都不欺騙」，形容「人做生意公平老實，守信譽」，英文説成：*operate one's business honestly*，意思是「誠實經營生意」。【operate〔'ɑpə,ret〕*v.* 經營 honestly〔'ɑnɪstlɪ〕*adv.* 誠實地】例如：He *operated his business honestly* so he won a lot of loyal customers. (他做生意**童叟無欺**，故贏得許多忠實的顧客。)
【loyal〔'lɔɪəl〕*adj.* 忠實的】

Unit 10　接龍篇

7. 欺ㄑ善ㄕ怕ㄆ惡ㄜ

意思是「欺負善良弱小的人，卻害怕得罪蠻橫的惡人」，英文說成：*bully the weak and fear the firm*，意思是「欺負軟弱的，害怕強壯的」。【bully〔'bʊlɪ〕v. 欺負　fear〔fɪr〕v. 恐懼　firm〔fɜm〕adj. 結實的】例如：At school, Sam *bullied the weak and feared the firm*.
（山姆在學校欺善怕惡。）

8. 惡ㄜ有ㄧㄡ惡ㄜ報ㄅ

「報」報應。意思是「做壞事的人自然會有壞的報應」，英文說成：*reap as one has sown*，字面意思是「收割自己種的果」，引申為「做什麼事就會有怎樣的結果」，就是「惡有惡報」。【reap〔rip〕v. 收割　sown〔son〕v. 播種（sow的過去分詞）】例如：You treated your girlfriend so badly. You will *reap as you have sown*.（你對你的女友這麼壞，你會惡有惡報的。）【treat〔trit〕v. 對待】

9. 報ㄅ李ㄌ投ㄊ桃ㄊ

「報」報答；「投」給、送。也常說成「投桃報李」，字面意思是「他送給我桃子，我回贈他李子」，比喻「友好往來或互相贈送東西」，英文說成：*return the favor*，意思是「回報恩惠」。【return〔rɪ'tɜn〕v. 回報　favor〔'fevɚ〕n. 恩惠】例如：Having received his help, I have to *return the favor* in the future.（因為我接受過他的幫助，所以我將來得報李投桃。）
【receive〔rɪ'siv〕v. 收到；受到】

60. 「月」開頭的接龍中文成語英譯

終於到了最後一個單元，「月」開頭的成語接龍，背完這個單元，就把「金、木、水、火、日、月」這六大元素給背下來了。

月黑風高	a dark and windy night
高朋滿座	a great gathering of distinguished guests
座無虛席	be packed to the rafters

席捲天下	achieve world domination
下不為例	not be repeated
例行公事	routine business

事在人為	Where there is a will, there is a way.
為人師表	be a model for others
表裡如一	One's deeds accord with one's words.

【背景説明】

1. 月ㄩㄝˋ黑ㄏㄟ風ㄈㄥ高ㄍㄠ

「月黑」月光黯淡;「風高」風很大。指「月色黯淡,風力很大的夜晚」,英文説成:*a dark and windy night*,意思是「又黑暗風又大的夜晚」。【windy〔'wɪndɪ〕*adj.* 多風的;風很大的】例如:Beware of burglaries on such a *dark and windy night*.(在如此**夜黑風高**的夜晚,要小心竊盜。)
beware of 小心;注意
burglary〔'bɝglərɪ〕*n.* 竊盜

2. 高ㄍㄠ朋ㄆㄥˊ滿ㄇㄢˇ座ㄗㄨㄛˋ

「高」高貴;「座」座位。意思是「高貴的賓客坐滿了座位」,形容「賓客很多」,英文説成:*a great gathering of distinguished guests*,意思是「一場很大的高貴賓客的聚會」,就是「高朋滿座」。【gathering〔'gæðərɪŋ〕*n.* 集會;聚會　distinguished〔dɪ'stɪŋgwɪʃt〕*adj.* 高貴的;傑出的　guest〔gɛst〕*n.* 客人】例如:At the wedding banquet, the senator has *a great gathering of distinguished guests*.(在那參議員的婚宴上,**高朋滿座**。)
banquet〔'bæŋkwɪt〕*n.* 宴會
senator〔'sɛnətɚ〕*n.* 參議員

　　　　a great gathering of distinguished guests
　　　　= a large party of distinguished friends
　　　　party〔'pɑrtɪ〕*n.* 社交聚會;派對

3. 座^{ㄗㄨㄛˋ}無^{ㄨˊ}虛^{ㄒㄩ}席^{ㄒㄧˊ}

「虛」空;「席」座位。表示「沒有座位是空著的」,形容「出席的人很多」,英文說成:*be packed to the rafters*,字面意思是「滿到房子的椽^{ㄔㄨㄢˊ}」。「椽」是古時支撐屋頂重量的圓木,「滿到椽」代表都要滿到屋頂了,就是「座無虛席」。【packed〔pækt〕*adj.* 擠滿的　　rafter〔'ræftɚ〕*n.* 椽】例如:The concert *was packed to the rafters*.(那演唱會**座無虛席**。)【concert〔'kɑnsɝt〕*n.* 演唱會】

> *be packed to the rafters*
> = have no empty seats
> empty〔'ɛmptɪ〕*adj.* 空的

4. 席^{ㄒㄧˊ}捲^{ㄐㄩㄢˇ}天^{ㄊㄧㄢ}下^{ㄒㄧㄚˋ}

「席捲」像席子一樣把東西捲起;「天下」全國。字面意思是「像捲席子一樣把全國都征服」,形容「力量強大,控制了全國」,英文說成:*achieve world domination*,意思是「統治了世界」,就是「席捲天下」。【achieve〔ə'tʃiv〕*v.* 達到;獲得　　domination〔,dɑmə'neʃən〕*n.* 統治】例如:Apple's innovative products have *achieved world domination*.(蘋果公司創新的產品**席捲天下**。)innovative〔'ɪnə,vetɪv〕*adj.* 創新的product〔'prɑdəkt〕*n.* 產品

5. 下^{ㄒㄧㄚˋ}不^{ㄅㄨˋ}為^{ㄨㄟˊ}例^{ㄌㄧˋ}

「例」先例。意思是「下次不可以再這樣做」,表示「只通融這一次」,英文說成:*not be repeated*,意思是「不能再重複發生」,就是「下不為例」。【repeat〔rɪ'pit〕*v.* 重複】

例如：The mistake should ***not be repeated*** next time.
（這樣的錯誤**下不爲例**。）

6. 例_{ㄌㄧˋ}行_{ㄒㄧㄥˊ}公_{ㄍㄨㄥ}事_{ㄕˋ}

「例」慣例；「行」辦理。意思是「依照慣例辦理的公事」，
英文說成：***routine business***，意思是「例行的事務」，就
是「例行公事」。【routine〔ru'tin〕*adj.* 例行的】例如：In
the company, the daily meeting is ***routine business***.
（在公司，每天開會是**例行公事**。）

company〔'kʌmpənɪ〕*n.* 公司
daily〔'delɪ〕*adj.* 每天的

routine business
= routine work

7. 事_{ㄕˋ}在_{ㄗㄞˋ}人_{ㄖㄣˊ}爲_{ㄨㄟˊ}

字面意思是「事情的成敗，在於人的做與不做」，比喻「只
要肯努力，一定會成功」，相當於英文諺語：***Where there
is a will, there is a way.*** 字面意思是「有意志，就有出
路。」引申爲「有志者，事竟成。」也就是「事在人爲」。
【will〔wɪl〕*n.* 意志】例如：Don't lose heart. As the
proverb goes, "***Where there is a will, there is a way.***"
（別氣餒。俗話說：「**事在人爲**。」）【*lose heart* 氣餒
proverb〔'prɑvɝb〕*n.* 諺語　　go〔go〕*v.* 說】

Where there is a will, there is a way.
= Success depends on effort.
depend on 取決於　　effort〔'ɛfɚt〕*n.* 努力

8. 爲ㄟ人ㄖㄣ師ㄕ表ㄅㄠ

「師表」榜樣、表率。形容「在人品學問方面作別人學
習的表率」，英文説成：*be a model for others*，意思是
「當別人的榜樣」，就是「爲人師表」。【model〔ˈmɑdl̩〕
n. 模範】例如：As a philanthropist who devotes
himself to charity work, Charles *is a model for others*.
（身爲致力於慈善工作的慈善家，查爾斯可**爲人師表**。）
【philanthropist〔fɪˈlænθrəpɪst〕*n.* 慈善家　　*devote
oneself to* 致力於　　charity〔ˈtʃærətɪ〕*n.* 慈善】
現在「爲人師表」亦指從事教育工作者，也就是「當老
師」，英文即是 be a teacher，例如：Being a teacher,
you have a great influence on your students.
（你**爲人師表**，對你的學生有很大的影響。）

9. 表ㄅㄠ裡ㄌㄧ如ㄖㄨ一一

「表」外表；「裡」内心。字面意思是「表面和内心像同
一個東西」，形容「言行和思想完全一致」，英文説成：
One's deeds accord with one's words. 意思是「行爲
和話語一致」，就是「表裡如一」。【deed〔did〕*n.* 行爲
accord with 和～一致】例如：*His deeds accord with
his words.* He never says one thing and does another.
（他**表裡如一**，絕不會說一套做一套。）
【*say one thing and do another* 說一套做一套】

Unit 10 成果驗收

一面唸出中文成語，一面說英文。

1. 金玉良言 _____	28. 火上澆油 _____
2. 言而無信 _____	29. 油頭粉面 _____
3. 信手拈來 _____	30. 面壁功深 _____
4. 來日方長 _____	31. 深入人心 _____
5. 長驅直入 _____	32. 心安理得 _____
6. 入木三分 _____	33. 得意忘形 _____
7. 分秒必爭 _____	34. 形影不離 _____
8. 爭先恐後 _____	35. 離鄉背井 _____
9. 後患無窮 _____	36. 井然有序 _____
10. 木已成舟 _____	37. 日新月異 _____
11. 舟車勞頓 _____	38. 異想天開 _____
12. 頓挫抑揚 _____	39. 開源節流 _____
13. 揚眉吐氣 _____	40. 流連忘返 _____
14. 氣味相投 _____	41. 返老還童 _____
15. 投其所好 _____	42. 童叟無欺 _____
16. 好大喜功 _____	43. 欺善怕惡 _____
17. 功成身退 _____	44. 惡有惡報 _____
18. 退避三舍 _____	45. 報李投桃 _____
19. 水落石出 _____	46. 月黑風高 _____
20. 出生入死 _____	47. 高朋滿座 _____
21. 死裡逃生 _____	48. 座無虛席 _____
22. 生龍活虎 _____	49. 席捲天下 _____
23. 虎背熊腰 _____	50. 下不爲例 _____
24. 腰纏萬貫 _____	51. 例行公事 _____
25. 貫徹始終 _____	52. 事在人爲 _____
26. 終身大事 _____	53. 爲人師表 _____
27. 事半功倍 _____	54. 表裡如一 _____

Unit 10 接龍篇

中文成語英譯筆劃索引

筆劃索引

一口氣背中文成語學英文①

發明人兼主編 / 劉　毅

中文成語編排 / 初勁松

中文成語英譯 / 初勁松・Christian Adams

英 文 撰 寫 / Christian Adams

英 文 校 對 / Laura E. Stewart

總 校 訂 / 謝靜芳・蔡琇瑩

內 文 編 輯 / 李冠勳・廖吟倫

美 術 設 計 / 白雪嬌

打 字 編 排 / 黃淑貞・蘇淑玲

實際演練老師 / 潘虹熹

發 行 所 / 學習出版有限公司　TEL：(02) 2704-5525

郵 撥 帳 號 / 05127272 學習出版社帳戶

登 記 證 / 局版台業 2179 號

印 刷 所 / 裕強彩色印刷有限公司

台 北 門 市 / 台北市許昌街 10 號 2F　TEL：(02) 2331-4060

台 灣 總 經 銷 / 紅螞蟻圖書有限公司　TEL：(02) 2795-3656

美 國 總 經 銷 / Evergreen Book Store　TEL：(818) 2813622

本 公 司 網 址 / www.learnbook.com.tw

電 子 郵 件 / learnbook@learnbook.com.tw

售價：新台幣三百八十元正 (書＋CD)

2012 年 1 月 2 日新修訂

ISBN 978-986-231-137-0